A RAINHA SOL

NISHA J. TULI

A Rainha Sol

Tradução
GUILHERME MIRANDA

SEGUINTE

Copyright © 2022 by Nisha J. Tuli
Publicado mediante acordo com Folio Literary Management, LLC e Agência Riff.

O selo Seguinte pertence à Editora Schwarcz S.A.

Grafia atualizada segundo o Acordo Ortográfico da Língua Portuguesa de 1990, que entrou em vigor no Brasil em 2009.

TÍTULO ORIGINAL Trial of the Sun Queen
CAPA Miblart Studio
ILUSTRAÇÕES DE CAPA Shutterstock e Envato Elements
LETTERING DE CAPA Lygia Pires
MAPA Miblart Studio
PREPARAÇÃO Júlia Ribeiro
REVISÃO Luiz Felipe Fonseca e Ingrid Romão

Dados Internacionais de Catalogação na Publicação (CIP)
(Câmara Brasileira do Livro, SP, Brasil)

Tuli, Nisha J.
  A Rainha Sol / Nisha J. Tuli ; tradução Guilherme Miranda. — 1ª ed. — São Paulo : Seguinte, 2024.

Título original: Trial of the Sun Queen.
ISBN 978-85-5534-317-9

1. Ficção canadense 2. Ficção de fantasia I. Título.

23-186489   CDD-C813

Índice para catálogo sistemático:
1. Ficção : Literatura canadense   C813

Cibele Maria Dias – Bibliotecária – CRB-8/9427

Todos os direitos desta edição reservados à
EDITORA SCHWARCZ S.A.
Rua Bandeira Paulista, 702, cj. 32
04532-002 — São Paulo — SP
Telefone: (11) 3707-3500
www.seguinte.com.br
contato@seguinte.com.br

Para todos que são movidos pelo amor e pela raiva

Ouranos

- Celestria
- Montanhas Beltza
- Tor
- Mansão
- Nost[r]
- Floresta Siva
- Aluvião
- Rio Sinen
- Bosque Sarga
- Enseada Zelen
- Afélio

NOTA DA AUTORA

Muito obrigada por escolher ler *A Rainha Sol*. Este é o primeiro do que, acredito eu — por ora —, será uma série de quatro volumes. Não prometo que isso não vá mudar! Estou muito ansiosa e aconselho você a procurar os vários *easter eggs* espalhados pela história. Algumas respostas vão se revelar aqui, e outras, só nos próximos livros... Ainda há muito mais por vir! Espero que você ame tanto quanto eu.

Nesta série o romance tem um ritmo um pouco mais lento, por isso as cenas mais quentes ficarão para a continuação (isso eu prometo). Os avisos de conteúdo estão listados abaixo se quiser lê-los, se não, pode pular para o capítulo 1.

Com amor,
Nisha

Avisos de conteúdo: para quem gosta de um alerta, este é um romance adulto que envolve morte, sangue e pessoas matando umas às outras. Há menção de agressão sexual no passado — não acontece nada nas páginas a seguir. Há os palavrões de sempre e um pouco de safadeza.

I
LOR

Aquela vaca pegou meu sabonete. Reviro o pequeno armário de madeira que guarda meus poucos bens materiais. Uma túnica esfarrapada. Um par de meias. Alguns romances surrados que li tantas vezes que praticamente já viraram pó. Mas nada de sabonete.

— Vou matar aquela garota — murmuro, jogando tudo do meu armário na minha cama estreita. — Vou cortar a cara dela. Estripar ela de ponta a ponta. Vou...

— É só um sabonete, Lor.

Paro e viro para Tristan. Ele está recostado na parede, os braços cruzados, os tornozelos também. Uma mecha de cabelo preto pende sobre o olho, e um sorriso discreto curva seus lábios.

A lembrança do que fiz pelo luxo extravagante daquele único sabonete me causa arrepios. Quando passo a língua atrás dos dentes, ainda consigo sentir o gosto podre do suor do diretor da prisão e... *não vou pensar nisso.*

— Não é só um sabonete — murmuro, furiosa. — Você sabe o que tive que fazer por... — paro de falar quando o sorriso dele desaparece.

Meu irmão estreita os olhos, baixando os braços e dando um passo na minha direção. Ele é uns trinta centímetros mais alto do que eu, forte, magro e, apesar das olheiras escuras, incrivelmente bonito — e tem total consciência disso.

— O que você fez? Foi Kelava?

Meu olhar encontra o de Willow. Ela está na cama dela, ao lado da minha, e trocamos um momento de compreensão mútua. Os grandes olhos escuros da minha irmã são assombrados pelo mesmo fardo que, sei, está transparecendo nos meus.

— Nada — digo.

A última coisa de que preciso agora é Tristan atacando o diretor da prisão para defender minha honra.

O que Kelava me obrigou a fazer não é novidade. Não foi a primeira vez que tive que conquistar meu espaço neste lugar, e, se isso me der o que preciso para sobreviver a mais um dia dentro de Nostraza, vou fazer quantas vezes forem necessárias. Tristan tem boas intenções, mas às vezes esquece o que é preciso para viver dentro destes muros de pedra opressivos.

— Lor — ele diz, em tom de alerta.

— Deixa pra lá, tá? É melhor se você não souber dos detalhes.

Um músculo em seu maxilar se tensiona, seus olhos escuros cintilam. Ele só está tentando me proteger, mas às vezes preciso que ele não se meta na minha vida.

Willow levanta da cama, tirando a poeira de sua túnica cinza fina como se pudesse deixá-la limpa de verdade. Dezenas de outras camas abarrotam o espaço, enfileiradas ao longo das paredes. O pé-direito é tão baixo que Tristan precisa curvar o pescoço para não bater no teto. Os lençóis, que devem ter sido brancos em algum momento obscuro de sua existência, cobrem as camas com os travesseiros cinza e anêmicos, tão finos que é até difícil entender para que servem. Com sorte a gente consegue uma coberta de lã áspera, mas, assim como meu sabonete, também é um luxo raro. Arranjar uma que não esteja cheia de buracos já pode ser considerado uma bênção de Zerra.

— Vamos tomar café. A gente arranja outro sabonete para você — Willow diz, com a voz suave enquanto me dá o braço.

Seu cabelo preto bate logo abaixo das orelhas, rebelde e sem vida. Não cresceu mais do que isso desde o último surto de piolhos, quando rasparam nossa cabeça. Por semanas, ficamos parecendo um exército de batatas em sacos disformes. Ao passar a mão no meu, faço uma careta. Assim como o de meus irmãos, é preto como a noite e cresceu um pouco mais do que o de Willow, agora está quase no queixo.

O mais longo que já deixei alcançava o meio das costas. Mas isso faz anos, e, mesmo naquela época, era tão seco e frágil que eu acordava com o travesseiro cheio de fios, como um ninho de vermes ressecados. Sinto que está um pouco mais saudável agora, mas Nostraza só fica cada vez mais cheia e com mais doenças; outro surto vai chegar mais cedo ou mais tarde. É um milagre que ainda não tenha acontecido.

Faço que sim, soltando o braço de Willow e voltando a guardar minhas coisas no armário. Bato a porta com tanta força que as prateleiras tremem. Não tem fechadura — esse é o problema. Nada é de ninguém aqui. Tudo é emprestado temporariamente, incluindo nossos corpos e, com certeza, nossas almas. A única coisa que ainda não dominaram é minha mente, embora isso pareça mudar a cada ano que passa.

Tristan e Willow vão na frente, por um corredor escuro e estreito, com arandelas bruxuleantes iluminando o caminho. As paredes de pedra são ensebadas e brilham com a umidade. Tudo está sempre úmido dentro de Nostraza, e tenho quase certeza que não é só de água. Muito tempo atrás, fiz um acordo comigo mesma de que não pensaria muito no que mais escorre entre aqueles tijolos. É apenas com essas inúmeras autoilusões que consigo enfrentar um dia depois do outro.

Vamos nos atrasar para o café da manhã por minha culpa e provavelmente não teremos nada para comer. Eles não vão reclamar nem me culpar, mas vou compensar meus irmãos de alguma forma.

Quando passamos por outro dormitório, espio dentro, sabendo que vou encontrar minha arqui-inimiga, Jude. Talvez eu roube algo dela para me vingar. Talvez meu sabonete esteja no armário dela. Jude seria idiota o bastante para escondê-lo onde qualquer um poderia encontrar. Estou prestes a entrar correndo quando Tristan me pega pela mão.

— Não faz isso. Não vale a pena.

Nossos olhos se encontram, a fúria se fundindo à rocha sedimentar de raiva alojada no meu peito. Com a diferença de que essa não se tornará um diamante no futuro.

Ele não entende. É um dos privilegiados neste buraco dos infernos. Para um prisioneiro, ele é forte e saudável, sem falar que é charmoso e tem a maioria dos guardas na palma da mão. Eles o chamam de *Príncipe de Nostraza* e falam isso com ar de deboche, mas, como Tristan entra na brincadeira, ele tem a vantagem.

— Vou arranjar mais para você. — Sua expressão se suaviza. — Prometo.

Por mais que os guardas protejam Tristan, essa benevolência nunca se estendeu a mim ou a Willow. Nosso parentesco continua em segredo por segurança, e isso não é culpa dele, mas há dias em que sinto rancor pela sorte do meu irmão. Não é justo, eu sei. Desde o começo, ele faz todo o possível para nos proteger.

— Tá — digo, desejando que as lágrimas inesperadas em meus olhos não escorram.

Aprendi da pior forma a segurá-las e guardá-las dentro de mim. Lágrimas só são úteis quando são usadas como armas.

Mas alguns dias são mais difíceis do que outros.

Meu estômago vive vazio, e minha garganta, seca como a caverna mais profunda e árida. As feridas que estão cicatrizando em minhas costas, consequência de uma chicotada que recebi duas semanas atrás, ainda ardem sempre que me mexo muito rápido. Eles me castigaram quando "sem querer" virei uma tigela de sopa quente no colo de um guarda perverso. Ele mereceu, e não me arrependo de nada. Espero que as bolas dele tenham se encolhido e caído.

Hoje, sinto o peso sufocante de cada um dos doze anos que passei dentro dos muros desta prisão. Doze anos pelo crime de simplesmente nascer. Por carregar a marca de um legado destroçado que nunca quis nem entendi de verdade.

Todos os segundos. Todos os minutos eu foco no dia em que finalmente vou me libertar. Vivo esse dia em meus sonhos e o imagino quando estou acordada. Sinto esse dia no meu âmago. Um dia, vou sair daqui e me vingar do Rei Aurora por tudo que ele roubou. Tudo que fez.

Mas não posso simplesmente fugir. Mesmo se pudesse, não poderia ir embora sem Tristan e Willow. Não existe liberdade sem eles.

Um dia, vou encontrar uma forma de tirar *todos* nós daqui.

Continuamos pelo corredor, Willow pegando minha mão e lançando olhares preocupados para mim. Ela é a pessoa meiga do nosso triozinho esfarrapado. Apesar da crueldade abrasiva de Nostraza, Willow continua sendo uma menina de coração mole que precisa da minha proteção. Enquanto sufocamos aqui, vou fazer o que for preciso para que ela continue a salvo — na medida do possível, numa vida em que temos menos do que nada.

Mas todos cuidamos uns dos outros, e, às vezes, também preciso dela.

Um momento depois, sinto alguém apertar minha bunda e viro, o punho erguido, pronta para dar um soco esmagador. Quando vejo que é Aero, rosno e ataco mesmo assim. Ele desvia, com um sorriso se abrindo no rosto quando escapa de mim por um triz.

— Poxa, Lor, isso é jeito de tratar seu detento favorito?

— Favorito — bufo antes de dar as costas.

Mas ele passa o braço ao redor da minha cintura e me puxa,

encaixando o queixo no meu pescoço. Consigo sentir o sorriso que ele abre para Tristan e Willow.

— Logo ela encontra vocês.

Willow olha para mim em busca de confirmação, e faço que sim.

— Já vou. Guardem umas pedras para mim. — Willow ri porque sabe que estou falando dos pães de café da manhã da cantina, e Tristan lança um olhar de aviso para Aero.

— Vai logo — digo a ele. — Vou ficar bem.

— Se fizer mal a ela, eu mato você — Tristan diz, e reviro os olhos, me soltando do abraço de Aero.

Ele ergue as mãos em sinal de rendição, o sorriso ficando ainda mais largo.

— Entendido, chefe.

— Podem ir — digo.

Tristan e Willow seguem e desaparecem numa curva. Mas não antes de meu irmão lançar mais um olhar ameaçador para Aero.

Na mesma hora, ele me pega pela cintura e me joga na parede, enfiando a boca na minha. Ele é magro e esguio, vários centímetros mais alto do que eu. Sempre no limite da fome, ninguém dentro de Nostraza tem o conforto de gordurinhas extras para cobrir os ossos.

Aero desce as mãos por minha bunda até a parte de trás das minhas coxas e me levanta. Enrosco as pernas na cintura e os braços no pescoço dele, beijando-o, e nossos dentes e línguas se encontram num embate frenético. Não é meigo nem doce, mas não há nada de meigo ou doce na vida passada dentro destes muros. Depois de tantos anos neste lugar, a memória da doçura é tão distante e inalcançável quanto as estrelas no céu.

Nossas respirações febris enchem o corredor estreito, e fico grata por todos já terem saído para o café da manhã. Aero esfrega o quadril no meu, o pau duro pressionando minha barriga. Agarro seu cabelo ruivo enquanto ele roça em mim e solto um gemido. Quando ele chegou, dois anos atrás, era o retrato do jovem ladrão charmoso, mas Nostraza lhe roubou essa chama essencial de vida como faz com todos nós. Seus olhos azuis e brilhantes, que já foram sagazes e travessos, perderam o brilho quando Aero entendeu, assim como todos aqui, que é uma questão de tempo até a morte levá-lo.

Mesmo assim, ele é uma das poucas coisas bonitas que tenho para me apegar neste lugar dos infernos.

— Me encontra na forja hoje à noite — diz, a boca ainda na minha. Ele enfia as mãos pelas laterais de minha túnica e roça os dedos suavemente nas minhas cicatrizes. — Preciso de você.

Um beijo violento abafa minha resposta, e então assinto, gemendo de satisfação enquanto ele brinca com a língua em meus lábios. Nesta existência sombria, esse pequeno prazer é uma fraca luz cintilante pelas frestas estreitas da escuridão.

— Vadia — ouço uma voz ácida, e interrompemos nosso beijo. Jude está no corredor, seu cabelo loiro-escuro em ondas sem vida na altura do queixo. Com os braços finos cruzados, a curva de seu lábio é cheia de desdém. — A vagabunda número um de Nostraza é você, não é, Lor? Se esfregando feito um bicho no cio bem aqui em público?

Ela encara Aero com seu olhar penetrante, franzindo a testa com cara de nojo.

— Vai se foder, Jude — digo, buscando sinais do meu sabonete, como se ela pudesse estar usando-o em uma corrente ao redor do pescoço.

Como se lesse minha mente, ela contorce a boca num sorriso sarcástico, então desce os dedos casualmente pelo pescoço e depois pelos braços como se estivesse se ensaboando no chuveiro. Mas retribuo o sorriso. Ela pode ter pegado meu sabonete, mas sei que está de olho em Aero desde o momento em que ele chegou, detido sob a acusação de invadir o Distrito Esmeralda, o bairro mais rico da Aurora.

Seria mentira se eu dissesse que não fiquei transbordando com uma satisfação presunçosa quando ele demonstrou interesse em mim. Para entrar na cabeça recém-lavada dela, me penduro nos ombros de Aero e passo a mão em seu peito, depois puxo o rosto dele e dou um beijo intenso e demorado.

Meus sentimentos por Aero são complicados.

É difícil demais amar alguém dentro de Nostraza, onde, mais cedo ou mais tarde, todos serão arrancados de você. As únicas pessoas que já deixei entrar no meu coração foram Tristan e Willow, e sei que foi um erro. Toda vez que eles ficam frente a frente com a morte, toda vez que um deles é espancado ou trancado na solitária, tento arrancá-los da minha alma, na esperança de me machucar menos quando eles morrerem.

Só me resta torcer para que um dia, *um dia*, eu consiga nos tirar daqui. É um sonho impossível, mas me apego a ele inutilmente porque é tudo que tenho.

Jude solta um rosnado e passa por nós batendo o pé em direção ao refeitório e trombando em mim.

— É melhor a gente ir comer também — Aero diz —, senão não vai sobrar nada. Encontro você depois que seu turno acabar? — Ele pega minha mão, e também atravessamos o corredor.

Faço que sim. Tenho que trabalhar na lavanderia hoje. Horas e horas no calor abafado, acabando com meus braços e minhas costas de tanto bater tanques de lençóis ensaboados e encharcados que guardam apenas uma lembrança da cor que já tiveram. Vou precisar de alguma alegria mais tarde, e Aero costuma ser a cura temporária.

Viramos no refeitório, que já está cheio de centenas de presos. O falatório é quase ensurdecedor. As pessoas gritam para preencher todos os preciosos segundos de um de nossos poucos momentos livres no dia — trinta minutos de café da manhã, trinta minutos de jantar. Passamos as horas restantes trabalhando — outros nas minas de pedras preciosas, outros nas cozinhas, outros na forja, alguns limpando, outros costurando, e o resto cumprindo uma centena de trabalhos que nenhuma pessoa livre aceitaria.

Ao terminar seu turno, você pode ter uma hora de folga, isso se não cair imediatamente na cama de exaustão. Hoje à noite, vou encontrar energia porque, num lugar onde só há desgraça, tenho que achar esperança onde der.

Jude está sentada com seu bando a uma mesa perto do fim da fila de comida, um com a cara de rato mais azeda do que o outro.

— Vocês não adoraram o cheiro do meu sabonete novo? Minha pele definitivamente está com cheiro de rosas — ela diz, levantando a manga da túnica antes de erguer o antebraço para suas seguidoras.

Eu paro e a encaro, tentando cravar buracos em seu crânio. Ela olha para cima neste momento, um sorriso lento se abrindo em seu rosto franzido. *Filha da puta.*

Antes de pensar no que estou fazendo, já estou em ação. Com um rosnado, dou um salto e me jogo em cima de Jude, agarrando o pescoço dela. A cadeira tomba, e nós duas caímos no piso de pedra com força. Montando em cima dela, aperto seu pescoço, e ela grita, arranhando meus braços.

Jude me dá um soco tão forte na cabeça que minha visão fica turva. Desorientada, perco a força nas mãos, e ela me derruba, me imobilizando. Outro soco no queixo me faz sentir gosto de sangue. Vou *matar* essa filha da puta.

Desta vez, pego o punho dela e o torço com toda a minha força antes de ouvir o estalo nauseante e satisfatório de osso. Jude grita, e eu dou um chute para ela sair de cima de mim e volto a ficar por cima dela. Disparo golpes na barriga, nas costelas e na cabeça com a fúria de um demônio que acabou de se libertar.

— Lor!

Registro o meu nome e sinto mãos tentando me puxar para longe.

— Me solta! — grito, ainda espancando Jude.

— Lor!

Reconheço a voz de Tristan, e sou arrancada de cima dela, meu peito arfando e minha cabeça latejando.

Os guardas formaram um círculo ao nosso redor, me enjaulando como o animal feroz que eu me tornei. Jude grunhe, caída no chão, uma poça de sangue se formando embaixo dela. Calor escorre por meu queixo, manchando a parte da frente da minha túnica de carmesim. Tento limpar, mas Tristan imobilizou meus dois braços para trás.

— Me solta — digo, furiosa, torcendo os punhos sob a força das mãos dele.

— Só quando você se acalmar.

As zombarias e os comentários do refeitório cessam logo em seguida, quando passos pesados ecoam. Todos estavam assistindo ao show, contentes por não serem eles que perderam o controle tênue da sanidade hoje. Broncas do diretor da prisão são o entretenimento de Nostraza, considerando a ausência marcante de quaisquer outras opções.

— O que está acontecendo aqui? — Kelava pergunta.

— Nada, senhor — Tristan responde com uma voz quase de puxa-saco.

Parte de mim quer dar um tapa na cara dele, mas é assim que Tristan sobrevive, e não posso guardar rancor por isso. Todos fazemos o que devemos fazer.

O círculo de guardas abre, e Kelava passa, parando na minha frente, onde ainda estou me debatendo nos braços de Tristan. Sangue continua escorrendo da minha boca, gotículas pingando no chão e na ponta da minha bota. Minha têmpora e meus lábios pulsam dolorosamente enquanto o diretor da prisão me encara com seus olhos pequenos e redondos.

— Eu não disse para você que, se causasse mais problemas, haveria consequências?

Não digo nada, apenas olho feio e tento mais uma vez me libertar de Tristan.

— Ah, Lor. Por que você é assim?

Os olhos azul-acinzentados de Kelava se enchem de algo semelhante a preocupação paternal por minha alma impura. Ele realmente acha que é o mocinho. Quero cuspir na cara dele. Quero socar a cara dele. Quero dar um chute tão forte nas bolas dele que, mesmo quando estiver velho e frágil, se agarrando a resquícios de dignidade, ele ainda vai sentir dor.

Jude geme de novo no chão, caída, apertando o punho torto. *Dramática do caralho*. O diretor alterna o olhar entre mim e ela, franzindo a testa.

— Foi você quem começou isso?

Abro a boca, com a intenção de me defender. Ninguém vai me dedurar. Existe um código de honra até entre os criminosos e os arruinados.

Bem, exceto por Jude. Ela não tem esses escrúpulos quando se trata de mim.

— Sim, ela começou — Jude vocifera, finalmente conseguindo falar, embora sua voz esteja abafada pelos lábios sangrentos e inchados. — Ela me atacou sem motivo nenhum!

— Ela roubou meu sabonete!

— Não roubei! Você não tem como provar isso!

Kelava ergue a mão, nos silenciando. Jude está com a cara inchada e a camisa encharcada de sangue escarlate. Uma imagem horrível. Isso não é um bom sinal para mim.

— Diretor — digo, abrindo um sorriso sonso, usando todas as minhas armas para me salvar. — Se formos até sua sala, tenho certeza que podemos resolver isso. — Só de fazer essa insinuação sinto a bile abrir um caminho ardido e ácido pela garganta.

Odeio, mas é a única moeda de troca que tenho a oferecer.

Eu disse algo errado, porque a máscara calma e paciente de Kelava cai, e as pupilas crescem como buracos negros. Os guardas podem nos usar para seus desejos asquerosos, mas, ao que parece, existe honra até entre os estupradores, já que todos fingem que não há nada de errado por trás das portas fechadas de Nostraza. O diretor aponta para dois guardas violentos cujos punhos conheço intimamente.

— Levem-na para a Depressão — Kelava diz, e os guardas me tiram de Tristan.

Meu irmão, ao menos, não me solta tão facilmente.

— Não — digo, o pânico apertando minha garganta como um punho.

Isso, não. Qualquer coisa menos isso. Quase morri na última vez. Uma semana na Depressão me deixou destruída, com a mente despedaçada e o corpo em frangalhos.

— Não, por favor. Desculpa. Não vai acontecer de novo.

O diretor aproxima o rosto do meu, e continuo a me debater contra os guardas. Ele está tão perto que sinto seu hálito úmido em meus lábios, fétido com os restos do que quer que ele tenha devorado no café da manhã.

— Duas semanas devem ensinar uma lição a você, já que nada mais parece fazer efeito.

— Não! — grito, tentando me soltar. — Não! Por favor! — Estou chorando de soluçar, meus berros ecoando pelo salão. Quebrei minha regra de não chorar. Estas lágrimas não são uma arma. Afinal só serão usadas contra mim.

Tristan está suplicando com o diretor, mas o olhar duro de Kelava não vacila ao saborear minha angústia, um sorriso fino se abrindo em seus lábios.

Meus gritos cessam quando um guarda me dá um soco tão forte na barriga que me faz dobrar ao meio, quase vomitando o conteúdo escasso do meu estômago. Tentando respirar como um peixe fora d'água, sou puxada com tanta força pelos braços para ficar em pé que uma das minhas articulações do ombro estala e meu grito ecoa por todos os cantos do salão.

— Levem-na — Kelava diz de novo. — Te vejo em duas semanas, *detenta*, supondo que ainda sobre alguma coisa de você.

Depois disso, não ouço nada além do estrondoso ruído branco em meus ouvidos enquanto sou arrastada para fora.

2

Os guardas me carregam pelo pátio empoeirado e pelos portões de ferro abertos da prisão, até a floresta impenetrável que cerca Nostraza, conhecida simplesmente como o Nada. Quando entra nela, você nunca mais sai. Nos raros casos de uma fuga da prisão, o Nada garante que sua liberdade morra na praia.

Continuo a me debater, meu ombro ardendo de dor enquanto os guardas praticamente me carregam entre eles, minhas pernas pedalando no ar como se eu fosse uma marionete raivosa. É inútil. Os dois têm o dobro do meu tamanho, e doze anos de vida na prisão me deixaram fraca e subnutrida.

E acredito que seja exatamente esse o objetivo.

Quando passamos pelos portões, os guardas tocam as ovais opalescentes que trazem no peito e murmuram algumas palavras. Os broches se acendem, envolvendo-os em uma bolha cintilante e translúcida. Embora dê para ver além da superfície, ela obscurece minha visão como uma vidraça embaçada. Os guardas são mortais, sem nenhuma habilidade mágica. Eles usam esses aparatos criados por um Imperial ou Nobre-Feérico, neste caso o Rei Aurora, pois, pelo que se sabe, é a única coisa capaz de proteger contra o Nada.

A Depressão não passa de um buraco fundo na terra, localizado logo depois dos muros da prisão. Se batizaram o Nada por sua capacidade de sugar as pessoas para dentro, a Depressão tem esse nome porque esgota a pessoa, deixando-a oca e sem ar.

Fica tão perto da prisão que os guardas não precisam se aventurar demais entre as árvores, mas é longe o bastante para que, quando estiver sozinho aqui, o prisioneiro sinta que foi abandonado nas mãos dos monstros da floresta.

Já passei um bom tempo na Depressão.

Com um temperamento como o meu, é inevitável se meter em encrenca de vez em quando… ou sempre. A sentença normal é uma noite ou duas. Já é intimidador o bastante, e a maioria das pessoas nunca volta para aquele lugar. Se é porque a expectativa de vida em Nostraza é muito curta ou porque só é preciso estar lá uma vez para gerar obediência eterna, já não sei.

Um pouco de cada, imagino.

Foram poucos os prisioneiros que sobreviveram a mais de uma noite na Depressão sem sucumbir à loucura. Sou uma dessas pessoas. Embora talvez eu esteja, sim, um pouco louca. É difícil saber hoje em dia.

Na última vez, eu arrombei a despensa depois que os guardas cortaram nossas rações em retaliação a uma pequena rebelião. Ficamos com ainda mais fome do que o normal e precisávamos de algo para comer, ou começaríamos a nos voltar uns contra os outros. Foi um ato de autopreservação que me fez passar sete noites agonizantes na Depressão. Uma infração pequena, desproporcional à punição, mas é isso que este lugar faz com você. Te leva ao limite e, quando você está prestes a cair, te empurra com força para as rochas íngremes lá embaixo.

Quando voltaram para me buscar, eu não passava de um caco balbuciante com a pele ensanguentada, o cabelo empapado e as unhas quebradas. Demorou semanas para Willow arrancar uma única palavra dos meus lábios. E levou mais tempo ainda para meus dentes pararem de bater e eu me livrar de um ciclo interminável de pesadelos. Aqueles sonhos tenebrosos vêm apenas de vez em quando agora. É o melhor que posso esperar.

Enquanto os guardas me arrastam cada vez mais para dentro da floresta, eu lembro de como fiquei destruída. Como senti todas as dores que se podia sentir, da ponta dos dedos ressecados às profundezas da minha alma fraturada.

Duas semanas.

Meus nervos ficam à flor da pele, e o pânico toma conta de mim. Comparativamente, a infração de hoje também foi pequena, mas sempre fui a "favorita" do diretor da prisão. Não vou sobreviver a isso. Vou morrer, tudo por causa de um maldito sabonete.

Os guardas estão tão apreensivos quanto eu no Nada. Consigo sentir a tensão entre eles enquanto me arrastam pelo chão acidentado. Paramos na frente do buraco retangular e fundo escavado no chão da floresta. Daqui, consigo ver os pináculos e torres altas da Fortaleza Aurora que se assoma sobre a floresta como um sapo senciente. A pedra preta cintila como se estivesse cravejada de estrelas, as janelas passando de verde a roxo a vermelho como reverberações ondulantes de luz.

Um dia, vou invadir aquela monstruosidade e arrancar a cabeça do Rei Aurora por me deixa apodrecer aqui. Por me jogar aqui dentro quando eu era apenas uma criança.

Um dia, vou me libertar deste lugar e fazê-lo pagar por *tudo*.

Minha atenção se volta para a Depressão, o desespero atravessando minhas fantasias sanguinolentas, sabendo que provavelmente nunca vou ter a satisfação da minha vingança. Mesmo se sobreviver a esse castigo, não vai restar nada de quem sou. Não vou passar de um casco que já teve um espírito e um sonho.

Ouvindo o silêncio ao redor, engulo a tensão em seco. Minha mente já está me pregando peças: imagino monstros rastejantes me cercando como um laço feito de escamas pontudas e garras afiadas.

Com a mão no meio das minhas costas, um guarda me empurra para a frente.

— Pode entrar, docinho.

Eu cambaleio e tropeço. Meus pés escorregam na borda do precipício, o chão cede em uma chuva de terra e cascalho enquanto eu caio estatelada no fundo. Com uns três metros de profundidade, é alto demais para sair escalando, mas raso o suficiente para não oferecer proteção nenhuma.

Já sei que as paredes são feitas de terra fofa e farelenta, se eu tentar subir, a única coisa que vou conseguir é um minideslizamento que pode me soterrar. Não, a única coisa que posso fazer é alternar entre ficar sentada no canto e andar três passos em cada direção, esperando o fim da minha sentença.

— Não se preocupe — grita um dos guardas. — Quando sair, vamos cuidar bem de você. É *tão* solitário aqui fora. Você vai precisar de um pouco de companhia. — Os dois começam a rir, e um aperta as partes íntimas e mexe o quadril. — Vai ser nosso segredinho do diretor — ele diz, piscando.

Cuspo para cima, desejando que minha saliva crie asas e acerte a cara dele. É claro que isso não acontece, e eles riem ainda mais.

— Não, obrigada — grito em resposta. — Ouvi dizer que seu pau é do tamanho de uma minicenoura. Preciso de algo muito, mas *muito* maior para me satisfazer. — O rosto risonho do guarda fica vermelho de fúria. Ainda vou pagar por esse comentário.

O segundo guarda se agacha e sorri.

— Os mig'dran estão bem agitados ultimamente, e ouvi dizer que a comida favorita deles é menininhas inocentes. — Ele dá algumas piscadelas, e não sei se sua intenção é se fazer de ingênuo ou de sedutor. Não é nem um nem outro.

— Que bom que eu não sou nem um pouco inocente, babaca. — retruco, e eles riem de novo.

— Ah, espero que sobreviva a isso, linda. Não acredito que ainda não me diverti com você. Putinha de estimação do diretor. — Ele me olha como se fosse culpa minha. Como se eu tivesse escolhido alguma parte disto.

Penso em cuspir de novo, mas mudo de ideia. Se eu ficar calada, talvez eles se entediem e me deixem em paz. Mas, ao mesmo tempo que desejo que eles saiam, o medo deixa meus músculos tensos. Sozinha. Duas semanas aqui sem nada. O desespero é tanto que prefiro esses dois idiotas a ninguém.

Mas está claro que eles já se divertiram e agora vão embora. Quase os chamo de volta, mas me contenho. Mesmo se ficassem para me atormentar por mais alguns minutos, alguma hora eles iriam embora. É melhor eu me acostumar.

Eles estão animados e trocam insultos, mas então suas vozes se distanciam. Fico sozinha no silêncio, cortado apenas pelo som da minha respiração e pelos pensamentos gritando na minha cabeça.

Apertando o peito, tento acalmar a respiração. Não servem comida nem água na Depressão — seria humanizado demais —, então tenho que torcer para que chova. Quanto à comida — passo os olhos pelo chão de terra vazio —, bem, hoje não é mesmo meu dia.

Sorte a minha que eu e a fome somos velhas conhecidas.

Afundo no chão, de costas para a parede, e massageio o ombro dolorido. Meu rosto ainda lateja do soco de Jude, embora pareça ter parado de sangrar. Toco a têmpora onde um calombo se formou e me encolho. Apenas mais algumas cicatrizes para acrescentar à crônica de transgressões passadas já escritas na minha pele.

A floresta continua em silêncio, talvez avaliando se represento uma ameaça. Olho para cima — não existem céus azuis em Aurora. Há apenas céus escuros e céus ligeiramente menos escuros. Um arco-íris monocromático que varia da cor de cinzas frias a preto nanquim. A única maneira de diferenciar entre noite e dia é pela presença das auroras boreais, que dão nome ao reino.

À noite, elas cobrem o céu com faixas coloridas, espraiando como ondas do mar. Cobalto, esmeralda, violeta e carmesim. As cores são tão vívidas que é quase como se alguém derretesse um caldeirão de joias e o derramasse no céu. Na maioria das noites, trancados em nossos dormitórios, não podemos vê-las; porém, nas raras noites em que as testemunhei, sua beleza fez com que um pedacinho de minha alma desgastada voltasse ao lugar.

Essa é a única vantagem que a Depressão oferece. Aqui, tenho uma vista ininterrupta do espetáculo, mesmo que seja através de um minúsculo retângulo cavado na terra. À medida que o céu escurece e as horas passam, espero pelo primeiro sinal da aurora enquanto mantenho o ouvido atento aos sons das criaturas que habitam o Nada.

Eu era criança quando fui trazida a Nostraza. Os detalhes da minha vida antes disso são nebulosos, perdidos para a erosão da fome e do tempo. É apenas por causa de Tristan e Willow que sei algo sobre quem éramos antes.

Embora eu tenha passado o começo da vida em uma floresta, mal lembro de como era o lugar. Tento ouvir os sons de pássaros e insetos. O vento farfalhando pelas folhas. Talvez o som da água de um córrego. Mas não escuto nada disso.

O céu escurece devagar com o cair da noite. Fico imaginando que, se eu me esforçar, consigo ouvir os barulhos da prisão ao longe: o toque do sino do jantar e o ritmo contínuo de centenas de vozes depois de um dia de trabalho. Penso em Aero e no encontro que marcamos para hoje.

— Desculpa, Aero — sussurro para a escuridão crescente.

Mais do que isso, porém, me preocupo com Willow e Tristan. Eles devem estar fora de si. De nós três, sou a que mais se mete em encrenca, e sei que eles sofrem toda vez que o diretor aplica uma nova punição em mim. Tento ser submissa por eles, mas obedecer às autoridades não é um dos meus talentos.

O escuro me causa um calafrio, e me encolho, desejando ter algo além da calça fina e da túnica do uniforme prisional padronizado para vestir. Meu estômago ronca, minha boca está seca, minha língua, grossa, e meus lábios, rachados. Nem cheguei a tomar café da manhã hoje. Nuvens correm pelo céu, obscurecendo qualquer visão da aurora, mas talvez isso signifique chuva, pelo menos.

O silêncio perturbador da floresta continua, mas me permite ouvir a rotina da prisão ao cair da noite. Hora do jantar. Hora do banho. Jude deve estar usando meu sabonete e se deleitando com minha penitência. Imagino que esteja cantarolando uma melodia triunfante enquanto se esfrega. Ranjo os dentes pensando nisso.

Tomara que eu tenha quebrado o punho dela e que doa pra cacete por semanas.

Se eu fechar os olhos, ainda consigo sentir as notas florais do sabonete. Rosas, o diretor me disse. Não lembro se já cheirei uma rosa de verdade, mas devem ser bonitas.

Não que não ofereçam sabão para o banho, mas é áspero e azedo, e o cheiro faz meu nariz e meus olhos arderem. Aquele sabonete não apenas tinha um cheiro celestial, mas também era suave e cremoso como uma pedra polida e aveludada, desgastada pela mão suave do tempo. Minha pele teria ficado como seda. É difícil imaginar um mundo em que as pessoas usem sabonetes como aquele todos os dias.

Por fim, a prisão fica em silêncio quando os detentos se recolhem para dormir. Imagino Willow olhando para minha cama vazia, chorando por mim até cair no sono. Tristan deve estar deitado, olhando fixamente para o teto, tramando mil formas de me tirar daqui, sabendo que as chances de isso acontecer são nulas.

Penso em Aero e me pergunto se está sozinho ou se saiu em busca de outra pessoa para satisfazer suas necessidades. Essa ideia me causa um aperto no peito, mas não é justo. Nunca prometemos nada um ao outro. De que adiantaria?

Meu estômago ronca tão alto que o som ecoa pela floresta. Sou como um sino de jantar. Uma sirene vermelha atraindo todos os predadores do Nada diretamente para meu esconderijo muito visível. Mas não importa. Tenho certeza que eles conseguem me farejar. Mesmo se eu fosse silenciosa como um fantasma, eles saberiam que estou aqui.

Dizem os boatos que o Rei Aurora cria uns híbridos grotescos dos monstros que caça por todo o continente de Ouranos e dos outros mundos. A magia dele os transforma em feras selvagens e deformadas que se alimentam da carne de mortais que entram na floresta, ao mesmo tempo que protegem os cidadãos Feéricos da Aurora e a família imperial que habita a Fortaleza.

Esses monstros são ótimos caçadores. Nada passa por essas árvores.

Ouço um graveto estalar, e meu coração dispara. Outro estalo, e me encolho ainda mais no canto, apavorada pelo que possa entrar nesta cova. Até agora, tive uma sorte fora do comum. Embora tenha chegado perto muitas vezes, nada nunca me atacou aqui antes. Outros prisioneiros não podem dizer o mesmo.

Alguns dias atrás, ouvi os guardas falando sobre um prisioneiro que tinha sido deixado aqui por uma noite, mas encontrou seu fim nas presas de um ozziller.

"Virou uma poça de sangue e ossos", disse um deles com um calafrio. Até os guardas ficaram perturbados com a ideia. Imagino o ozziller agora, deslizando pela beirada do precipício, lambendo os beiços. Supondo que tenha beiços. Embora eu não faça ideia de como a criatura seja, minha imaginação evoca imagens de escamas afiadas, presas gotejantes e os piores pesadelos que consigo imaginar.

Com outro estalo de galhos, o ar fica mais denso, sombras pretas rodopiando. Elas me preenchem, entrando por meu nariz e minha boca, enchendo meus pulmões com o gosto pesado e azedo de morte.

Minha respiração fica mais curta, vindo em arfadas tensas numa tentativa inútil de me manter calma.

A escuridão fica ainda mais opressiva e agora vem acompanhada pelo som de respirações entrecortadas, como correntes escorregando por grades enferrujadas. Uma sombra, mais densa do que as que já me consumiram, aparece na boca do buraco. Vejo o contorno turvo de um corpo, torcido e quebrado, os membros mais compridos do que o natural, presos ao torso em ângulos incongruentes. Uma lamúria escapa da minha garganta enquanto me encolho ainda mais, tentando desaparecer num sopro de nada.

Não sou nada. Não tenho nada. Por favor, vá embora, grito dentro da minha cabeça, várias e várias vezes.

Meu coração se debate, e fecho os olhos com força. Não consigo olhar. Se eu morrer agora, pelo menos não vou ter que passar as próximas duas semanas sofrendo. Só espero que seja indolor e rápido.

Espero o golpe, a tensão queimando como ácido a minha fina fachada de coragem. Incapaz de suportar o suspense, abro os olhos, e, neste momento, a criatura avança com velocidade monstruosa em uma sombra turva da cor da noite.

É então que solto um grito arrepiante.

3

Um segundo depois, um clarão corta o céu, seguido por um trovão tão alto que faz a terra tremer. Caem detritos e pedras das paredes na minha cabeça. Outro clarão, e desta vez o trovão ressoa ainda mais alto pelo firmamento antes de romper a tempestade.

A criatura desapareceu, provavelmente afugentada pela chuva. Dou um suspiro de alívio, meu coração ainda pulsando tão forte que parece tropeçar nos próprios batimentos. Essa foi por pouco. Como vou sobreviver a isso por duas semanas?

Mas Zerra atendeu uma oração hoje, e ergo a cabeça para o céu, abrindo a boca para receber a água fresca da chuva tocando minha língua e garganta secas. Pelo menos de sede não vou morrer. Não por enquanto.

A temperatura despenca, e estremeço enquanto a chuva cai num ritmo constante sobre meu cabelo, minha pele e minhas roupas.

Depois do que parecem horas de uma tempestade implacável, percebo que realmente deveria tomar mais cuidado com o que desejo. O buraco está se enchendo de água, um dilúvio intenso demais para a terra ter tempo de absorver. Agora, a água já está com alguns centímetros de profundidade, e faço uma série de orações a Zerra, suplicando que a chuva pare antes que se torne insuportável. Ou mortal.

Mas desta vez minhas orações são ignoradas. A chuva continua a cair com a determinação de um oceano tentando afogar uma baleia.

Um dia deve ter se passado, o céu indo de preto a cinza e de volta ao preto como uma história entediante. As nuvens que encobrem o céu são tão espessas que não há nem sinal da aurora. Conforme a chuva continua a cair, a cova se enche até eu não conseguir mais ficar sentada. Quando a água sobe vários centímetros, sou obrigada a ficar em pé. Me apoio na parede já enlameada, minhas lágrimas caindo com a chuva. Ninguém vai me ver chorar aqui, então me permito esse raro luxo.

Em um fluxo incessante, a água sobe por minhas coxas e chega até minha cintura como se eu fosse uma estátua sendo encoberta lentamente por fios de hera. Estou tão cansada. Tão fraca. Daria tudo para deitar. Ou até sentar. Meus pés e minhas pernas doem, e estou com muito frio. Meus dedos estão completamente dormentes. Não paro de olhar para minhas mãos para confirmar se ainda estão aqui. Tento mexer os dedos dos pés dentro das botas, mas estão gelados e entorpecidos.

Tento dormir apoiada na parede, mas é o mesmo que tentar cochilar durante um estouro de gnus. A chuva encharca minhas roupas, meu cabelo e minha pele, gotas pingam dentro dos meus olhos. Estou tremendo tanto que meu maxilar dói com o bater dos dentes. Abraço meu corpo, tentando encontrar alívio em um pouco de calor, mas não existe calor nenhum.

Deito de costas na água e tento boiar, buscando aliviar a pressão nas pernas. Ajuda, mas com o tempo não sei se é pior me manter em pé ou expor uma parte maior do corpo à água e ao frio.

Graças a Zerra é verão, e a temperatura é relativamente morna. Os invernos da Aurora são brutais, para dizer o mínimo.

Finalmente. Finalmente, a chuva para.

Não sei quanto tempo demorou, mas a dor se irradia por todos os membros e células do meu corpo. A dormência adentrou todos os meus poros, fincando raízes e se espalhando como lava resfriada.

À medida que o céu abre e as nuvens se dissipam, derramo lágrimas de alívio. Pelo menos não morri de sede. O frio cobre minha pele, uma casca dura sobre meus braços e pernas trêmulos. É possível morrer por ficar em pé tempo demais?

Demora o que parece uma vida para a terra absorver a água. Se consigo dormir, é meramente por alguns segundos que não proporcionam nenhum descanso. Estou tão cansada. Estou tão faminta. Estou tão devastada, um casco vazio de nada. Devagar, muito devagar, minhas costas escorregam pela parede e vou descendo com o nível da água. Sinto um tremor nas pernas e espasmos nas costas. Minha cabeça lateja e meu coração palpita de forma irregular.

Depois de uma eternidade, finalmente consigo sentar, meu corpo se soltando como uma nuvem de fumaça com o alívio luxuoso de tirar o peso dos pés e das pernas. Estou muito leve, estou nas nuvens, mas ainda sinto a pele tão encharcada que eu poderia afundar em um lago como se estivesse amarrada a um pedregulho. Ergo os joelhos, abraço as pernas e baixo a cabeça. Algumas horas depois, quando restam apenas alguns centímetros de água, tombo no chão, sem correr mais risco de afundar. Neste momento, parece que nada nunca foi tão divino quanto a capacidade de simplesmente *deitar*. Eu choraria se conseguisse encontrar energia. Minhas pálpebras fecham, e pego no sono.

Não sei há quanto tempo estou deitada no fundo deste buraco. Os dias se misturam enquanto o céu oscila de cinza a preto a cinza de novo, sem parar. Quando as luzes da aurora surgem, tento contemplá-las, mas mal consigo erguer a cabeça, vislumbrando apenas um indício sem vida de vermelho, azul, verde e roxo pelo canto do olho. Se prender a respiração, porém, consigo *ouvir* as luzes. Elas crepitam como se estivessem imbuídas de energia, como um raio acumulado que nunca cai.

Tento contar a passagem dos dias, mas logo me perco, e, de todo modo, minha mente está pregando peças em mim. Nada disso parece real. Não consigo distinguir um segundo do outro. Sou um relógio quebrado, tiquetaqueando continuamente no vazio.

Não chove mais e sou grata por isso, embora seja um alívio pequeno. Em breve vou precisar de água de novo. A fome corrói tão fundo que desgasta até meus ossos. Eu *conheço* a fome. Entendo seu ritmo e seus batimentos, sua textura, mas acho que nunca fiquei tão faminta assim.

Há momentos em que sinto a presença do demônio, embora ele nunca volte a se aproximar tanto. Eu o chamo. Imploro que me devore. Que me destrua, pedacinho por pedacinho, e acabe com isso. Nem ligo se doer. Só quero que acabe.

Mas ele não ouve minhas súplicas angustiadas. Algo o detém. No labirinto de meus pensamentos turvos, consigo sentir sua relutância em se aproximar.

Minha consciência vai e volta, sonhos seguidos de pesadelos num ciclo sem fim que se mistura numa névoa de cores e escuridão. Imagens sombreadas de asas de plumas negras e peles de couro. Raios carmesins arranham o céu feito garras, abrindo espaço para um rio de estrelas. Um sorriso ensanguentado que me atravessa com um estalo agudo. Gritos que ecoam em algum lugar que quase esqueci. Um lugar que conheço mas nunca visitei.

Sonho com Tristan e Willow tentando seguir em frente sem mim. Com suas cabeças baixas e uma trilha de lágrimas pelo rosto. Vejo Willow balançando para trás e para a frente, uma oração saindo dos lábios, o braço de Tristan ao redor dos ombros dela.

Sonho com Aero sob um céu coberto pela aurora. Com beijos frenéticos e mãos ansiosas. Com a pele morna e suada deslizando no calor, gemidos febris. Sonho com seus dedos e lábios e língua saboreando, mordendo e chupando. Com algo que deveria ser gostoso, mas é agoniante por ser um momento fugaz de alívio encravado numa vida de dor.

Sonho com o diretor da prisão, seus olhos pequenos e redondos e seu hálito pútrido. Com suas palavras cruéis e intenções sádicas. Escuto um zíper deslizando e sinto os ralados em meus joelhos enquanto me forço a não chorar. Me forço a não entregar esses últimos resquícios de dignidade que guardo como uma joia preciosa.

Sinto como se eu estivesse há meses ou anos aqui. Mas não é possível. Meu corpo dói, e a umidade se impregnou em mim. Não consigo imaginar voltar a sentir calor.

Com a ausência da chuva, minha garganta volta a ficar seca, meus lábios se racham e sangram. Sinto calafrios, minhas roupas nunca secam direito no ar úmido e denso. Mofo deve estar crescendo entre os dedos dos meus pés e embaixo dos meus braços.

Em breve, vou me fundir ao chão da floresta, consumida e devolvida à terra. Com sorte, vou renascer num lugar melhor.

Quando a floresta retorna ao seu silêncio mortal de sempre, não consigo distinguir entre dia e noite, mas então, em algum lugar entre as nuvens de pensamento consciente, consigo registrar. Uma mudança na cadência de sons. O silêncio esmagador é corrompido por algo que ecoa ao longe.

O som de metal contra metal. O som de carne atingindo pedra. O som de gritos. Está vindo da prisão.

Tento erguer a cabeça novamente, mas só consigo alguns centímetros. Parece uma rebelião. Das grandes. Já passei por três em Nostraza, e sempre acaba em mais mortos do que vivos. Tristan e Willow estão lá dentro. Espero que estejam escondidos, mas sei que Tristan vai estar no meio da ação. Espero que ao menos tenha pensado em deixar Willow num lugar seguro antes de mergulhar na briga com aquela cabeça-dura.

Sussurro seus nomes no escuro. *Willow. Tristan.* Quando fomos trazidos para cá, eu tinha apenas doze anos. Willow é três anos mais velha do que eu, e Tristan tem dois a mais do que ela. Lembro de flashes dos meus pais, muitas das memórias remendadas pelas histórias dos meus irmãos. Sempre fomos inseparáveis. Sempre nos apoiamos. Os primeiros anos foram os mais difíceis, e não sei o que nos manteve vivos, mas graças a Zerra todos os três sempre acordamos para viver mais um dia.

Acusaram Tristan de ter matado três dos homens do rei e deram a sentença a Willow por roubar um Artefato precioso do reino. No meu caso, nem se deram ao trabalho de uma decisão oficial. Simplesmente me botaram aqui dentro e jogaram a chave fora.

Solto um soluço seco e frágil de lamento. Queria tanto nos tirar daqui.

Os sons da prisão ficam mais altos. Pancadas e gritos ecoam no silêncio da floresta. O choque de armas e os gritos dos feridos. As criaturas também parecem escutar — todas caladas, curiosas. Há vinte vezes mais detentos do que guardas, mas eles estão cansados e famintos, e não têm armas nem treinamento. Os guardas também têm a magia a seu favor, os escudos do rei fazendo com que qualquer pessoa que saia do perímetro seja retalhada em pedacinhos.

Minhas pálpebras pesam. Estou exausta e faminta, mas não posso dormir. Preciso ouvir o que está acontecendo. Tristan e Willow. Torço para que estejam bem e me agarro à imagem do rosto deles enquanto minha consciência continua oscilando. Não sei bem quanto tempo dura, mas horas se passam. O tempo deixou de ter qualquer poder sobre minha existência. Talvez eu já esteja morta.

Mas então escuto uma pancada bem perto de minha cabeça e me encolho com o som, me perguntando que animal terrível entrou na minha tumba. Por entre minhas pálpebras, que se abrem e se fecham, tenho a vaga consciência de uma sombra que se move acima de mim. Há um barulho suave. O calor de hálito na minha pele.

Alguém está tocando em mim. Sou deitada de costas e solto um gemido. Tudo dói. Minha pele arde. Meus ossos doem. Consigo sentir todos os fios de cabelo na minha cabeça como se cada um fosse um fósforo aceso, queimando meu escalpo.

No meu torpor, sinto mãos mexendo em mim. São delicadas mas firmes. E então estou sendo erguida. Estou sonhando? Estou morta? Estou sendo levada aos céus? A lista dos meus pecados certamente é longa demais para me concederem algum tipo de absolvição. Estou na prisão há doze anos. Fiz tantas coisas para sobreviver que Zerra reprovaria. Não existe paz eterna à minha espera.

Briguei. Roubei. Me prostituí. Blasfemei tantas vezes que minha alma está obscura como o céu de Aurora no auge do inverno. Talvez eu esteja sendo levada para viver entre os Decaídos para sempre. É esse o meu lugar.

Mas não importa se meu destino é esse. Já vivi muitos anos neste plano desolado. Como a realidade do inferno pode ser pior do que esta? Sou erguida pelos braços que me seguram e volto o queixo para o céu, preparada para cair aos pés do Senhor do Submundo, onde vou passar minha eternidade infeliz.

Se é o ozziller que finalmente veio me buscar, ele vai me despedaçar membro por membro. Eu queria morrer, mas algum resquício frágil de autopreservação se apega aos frangalhos do que resta do meu espírito, então me debato. Com a força passageira que me resta, arranho e dou unhadas, mas represento tanto perigo quanto um cordeiro recém-nascido. Cravo os dentes em carne, um rosnado escapando da minha garganta. Escuto um grunhido, e uma dor aguda atravessa meu ombro.

E então não lembro de nada além de trevas.

4
NADIR

Nadir estalou os dedos e alongou o pescoço, fazendo o possível para prestar atenção enquanto segurava um bocejo. Ele estava sentado na mesa redonda do conselho, no centro da sala de reuniões de seu pai. Havia mais oito Nobres-Feéricos de estaturas variadas, um mais apaixonado que o outro pelo som da própria voz, e o Rei Aurora, sentado logo à esquerda de Nadir, lançando olhares esporádicos de reprovação como um lembrete não tão sutil da decepção que seu filho era. Fazia horas que estavam discutindo sobre taxação e o que fazer a respeito da dissidência crescente nas minas dos contrafortes Savahell.

Nadir sabia que eram questões importantes, mas todas tinham soluções simples e decisivas. O problema era que aqueles bajuladores queriam orquestrar um resultado que favorecesse única e exclusivamente a si mesmos. Não bastava que vencessem; eles também tinham que garantir que seus rivais sofressem ao menos um pouco.

E assim seguiam em círculos sem fim.

Cada um daqueles Nobres-Feéricos governava um dos oito distritos da Aurora, todos batizados a partir das cores primárias da boreal: Esmeralda, Carmesim, Prata, Violeta, Índigo, Verde--Água, Âmbar e Fúcsia. Suas vidas eram um ciclo interminável de disputas por migalhas de poder e riqueza, todos confiantes de que as contribuições de seu distrito eram as mais valiosas e, portanto, mereciam as maiores recompensas. Era patético.

Seu pai poderia acabar com essa briga. Como rei, seu poder era quase absoluto. Mas Rion preferia adular o conselho, colecionando seus favores prometidos como tesouros cravejados de joias. Afinal, um favor devido era a moeda mais valiosa para um rei que não precisava mais de ouro ou riquezas.

Quando Nadir assumisse o trono, ele colocaria um fim nessa palhaçada. A solução escolhida seria sempre a que causasse o mínimo de descontentamento para os cidadãos e, mais importante, o livrasse dessas reuniões o mais rápido possível.

Aliás, ele se deliciava com a ideia de atrapalhar os planos deles por nenhum outro motivo além de ver as caras que fariam quando ouvissem, talvez pela primeira vez na vida, a palavra "não". Isso não o tornaria popular, mas ele estava pouco se fodendo para o que aqueles falastrões pensavam.

Nadir observou o rei absorver cada detalhe, saborear as palavras do conselho como se fossem o melhor vinho a ser degustado, engolido e, por fim, urinado. Para mudar as coisas ali, Nadir teria primeiro que se livrar do pai, mas havia décadas que vinha procurando uma forma de fazer isso e não havia chegado nem perto de encontrar.

Ouviu-se uma batida abrupta na porta, e dez cabeças se ergueram. Todos sabiam que o conselho não deveria ser perturbado por nenhum motivo que não fosse urgente.

— Entrem — disse Rion, e quatro de seus guardas entraram em fila na sala, empertigados.

Assim como Nadir, Rion tinha bem mais de um e oitenta, cabelo preto e um olhar penetrante tal qual o céu de Aurora: íris pretas que cintilavam com clarões vívidos de cor. Por outro lado, o cabelo de Rion era bem aparado ao redor das orelhas delicadamente pontudas, enquanto o de Nadir pendia em ondas até abaixo dos ombros, para o infinito desgosto do rei.

— Majestade — disse o líder dos guardas com uma reverência rápida. — Peço desculpa pela interrupção, mas houve uma rebelião na cadeia.

Nadir observou o pai com cuidado, buscando sinais de alguma reação, mas o Rei Aurora era pedra e mármore, nada rompia sua casca.

— Certo. Por que estão se rebelando agora? — Rion se recostou na cadeira, cruzando as mãos sobre a barriga.

O pai de Nadir tinha quase oitocentos anos, mas, como Nobre-Feérico, ostentava o físico definido de um guerreiro e parecia ter pouco mais de trinta anos mortais.

— Não sabemos ao certo — disse o guarda, a voz vacilante, claramente nervoso com a própria resposta. — As coisas andavam bem tranquilas nos últimos tempos, então isso nos pegou de surpresa.

— Onde está o diretor da prisão?

— Ainda lidando com os resultados, mas controlamos a maioria dos prisioneiros.

— Número de mortos? — Rion perguntou com um distanciamento frio, como se perguntasse o número de esmeraldas que haviam minerado naquele verão.

— Ainda não temos o número exato, mas, pelas últimas informações que recebi, eram por volta de cem. — O guarda se empertigou mais, talvez tentando criar um escudo contra a famigerada ira de Rion. Mas nenhuma confiança fingida o salvaria da retaliação. — Kelava está a caminho. Ele queria falar pessoalmente com vossa majestade e pediu que o alertássemos de antemão.

Rion deu um aceno brusco, depois se voltou para Nadir e o resto do conselho.

— Teremos que nos reunir novamente em outro momento.

— Mas, majestade — disse Jessamine, uma nobre da Casa de Violeta —, ainda não terminamos essas declarações. — Ela folheou papéis, enfatizando a quantidade de trabalho que ainda tinham a fazer.

— Eu disse "saiam" — Rion vociferou. — Agora.

Reclamações generalizadas eclodiram ao redor, raiva obscurecendo as expressões de todos. Ansioso por uma desculpa para sair, Nadir já ia apoiando na mesa para se levantar.

— Nadir — disse o pai. — Você fica.

Ele voltou a afundar na cadeira, assentindo.

Os oito membros restantes do conselho se levantaram, claramente ofendidos pelo comportamento do rei, mas incapazes de fazer qualquer coisa. Nadir não se deu ao trabalho de conter o sorriso, apreciando como todos fingiam não estar sendo dispensados feito um grupo de subordinados imprestáveis.

Enquanto o conselho saía, o diretor da prisão apareceu à porta. Suor escorria de sua testa, pelo rosto e pescoço. O uniforme cinza tinha respingos de sangue até a gola branca amarrotada. Ele limpou, distraidamente, um risco de sangue no rosto enquanto fazia uma reverência aos nobres que passavam.

— Entre — disse o rei, e o diretor da prisão entrou correndo. — Feche a porta.

E restaram apenas Rion, Nadir e o diretor da prisão no salão imenso.

Estantes cobriam as paredes, abarrotadas de livros com encadernação de couro. Uma fileira de janelas se abria para o norte, onde as luzes do céu reverberavam em toda a sua glória. Em quase trezentos anos, a visão daquelas faixas de luz nunca deixaria de fazer Nadir se sentir em casa.

Depois de empurrar a cadeira para trás, ele se inclinou para a frente, apoiando os cotovelos nos joelhos. Nadir estendeu as mãos a alguns centímetros de distância uma da outra e conjurou faixas de luz colorida entre elas, como se estivesse puxando fios de caramelo.

— O que aconteceu, Kelava? — perguntou o rei, e Nadir ergueu os olhos para testemunhar a conversa.

— Fomos pegos de surpresa — Kelava disse, coçando o queixo. — As coisas andavam calmas nos últimos tempos, e não notamos nenhum sinal de dissidência.

— É seu trabalho conter incidentes como esse — o rei disse, e o diretor fez que sim, parecendo um estudante flagrado soltando um sapo no meio da aula.

— Perdão, majestade. Eles já foram controlados, e as mortes foram mínimas. Perdemos dois guardas e cento e vinte e sete prisioneiros. Poderia ter sido muito pior.

Kelava hesitou, e Nadir sentiu que o diretor não estava revelando tudo.

— Mais alguma coisa? — o pai perguntou, claramente tendo a mesma impressão.

A cor se esvaiu do rosto do diretor.

— É isso que eu gostaria de contar pessoalmente, majestade. O prisioneiro número 3452... se foi.

Rion lançou um olhar rápido para Nadir como se não quisesse que o príncipe ouvisse a notícia. Nadir viu várias emoções perpassarem o rosto do pai, mas não havia como ignorar que a tensão em seus ombros se aliviou, como se um grande peso tivesse sido retirado. Por que ele sentiria alívio pelo desaparecimento de um prisioneiro? Nadir ajeitou a postura. Quem era 3452?

— Morreu na rebelião? Você viu o corpo?

O diretor cerrou o punho antes de abrir e fechar a boca.

— Fale de uma vez! — Rion bateu na mesa com tanta força que tanto Nadir como Kelava se sobressaltaram.

— Acredito que sim. — Ele engoliu em seco, claramente criando coragem.

— Como assim, acredita que sim? — O rei se inclinou para a frente, e seu corpo grande e imponente era ameaçador.

— O número 3452 tinha recebido a sentença de um tempo na Depressão e ainda estava lá quando começou a rebelião.

— E?

— E, quando fomos buscar, parecia que um dos ozzillers havia devorado o corpo.

— Parecia como?

— Não havia nada além de uma poça de sangue. Não temos motivo para crer que o número 3452 tenha escapado do Nada. Os escudos teriam impedido a fuga mesmo que os ozzillers não conseguissem.

Nadir franziu a testa. O diretor estava fazendo rodeios, obviamente tentando transformar isso numa história convincente.

— O que 3452 estava fazendo na Depressão? — o rei perguntou. Nadir observou a conversa ir e vir, mil perguntas se formando. De que importava para seu pai o destino de um reles prisioneiro? — Você tinha ordens expressas para ficar de olho em 3452 a todo momento.

Kelava baixou a cabeça, a vergonha estampada em suas feições.

— Sim, majestade. O número 3452 começou uma briga, e a punição foi passar duas semanas na Depressão.

— Duas semanas. — Diante disso, o rei levantou, se erguendo com toda a sua estatura imponente. Ele era mais de vinte centímetros mais alto do que o guarda mortal. — Você deixou 3452 longe de sua vista por duas semanas?

— Não — o diretor disse, empalidecendo com a fúria na expressão do rei. — Não. Alguém estava sempre lá vigiando, para evitar uma fuga. Eu juro. Mas, quando começou a rebelião, os guardas de plantão abandonaram o posto para ajudar a controlar os detentos. Quando as coisas se acalmaram, eles voltaram e encontraram a Depressão vazia.

— Exceto por uma poça de sangue.

— Sim, majestade. — A voz do diretor tinha se tornado praticamente um sussurro. — Ninguém sobreviveria ao Nada, mesmo se conseguisse escapar da Depressão.

O homem disse isso com uma esperança tão fraca que Nadir quase se apiedou. Flexionou as mãos, faíscas brincando entre seus dedos, enquanto observava uma miríade de emoções atravessar o rosto do pai. Preocupação, medo, confusão e, então, alívio?

— Quem é 3452? — Nadir perguntou finalmente, sem suportar mais o mistério.

Seu pai o ignorou, o olhar ainda focado no diretor da prisão.

— Você fracassou em sua única tarefa — Rion disse. — Que outra serventia tem?

Com isso, Kelava ficou ainda mais pálido, e um nó desceu por sua garganta.

— Majestade. Não vai acontecer de novo.

Rion deu um passo à frente, assomando sobre o homem trêmulo.

— Como poderia acontecer de novo se não tem mais ninguém para vigiar?

O diretor respirava com dificuldade. Apertou o peito, suor escorria pelas têmporas e ensopava a gola. O rei envolveu a papada gorda do diretor com a mão, e o homem esbugalhou os olhos. Nadir não disse nada, a magia ainda dançando entre seus dedos, tentando compreender essa estranha sequência de acontecimentos.

Kelava soltou um chiado. Com o rosto se transformando numa careta perversa, devagar, muito devagar, o rei bloqueou a respiração do homem. Então o ergueu do chão até seus pés ficarem balançando.

Kelava continuou a sufocar e se engasgar, arranhando a mão em seu pescoço como se fosse páreo para a força Feérica de Rion.

Um momento depois, o rei esmagou a traqueia de Kelava como se fosse um botão de rosa seco. Sangue escorreu do nariz e da boca do diretor da prisão, pingando no braço do rei e no chão. Rion deixou o guarda cair a seus pés, as armas chacoalhando enquanto os últimos sussurros de vida se esvaíam do corpo destruído.

Nadir ergueu os olhos para o pai, a sobrancelha preta franzida.

— Bem, isso foi dramático. Quer me contar o que está acontecendo?

Rion curvou os lábios enquanto encarava o cadáver frio do guarda.

— Quero que você vasculhe a floresta e garanta que não há ninguém vagando por lá.

— Quem estou procurando? Quem é 3452?

Rion voltou o olhar sombrio para o filho.

— Não importa. Especialmente se tiver de fato morrido.

— Então como vou saber quem procurar? É um homem? Uma mulher?

Rion colocou as mãos na mesa do conselho e se inclinou.

— Você vai procurar qualquer prisioneiro perdido vagando pela floresta, Nadir. Não deve ser fácil? Até para você?

Nadir rangeu os dentes com a condescendência no tom do pai, mas sabia que não havia por que argumentar. O Rei Aurora sempre conseguia o que queria. Nadir se levantou e puxou a barra do paletó preto sob medida.

— Sim, creio que sim.

— Que bom. Se encontrar alguém, traga até mim imediatamente. — Rion lançou mais um olhar de desdém ao homem mutilado. — E, quando sair, peça para alguém vir limpar isso.

5
LOR

A luz do sol atravessa minhas pálpebras, transformando o mundo em um esplendor de laranja e vermelho. Com o corpo dolorido, abro os olhos, piscando e lacrimejando por conta da luz súbita. A primeira coisa que noto é uma janela e um pedaço de céu azul-claro. Perplexa com a visão, fico completamente imóvel, me perguntando se ainda estou dormindo e sonhando.

Um céu azul é como uma lembrança distante para mim. Como as imagens de flores silvestres e o som do riso alegre da minha mãe. Às vezes, penso ter inventado esses lampejos de recordações, apenas para me consolar. Para sentir que houve algo de bom na minha vida antes de eu ser reduzida a nada mais do que uma prisioneira esquecida e atormentada. A partir daí minhas memórias mudaram, cravando as garras em mim e se recusando a me deixar seguir em frente. São essas que nunca vou esquecer, por mais que os anos passem.

Me remexo, meus músculos e articulações protestando. A superfície em que estou deitada é como uma nuvem. É a coisa mais macia que já senti.

Não. É uma cama. Estou deitada numa cama macia com lençóis macios e um travesseiro macio embaixo da minha cabeça. Eu morri? Aqui *deve* ser o paraíso. Nada mais poderia parecer tão maravilhosamente agradável. Me mexo de novo e solto um grunhido de angústia pela dor nos braços e nas pernas.

Se estivesse morta, eu não sentiria essa dor do caralho, certo?

— Você acordou! — exclama uma voz que não reconheço, e agora noto que não estou onde deveria.

A última coisa que lembro é estar deitada na Depressão, quase inconsciente, ouvindo os sons distantes da rebelião da cadeia. Alguém me raptou. Minhas pernas nuas deslizam em lençóis sedosos, e suspiro de satisfação.

Fui raptada e sentenciada a ficar deitada numa cama luxuosa? Não... faz sentido.

— Como está se sentindo? — vem a voz de novo e, desta vez, vejo quem é.

Uma mulher mortal, idosa, de pele branca, usando um vestido amarelo-claro, o cabelo prateado num coque alto.

Me encolho para trás, e meu crânio bate numa cabeceira. Ela é tão alta que tenho que olhar para cima para ver o topo. Então o lugar entra em foco de repente.

— Quem é você? — pergunto, avaliando onde estou.

Um quarto. Talvez o maior cômodo em que já estive, tirando o refeitório ou a lavanderia de Nostraza. Estou numa cama enorme, cercada por colunas brancas de madeira e um tecido dourado pendurado. Lençóis e travesseiros de vários tons de creme e dourado me cercam como uma fortaleza de nuvens bordadas.

O piso é de mármore creme com veios dourados, coberto por tapetes dourados e grossos. Uma lareira imensa fica no outro extremo do cômodo, e há uma parede de janelas com vista para aquele mesmo céu azul em que brilha um sol resplandecente.

— Onde estou? — pergunto, erguendo uma coberta até o queixo quando percebo que não estou usando nada além de uma camisola branca e fina.

O tecido é tão suave que só pode ser seda. Fui raptada e trancada neste quarto, obrigada a vestir a peça de roupa mais bonita que já vi na vida e a ficar deitada numa cama coberta de travesseiros e lençóis suaves e macios? Não faz sentido nenhum.

— Disseram que você passou por maus bocados — a mulher fala, empurrando um carrinho prateado cheio de comida. — Coma alguma coisa e vai se sentir melhor.

— Quem. É. Você? — repito, todos os meus sentidos de alerta disparando.

— Sou Magdalene. Mas quase todo mundo me chama de Mag.

— *Onde* estou? — pergunto de novo, tentando focar em Mag, mas o cheiro de torrada e manteiga e glória a Zerra... *isso é café*?

Meu estômago ronca, e Mag franze as sobrancelhas grisalhas.

— Você deve estar faminta, coitadinha. Coma alguma coisa e depois preparamos você para a Cerimônia dos Tributos.

A cerimônia do *quê*?

Mag estende uma fatia de bacon perfeitamente tostada, e pulo em cima dela como um animal, enfiando-a na boca. Não se parece em nada com as fatias flácidas de carne acinzentada que estou acostumada a comer. É crocante, salgado e gorduroso. Solto um gemido enquanto mastigo, o sabor intenso dominando minha língua.

Mag puxa o carrinho para mais perto, erguendo uma tampa prateada e revelando panquecas fofinhas e ovos mexidos, tudo pingando de tanta manteiga. Observo a mulher e me pergunto se isso não passa de uma ilusão, se estou prestes a acordar, trêmula, no fundo da Depressão. Mas ela continua sorrindo enquanto espera pacientemente que eu avance. Não importa, se isso for um sonho, ao menos posso sair em grande estilo.

Pego garfo e faca, e despejo um jarro inteiro de calda no prato. Mag arregala um pouco os olhos, mas não comenta nada. Começo a cortar a comida.

— Chá ou café? — ela pergunta, erguendo os dois bules prateados.

— Os dois — digo, ainda sem saber se alguma parte disso pode ser real.

Ela dá uma risadinha.

— Claro. Como você prefere?

— Como eu prefiro?

Ela franze a sobrancelha.

— Sim. Leite? Creme? Açúcar?

— Sim — respondo antes de enfiar uma garfada enorme de ovo e panqueca na boca, e depois outra.

Mag faz o que peço, enchendo duas canecas, uma com café e outra com chá, seguidas por doses generosas de creme e leite, além de colheradas fartas de açúcar. Observo com fascínio. Na única vez que tomei café ou chá na prisão, a bebida era tão preta e amarga que fez minha língua se encolher como um caracol dentro da concha.

Alguém me raptou, me colocou numa linda cama, me enfiou numa camisola de seda e agora estou sendo alimentada à força com panquecas?

— Ah, minha querida, calma — Mag diz. — Você vai acabar passando mal.

Sei que ela está certa. Deve fazer pelo menos uma semana, provavelmente mais, que não como. Mas, se este *é* o paraíso e estou morta, sem dúvida isso não importa. Se eu estiver sonhando, sinto que é meu dever sagrado engolir o máximo de comida possível antes de acordar.

Um momento depois, sou lembrada de que realmente estou viva porque sinto uma cólica e deixo meus utensílios caírem. Mag, Zerra a abençoe, não é amadora. Ela já está colocando um balde dourado embaixo de meu queixo, e faço a gentileza de vomitar tudo que estava no meu estômago diretamente dentro dele.

Enquanto vomito, Mag acaricia minhas costas suavemente e me reconforta, falando baixinho como uma ama atenciosa. Quem é essa mulher? É uma das abençoadas de Zerra? Não consigo entender o que está acontecendo. Depois de botar tudo para fora, limpo a boca com a mão, notando os curativos brancos limpos enrolados caprichosamente nos meus braços. Graças a meus anos em Nostraza, sempre fui coberta por cortes e hematomas em estados variados de cicatrização.

Mag nota com uma expressão de pena para onde estou olhando.

— Por que não estou morta? — pergunto, e Mag inspira abruptamente, mordendo os lábios.

Era para eu estar em coma. Era para eu estar tão fraca que não conseguiria me levantar. Era para eu ser uma casca vazia. Fiquei tanto tempo na Depressão que deveria estar irreversivelmente despedaçada.

Mag ajeita a coberta ao redor do meu quadril com movimentos eficientes.

— Trataram a maioria de seus ferimentos. O resto deve cicatrizar em alguns dias. Sinto muito por não terem conseguido remover todas as cicatrizes. Algumas de suas feridas eram muito antigas e... persistentes.

Ela me encara com olhos cheios de dúvida.

Claro, eu sei do que ela está falando. As cicatrizes nas minhas costas. No meu rosto. A marca de ferro quente gravada no meu ombro: três linhas sinuosas em cima de um círculo. O selo do Rei Aurora. A marca que queimaram em mim quando eu era apenas uma criança, me tornando uma legítima propriedade de Nostraza para sempre.

Me sinto ainda pior agora do que antes de comer e me recosto na cama, sem deixar de me maravilhar com sua extrema maciez. Quero ficar deitada aqui para sempre.

— Vou pedir para trazerem algo um pouco mais leve — Mag diz enquanto me dá um copo d'água. — Beba isto devagar.

Sento e pego o copo, dando um gole com a testa franzida.

— Não está boa? — Mag pergunta, torcendo as mãos.
— Não. — Abano cabeça. — Quer dizer, sim. Está.

Está mais do que boa. É fresca, cristalina e doce, e eu tinha esquecido que a água poderia ter esse gosto. O que quer que nos dessem em Nostraza era quase salobro e turvado por coisas sobre as quais eu tentava não pensar muito. Diziam os boatos que filtravam parcialmente o que passava pelas latrinas. O mais próximo que cheguei de água potável era a chuva que eu engolia durante minhas noites na Depressão.

Dou um grande gole, saboreando o líquido enquanto ele escorre por minha garganta dolorida. Tem gosto de sol e esperança e, por algum motivo inexplicável, isso me causa um aperto no peito. Lágrimas ardem no fundo dos meus olhos. Por que essa mulher está sendo tão gentil comigo?

Dou mais alguns goles, e meu estômago deixa o líquido ficar. Depois de colocar o copo na mesa de cabeceira, observo Mag se mover pelo quarto.

— Por favor — digo. — Onde estou? Quem é você?
— Ora, você está no palácio, é óbvio, minha querida. Sei que vai demorar para se acostumar, mas vou ajudar no que eu puder.

Fico encarando a mulher, tentando fazer com que algo nessas palavras faça sentido.

— Que palácio?

Não posso estar em Aurora ainda. O céu é azul. Tudo é brilhante e dourado. Aurora não passa de tons de preto, cinza e tristeza. A única coisa bonita lá é o vislumbre precioso e passageiro das luzes que parecem joias no céu.

— Você bateu a cabeça? — Mag pergunta, franzindo a testa de preocupação. — O Palácio Sol, claro. Sei que deve ser difícil imaginar que uma menina de sua... origem se encontra aqui, mas é verdade! *Você* é a Tributo Final!

Estreito os olhos para Mag, me perguntando se foi ela quem bateu a cabeça. Do que ela está falando?

— Tributo Final para quê?

Mag contrai os lábios e me lança um olhar severo. Ela está ficando irritada, mas não sei bem por quê.

— Pare com essa bobagem. Como você se chama, menina? Não me disseram.

— Lor — digo. — Meu nome é Lor.

— Humm. É um apelido? É meio simples.

— Não. É apenas Lor.

Mag está com a cara dentro de um guarda-roupa e, um momento depois, aparece segurando um vestido dourado deslumbrante.

— Bem, imagino que esse deve servir. Afinal, você já vai se destacar mesmo, não é? Mas vamos fazer o possível para te deixar apresentável.

Baixo os olhos, começando a me sentir um pouco ofendida por esse tipo de comentário. Então me dou conta de que minha túnica esfarrapada de Nostraza se foi.

— Minhas roupas — digo a Mag. — Onde estão minhas roupas?

— Está falando daqueles trapos imundos que você estava usando? — Ela franze o rosto. — Foram jogadas fora.

— Preciso delas de volta. Por favor.

Mag me encara com outro olhar intrigado, mas vê algo no meu rosto que deve convencê-la de que estou falando sério.

Ela balança a cabeça.

— Vou pedir para alguém procurar. — Seu tom sugere que ela não concebe a razão, e prefiro não explicar. — O que aconteceu com seu cabelo? — Ela ignora meu comportamento estranho, se aproximando e estendendo o vestido na cama. Baixa a voz a um sussurro enquanto toca as pontas assimétricas. — Você mesma fez isso? Imagino que não haja salões adequados na Umbra... você não tinha muita escolha, não é?

Passo a mão nas madeixas na altura do ombro, me sentindo acanhada.

— Os piolhos — digo, e me arrependo no mesmo instante ao ver o horror no rosto de Mag. — Está tudo bem. Não peguei. Foi só por precaução.

Mag relaxa os ombros.

— É, acho que faz sentido.

— O que é a Umbra? — pergunto enquanto ela puxa a coberta, me deixando exposta com a camisola fina.

Ela segura minha mão e me tira da cama, espiando meu rosto.

Puxo a mão de volta, apertando-a junto ao peito.

— Você está bem? Talvez precisemos chamar o curandeiro de volta. — Ela vira para o carrinho cheio de comida e pega uma torrada para mim. — Você deveria tentar botar alguma coisa na barriga. Mas devagar desta vez. Acho que vamos ter que incluir etiqueta à mesa à lista de aulas de que você vai precisar. — Ela faz uma careta para meu prato abandonado de panquecas e ovos. Parece um massacre com calda.

— Que aulas? O que está acontecendo?

Ela me ignora de novo e me empurra para uma porta. É um banheiro palaciano, com uma banheira gigante no centro, transbordando de espuma. Nunca usei uma banheira. Aos menos não que eu lembre. Só tomávamos banho em Nostraza de vez em quando, e com uma ducha gelada tão forte que parecia que estávamos sendo perfurados por um milhão de agulhas minúsculas.

Eles também não separavam os homens das mulheres, então eu e Willow só conseguíamos aproveitar quando Tristan protegia a porta.

E então eu lembro.

— Willow. Tristan — digo. — Onde eles estão? O que aconteceu com eles?

A resposta de Mag é mais um olhar confuso.

— Não sei, minha querida. Coma sua torrada, depois vamos colocar você na banheira e ver o que podemos fazer com esse cabelo.

Ela vai para trás de mim para desabotoar a camisola, mas salto para longe, fazendo que não. Não por vergonha. A vida em Nostraza faz você perder isso vivendo lado a lado com centenas de prisioneiros. Mas ainda não faço ideia de quem é essa mulher, e só estou acostumada a ser tocada por estranhos com a intenção de me machucar.

Ainda tenho certeza que morri, mas este é um além muito estranho. Ela estala a língua.

— Nada que eu não tenha visto antes, minha querida. — Ela me vira de costas e tira minha camisa antes de apontar para a banheira enquanto tento me cobrir com os braços. — Entre.

A banheira parece muito convidativa, mas hesito, ainda esperando uma pegadinha. De onde estou, consigo sentir o calor e o cheiro da água — ah, Zerra, é puro êxtase. Faz aquela lasca de sabonete miserável pela qual briguei parecer uma pétala pisoteada.

Dou uma risada. *Olha para mim agora, Jude. Aproveita esse seu sabonete de merda.*

Enquanto tento entender o que em nome dos deuses está acontecendo, concluo que posso me limpar enquanto penso. Vou até a banheira, e uma onda de prazer faz minha pele se arrepiar quando mergulho a ponta do pé. Está tão quente que queima, mas inspiro fundo e entro. Leva apenas alguns segundos para meu corpo se acostumar com a ardência, e suspiro com alívio.

Nunca vou conseguir voltar aos banhos brutais e gelados de Nostraza depois disso. Agora torço para que eu tenha, *sim*, morrido. Teria valido a pena.

Mag se move ao meu redor e começa a lavar meu cabelo. Quando acha que está bom, estende uma toalha branca e grossa para eu me enrolar. Antes de me cobrir, olho de relance para meu corpo nu, coberto de hematomas e cicatrizes. Minhas costelas são tão protuberantes que projetam sombras na minha pele. Minhas clavículas e meus ombros são pontudos, quase afiados.

Ela me leva até uma penteadeira e pede que eu sente, então passa os dedos por meu cabelo mal cortado, que agora está sedoso e com cheiro de jardim. Levo uma mecha úmida ao nariz e respiro fundo para apreciar. Mag dá um tapinha nos meus dedos, estalando a língua e, então, escova, seca e prende meu cabelo com grampos no alto da cabeça. Não sei como, mas ela fez parecer que eu tenho três vezes mais cabelo.

— Melhor assim — ela diz, examinando de todos os ângulos sua obra-prima questionável. — Tente evitar usar a tesoura nele de novo, humm? Se precisar de um corte, um dos cabeleireiros do palácio vai ter o maior prazer em fazer isso por você. Por ora, vou pedir para um deles vir aqui mais tarde para nivelar esse desastre.

Fecho a cara para ela pelo espelho. Isso era para ser gentil?

Em seguida, Mag corre o dedo pela miríade de pequenos jarros e potes de vidro dispostos na mesa. Enquanto ela passa várias coisas no meu rosto, fico o mais imóvel possível, com receio de atrapalhar seu empenho. Maquiagem. Nunca usei maquiagem. A magnitude dos luxos que me cercam é impressionante por sua abundância. Quanto custaria esse banho? E esse banheiro? Essas roupas?

O que estou fazendo aqui?

Quando termina, ela me vira para o espelho.

— Pronto. Agora você está parecendo uma dama.

Não consigo parar de olhar para minha própria cara. Não havia espelhos em Nostraza, e essa é a primeira vez que me vejo em anos. Toco minha bochecha e meu lábio inferior, estranhando que essas partes sejam minhas. Estou terrível.

Comparada com Mag, minhas bochechas estão encovadas, e meus olhos, escuros, fundos. Ela fez o possível com a maquiagem, mas, quem quer que seja Mag, mágica ela não é. Minhas sobrancelhas pretas estão arqueadas e meus olhos castanho-escuros são opacos e atormentados por memórias, todas forjadas nas chamas implacáveis do tormento. Meus traços são grandes demais para meu rosto, mas minha pele ficou com um tom mais saudável agora que está limpa. Um marrom-claro, e não mais aquele cinza de sempre. Talvez eu não pareça tão anêmica depois de um pouco de sol.

Meus dedos traçam a cicatriz que atravessa meu olho esquerdo, começando na minha sobrancelha e chegando até o meio da bochecha. Eu sabia que ela estava lá, mas nunca tive a chance de observá-la. O que quer que Mag tenha feito com a maquiagem cobriu quase tudo. Não sei como me sinto em relação a isso.

Não tenho muito mais tempo para me contemplar porque Mag voltou do banheiro — nem notei quando ela saiu. Ela afasta minha mão do rosto.

— Pare, você vai estragar tudo. — Está com o vestido dourado na mão e faz sinal para eu me levantar. — Vamos te vestir. Você deve se encontrar com o rei a qualquer minuto.

Essas palavras me fazem voltar à realidade com um baque.

— O rei? Que rei? Por que vou me encontrar com um rei?

Mag revira os olhos.

— Não escolheram você por causa da inteligência, não é? Também está claro que não foi por conta da aparência, se bem que você ficaria bonita caso se esforçasse um pouco e desse uma engordadinha.

Franzo a testa de novo, sem saber se esse comentário foi ofensivo. Ela está erguendo o vestido e gesticulando com impaciência para que eu o vista.

— Vamos. Não temos o dia todo.

Ainda relutante, obedeço, por falta de opção. Ela veste as mangas e para atrás de mim para fechar as costas. Perco o fôlego quando me vejo no espelho. O tecido dourado e brilhante desce em camadas até o chão. Uma manga é transparente, enquanto a outra é feita do mesmo tecido dourado. O material transparente vem até a lateral do corpete, onde uma explosão de contas douradas se espalha das costelas para a barriga. O vestido fica um pouco frouxo no meu corpo fraco, mas essa é a coisa mais bonita que já vi na vida. E não é a primeira vez que acho isso hoje.

Fui raptada e obrigada a colocar um vestido digno de uma rainha?

— Agora eles — Mag diz, apontando para um par de sapatos dourados que colocou no chão.

— Não estou entendendo — digo, olhando para o calçado e então para ela. — Por favor. O que está acontecendo?

— Ela está pronta? — pergunta uma voz grave, de homem, do quarto.

Mag se vira para mim com agitação.

— Calce os sapatos. Está na hora de ir.

Não tenho capacidade de protestar enquanto ela enfia os sapatos nos meus pés e me puxa de volta para o quarto.

Parado lá dentro está um ser absurdamente atraente de uniforme. Ele é jovem, parece ter mais ou menos a minha idade e um cabelo loiro-escuro amarrado na altura da nuca. Alto, ele se assoma sobre mim, puro músculo e linhagem guerreira. Olho embasbacada para o par de asas brancas como neve que se abrem nas costas dele. Se elas já não indicassem que o homem é um Nobre-Feérico, suas orelhas ligeiramente pontudas e sua pele brilhante indicariam. Uma grande espada está pendurada em seu quadril, e ele tem cara de que sabe usá-la.

Engulo em seco, nervosa, e Mag me puxa pela mão de novo.

Quando me aproximo, o homem se curva, e eu hesito, sem saber como devo responder. Faço uma reverência também? As mulheres nos romances que leio às vezes fazem.

O que *sei* é que não devo ficar aqui parada olhando para ele feito idiota.

— Meu nome é Gabriel — ele diz, se erguendo e me poupando de ter que descobrir o que fazer. Uma tatuagem dourada envolve seu pescoço, raios de sol se abrindo como dedos sobre sua pele bronzeada. — Fui nomeado como seu guardião durante as Provas da Rainha Sol.

— Meu o quê? Durante o quê?

Gabriel olha para Mag.

— Pode ir.

Mag, de fato, faz uma reverência, e tomo nota para me lembrar disso na próxima vez.

— Até breve, milady.

— Não, espera.

Mas Mag já está saindo e, embora fosse um pouco indelicada, parecia bem-intencionada. Agora fico sozinha com esse Feérico intimidador que está me observando como se eu fosse um inseto que ele pretende esmagar com a bota.

Quando a porta fecha, Gabriel se volta para mim com seus olhos azuis penetrantes.

— Lor. Bem-vinda ao Palácio Sol. Você deve ter algumas perguntas.

Dou um passo para trás. A intensidade de Gabriel está me assustando. Estou sozinha aqui. Não faço ideia do que estou fazendo neste quarto ou no Palácio Sol. Não sei exatamente onde é isso, mas sei que é muito longe de onde eu estava. Imagino que não tenham me banhado e me vestido só para me matar, mas como posso ter certeza? Talvez seja alguma pegadinha elaborada. Mas quem teria esse trabalho todo por mim?

— Tenho. O que em nome de Zerra está acontecendo? Por que estou aqui? Quem é você?

Gabriel crispa os lábios, a mão se dirigindo à espada.

— Você deve ter perguntas — ele repete —, mas elas terão que esperar. Venha comigo.

O homem dá meia-volta e se dirige à porta. Quando vê que não saí do lugar, ele vira para mim com um olhar severo.

— Não vou a lugar nenhum até você me dizer por que estou aqui. Isto é um sonho? Estou morta?

— Não é um sonho, e você está vivíssima — ele responde, a mão na maçaneta. — E pode vir por livre e espontânea vontade ou à força. A escolha é sua.

Não há nenhum indício de que está brincando. Não tenho dúvidas de que ele vai me forçar a ir mesmo.

— Se vier comigo, algumas de suas perguntas vão ser respondidas.

Hesito. Mas que escolha eu tenho? Ele está coberto de armas, e só me resta presumir que um palácio como este abrigue muitos guardas dispostos a obedecê-lo. E ele me prometeu respostas. Embora eu tenha notado que usou a palavra *algumas*.

— Muito bem — digo, tentando fazer parecer que foi ideia minha desde o começo.

— Uma escolha sábia, milady. — Tenho certeza de vislumbrar um sorriso em seu rosto impassível.

— Por que todos estão me chamando assim? — pergunto, parando ao lado dele. — Não sou uma dama.

Gabriel me observa com atenção, e algo brilha no seu olhar.

— Talvez você não fosse, mas isso muda hoje.

— Como assim?

— Como eu disse, se vier comigo, suas perguntas serão respondidas. — Ele abre a porta e aponta para o corredor. — Depois de você, *milady*.

Lanço um olhar desconfiado, querendo saber se ele está zombando de mim, mas só vejo seriedade em seu rosto.

Com um aceno, seguro a barra da saia e saio do quarto, pronta para encontrar meu destino.

6

MINHA MENTE NÃO CONSEGUE ABSORVER completamente onde estou enquanto atravessamos os corredores enormes do palácio. Há ouro por todos os lados. Camadas e mais camadas em tons que vão desde o amarelo mais claro, como manteiga recém-batida, aos matizes mais escuros e intensos de laranja flamejante.

Há espelhos e tapetes dourados e grossos entretecidos por fios cintilantes. Passamos por salões de abóbadas altas, com notas alegres de música festiva ressoando pelos corredores. Ouve-se risos e conversas. Uma sensação ostensiva de claridade paira no ar, como se a escuridão nunca pudesse fincar raízes aqui.

Ouço os refrões de um instrumento — é um piano? E outro, sombrio mas belo. Talvez um violino? São coisas da minha imaginação, soterradas nas minhas memórias emaranhadas.

— Venha — Gabriel diz, a voz baixa.

Estou parada na frente de um salão cheio de Nobres-Feéricos hipnotizada por uma mulher pálida num vestido dourado, cachos loiros presos no topo da cabeça, dedilhando uma imponente harpa dourada. Pequenos cálices de cristal pendem dos dedos deles, cheios de líquido borbulhante. Eles sussurram entre si e jogam a cabeça para trás em acessos de riso despreocupado. Parecem tão felizes e leves. Tão à vontade e sintonizados com o mundo ao redor. Como é essa sensação?

— Você vai poder escutar música depois.

De tão hipnotizada pela imagem, levo um susto e viro para Gabriel, lembrando que ele está aqui. Com um aceno relutante, sigo os passos firmes dele. Fazemos várias curvas e passamos por corredores largos marcados por amplas janelas arqueadas que revelam não apenas o céu claro, mas um oceano translúcido, tão azul que quase chega a ser verde. Empaco outra vez, levando a mão ao pescoço enquanto tento me embeber nessa imagem como se pudesse mergulhar diretamente em suas profundezas.

— Nunca pensei que veria algo assim — sussurro, um nó apertando meu peito. — É magnífico.

As ondas do oceano quebram umas sobre as outras, topos brancos espumosos descendo em cristas como nuvens lúdicas. Embora eu não consiga ouvir, imagino o som que devem fazer. Como o rugido de leões e o estrondo retumbante de trovões.

— Milady — Gabriel diz, a voz mais suave desta vez, a expressão menos severa. — Vamos nos atrasar. Por favor. Prometo que a levarei lá embaixo depois se vier comigo.

— Certo. — Concordo, finalmente desviando o olhar.

Acho que eu poderia ficar ali parada por cem anos e nunca me cansaria dessa visão.

Chegamos, enfim, a portas duplas e altas de madeira, pintadas de branco e cobertas por uma filigrana de folhas e flores douradas. Uma porta está entreaberta, e Gabriel a empurra mais alguns centímetros. Depois de entrar no salão e segurar a porta, ele faz sinal para eu segui-lo.

Quando entro, as conversas cessam de repente, e todos os olhares no salão se voltam para mim. Algumas pessoas chegam a quase girar a cabeça para trás, feito corujas. Engulo em seco e fecho o punho, agarrando a saia do vestido e provavelmente danificando o tecido com minhas mãos suadas.

O salão é tão resplandecente quanto todos os outros, com pés-direitos altos, janelas imensas e riquezas sem fim. O que estou fazendo aqui? Não pertenço a este lugar. Houve algum erro grave.

Conto nove Nobres-Feéricas, todas parecendo ter por volta da minha idade, reunidas em um grupo. Uma é mais deslumbrante do que a outra, com lábios rosa, cílios longos e olhos grandes e vibrantes. Cabelos brilhantes, peles macias, braços e pernas esguios. Todas usam vestidos dourados que fazem o meu parecer um trapo empoeirado tirado do fundo de um guarda-roupa. Como fui patética por pensar que este vestido era a coisa mais bela que eu já tinha visto até alguns minutos atrás.

O salão também inclui uma fileira de outros nove guardas Feéricos usando armaduras como a de Gabriel, cada um com um par de asas emplumadas nas costas e o mesmo sol dourado tatuado no pescoço. Além das mulheres e dos guardiões, há vários outros, incluindo uma Nobre-Feérica com uma expressão séria que me espreita por cima dos óculos.

— Ah, já estava na hora. Nossa *Tributo Final* chegou.

Por que estão todos me chamando assim? E por que suas vozes baixam a um volume sinistro quando fazem isso?

A Feérica avança, me observando de todos os ângulos com um olhar crítico. Seu cabelo loiro e liso bate no queixo, e seus olhos são de um verde impactante. Ela usa uma saia dourada com um sobretudo esvoaçante e suntuoso até abaixo dos joelhos. Embora tenha praticamente minha altura, seus ombros retos e a maneira imperiosa como ela ergue o queixo a faz parecer uns trinta centímetros mais alta.

— Você é um pouco magra, mas é o que temos. — Ela faz uma careta, apertando o peito. — *O que* é isso no seu rosto?

Erguendo os óculos, ela se aproxima tanto que consigo sentir seu hálito, e franzo o nariz. Tenho quase certeza que os Feéricos não precisam de aparatos como óculos. A visão deles é muito superior à dos mortais, então os óculos devem ser apenas um adereço. Talvez ela ache que a fazem parecer inteligente. Bem, tenho uma notícia para ela.

— Isso é uma *cicatriz*? — Ela diz como se eu tivesse erguido meu vestido e urinado no chão.

Toco minha bochecha, subitamente envergonhada. Nunca tive vergonha de minhas cicatrizes. São um mapa vivo da minha dor física, e todas são fruto da aspereza da minha tortura. Medalhas de honra. Lembretes constantes de todos os momentos em que sobrevivi ao que tantos outros não sobreviveram. De como vou continuar sobrevivendo se aguentar firme.

Como ela se atreve a me julgar por elas?

— Madame Odell, os curandeiros fizeram o possível, mas algumas estavam além dos dons deles. Eles prometeram continuar trabalhando nelas com o tempo — Gabriel diz, surgindo a meu lado.

Madame Odell funga e recua, me julgando da cabeça aos pés, claramente me achando insuficiente.

— Bem, ela está aqui agora. Imagino que não tenha mais o que fazer. Qual é o seu nome, menina?

Tento responder, mas estou tão nervosa que não sai nada além de um grunhido patético. Pigarreio e tento de novo.

— Meu nome é Lor — sussurro, notando as outras nove mulheres cobrirem a boca, um brilho de sarcasmo nos olhos.

Algumas não conseguem conter o riso, e escuto um resmungo baixo, seguido por uma onda discreta de risinhos maldosos.

— Lor quem? — Madame Odell pergunta. — Nenhum sobrenome?

Faço que não.

— Meu nome é só... Lor.

Não tenho sobrenome. Meu legado está morto. Fui jogada dentro daquela prisão e privada de tudo quando era criança.

— Humm. Bem, se você sobreviver às Provas, talvez conquiste seu próprio nome. Não sei por que fico surpresa que uma rata da Umbra não tenha nome. Realmente deveríamos eliminar todos logo de uma vez.

— Como é que é? — pergunto, meu pescoço ardendo de raiva e humilhação. — O que a senhora disse? O que é uma rata da Umbra?

A mulher me ignora, virando para as outras nove, e entrelaça as mãos. Lanço para Gabriel um olhar furioso.

— Você me prometeu respostas — sussurro com raiva. — Não vim aqui para ser insultada. Não ensinam bons modos neste palácio tão chique? Que porra está acontecendo?

— Paciência — ele diz, o maxilar trincado. — E cuidado com a boca. Você é uma dama agora. — Mas seu olhar revela que não está convencido disso.

— Não vou ser paciente. — Cerro os dentes. — Vocês me *sequestraram* de...

Gabriel segura meu braço e me puxa contra seu peito largo.

— *Não* complete esse pensamento, *milady* — ele sibila no meu ouvido. — Ou haverá consequências que vão fazer sua vida de antes parecer uma doce recordação.

Os olhos azuis de Gabriel ardem com uma intensidade quase perigosa, e, pela primeira vez desde que acordei neste estranho contexto, sinto medo de verdade. Ao que parece, fui, *sim*, raptada e obrigada a usar um vestido digno de uma rainha, coberta por lençóis luxuosos e alimentada com torrada pingando manteiga. Mas está claro que nada disso foi apenas um gesto de caridade. Assinto devagar, percebendo que é melhor ficar quieta por enquanto — o que nunca foi meu forte.

— Gabriel! — Madame Odell chama. — Traga-a aqui. Vamos entrar na sala do trono *agora*. — Ela enfatiza a última palavra como uma flecha disparada diretamente no meu coração.

Gabriel assente e me leva para onde as outras nove Feéricas esperam. Ele me aperta com tanta força que provavelmente vai deixar um hematoma.

Vou matar esse filho da puta.

Quando sou largada sem cerimônia na frente do grupo, todas dão um passinho para trás, como se tivessem medo de chegar perto. O franzir de seus narizes elegantes é acompanhado pelo crispar de seus lábios pintados. Tenho a impressão de que se eu gritasse "bu" agora, todas desmaiariam, caindo como uma pilha de palitos de fósforo banhados em ouro.

Madame Odell bate palmas.

— Façam fila. Todas vocês. — Há um alvoroço de tecidos dourados e cachos sedosos jogados por cima dos ombros enquanto as Feéricas formam uma fila ordenada.

Elas recendem a um a jardim de rosas, banhadas de um perfume forte, o aroma tão enjoativo que preenche minhas narinas e adensa meus pulmões. Sou empurrada para o fim da fila enquanto inspiro fundo algumas vezes, o pânico fazendo meu estômago se revirar e contrair. O que está prestes a acontecer?

A mulher à minha frente é tão pálida que sua pele reluz como neve. Seus cachos eram de um vermelho vivo que combina com os olhos esmeralda, e ela fica espiando por sobre o ombro nu e esguio como se eu pudesse dar um pulo e morder sua pele macia e hidratada. Não vou mentir: dá vontade.

Enquanto concluo que ela nunca deve ter sido tocada por nada mais agressivo do que uma pena, uma porta do outro lado do salão se abre e a fila começa a andar.

Não sei por quê, mas procuro Gabriel, buscando confirmação de que é aqui que devo estar. Ele não foi exatamente amigável, mas, agora, seu rosto é o único familiar. Ele me observa, o cenho franzido, sua expressão indecifrável.

Sinto a mão de alguém no meio das minhas costas, e madame Odell me empurra.

— Anda — ela sussurra. — Eu sabia que tirar você da Umbra seria um desastre. Nunca vou entender por que o rei mantém essa tradição ridícula.

Avançando aos solavancos, processo as palavras dela, seguindo a procissão para dentro de um salão que é ainda mais intimidador do que todos os outros cômodos. O ouro reflete a luz do sol de um jeito ofuscante. Por toda parte. Nos pisos, nas paredes e até no teto, exceto por um domo de vidro alto onde se vê mais céu azul. O calor do sol bate, e me pergunto como seria senti-lo na pele nua.

Todas as paredes têm janelas gigantes, revelando a areia e as ondas daquele oceano cristalino da praia lá embaixo. Cortinas cintilantes se estendem do teto ao chão, tantos quilômetros de tecido que daria para construir uma vila toda de tendas.

Entramos em fila pelo centro do cômodo, e a mulher à minha frente parece estar deslizando no ar, o cabelo ruivo, flutuando. Passamos entre fileiras paralelas de mais guardas, desta vez humanos sem asas nem tatuagens, com as costas eretas e o olhar à frente como se não estivéssemos lá. Centenas de Nobres-Feéricos e mortais estão atrás dos guardas, murmurando e sussurrando enquanto observam a mim e as nove mulheres, julgando descaradamente.

Mais à frente, entrevejo o estrado pela primeira vez, onde há dois tronos cercados por pontos de ouro moldados na forma de raios curvos do sol. Eles se abrem como a palma da mão estendida, oferecendo algo que quase parece uma salvação.

Nobres-Feéricos cercam o estrado, ornados com joias, seda, renda e a segurança imutável de seu privilégio. A riqueza. A ostentação é quase dolorosa de se ver. Penso no uniforme cinza e áspero da prisão, em minha cama estreita e nos restos de comida escassos que me davam dia após dia enquanto algumas pessoas vivem *assim*.

Com uma pontada, penso em Tristan e Willow. Me pergunto onde eles estão e o que estão fazendo. Oro a Zerra pela milionésima vez para que tenham sobrevivido à rebelião e que eu os veja em breve.

A fila de mulheres chega à frente do salão. Elas se espalham voltadas para o estrado e me deixam bem no meio. Eu então fico cara a cara com o que parece inexplicavelmente uma mudança no rumo de todo o meu destino.

Um Nobre-Feérico ocupa o trono, também vestindo sedas douradas, incluindo um casaco de brocado sob medida com uma fileira de botões cintilantes e uma calça que parece marrom à primeira vista, mas que reluz com fios dourados quando ele se movimenta. Suas botas marrons e macias vão até os joelhos, e seu cabelo cintila como cobre polido, refletindo um rio sombreado de castanho, laranja e dourado sob a luz do sol. Com seus olhos verde-água, da cor do oceano lá fora, ele olha para mim e para as outras mulheres. As maçãs do rosto dele são altas, o maxilar é definido e seus lábios são fartos e perfeitos. No dia em que alcancei o auge da beleza, ele reduz tudo a pó. Perco o fôlego só de estar em sua presença.

Esse só pode ser o Rei Sol.

Quando olha para mim, o rei faz uma pausa, e uma faísca de curiosidade curva de leve sua boca. Mas devo ter imaginado isso. Não é possível que esse homem me note ao lado desses outros nove espécimes perfeitos de beleza feminina.

— Bem-vindas — diz ele com um sorriso que revela uma série de dentes brancos impecáveis. Seus calorosos olhos brilham. — Faz mais de cinco séculos desde que Afélio teve a sorte de coroar uma nova rainha.

Ele olha pensativo para o trono vazio a seu lado antes de nos observar de novo.

— Como vocês sabem, é uma grandessíssima honra ser escolhida como uma das dez Tributos para competir nas Provas. Vocês derrotaram centenas de outras aspirantes para chegar aqui, e estou contando que todas vão dar seu melhor. Apenas a mais valente, mais leal e mais inteligente poderá ter esperança de ascender e governar ao meu lado.

Pisco rapidamente, balançando a cabeça, certa de que devo ter ouvido mal. Estou em Afélio? Tenho uma noção muito vaga dos detalhes que definem o continente de Ouranos, mas *sei* que este reino sulista é o mais distante que se pode chegar de Aurora.

Deixando de lado esse fato desconcertante, o que me angustia ainda mais é saber que estou aqui para competir pelo título de Rainha Sol.

Mais uma vez, estou convencida de que devo ter morrido e de que isto tudo é um sonho elaborado. Minha mente deve mesmo ter se despedaçado quando eu estava na Depressão. Não sabia que minha imaginação era capaz de tecer histórias tão impressionantes.

Um Nobre-Feérico de manto dourado dá um passo à frente, o cabelo quase branco de tão claro. Ele para com as mãos às costas e pigarreia.

— As Provas da Rainha Sol são uma tradição que data dos primórdios da história de Afélio. — A cabeça dele está erguida, a voz ecoando pela grande câmara. — Há milhares de anos, as Provas escolhem a linhagem de rainhas que governa o reino. Dez das mulheres mais belas e habilidosas das melhores famílias do reino de Afélio são selecionadas para competir nas áreas de etiqueta, graça, resistência, lógica, sagacidade e sedução.

Franzo a testa ao ouvir isso, a vertigem puxando o tapete dourado sob meus pés. Tenho tantas perguntas na ponta da língua que elas ameaçam inundar o salão. Gabriel encontra meu olhar e, como se lesse meus pensamentos, silencia-os com um ar repreensivo. Do outro lado do salão, ele murmura a palavra *não*, e retribuo a encarada, bufando.

— Exceto por uma — continua o Nobre-Feérico, e seu olhar para em mim com o peso de uma âncora caindo no fundo do mar. — Uma Tributo humana é selecionada da Umbra, para que também tenha a chance de conquistar esse prêmio tão cobiçado. É um lembrete a todos os mortais de que qualquer pessoa com perspicácia e desejo pode mudar sua sorte na vida se assim escolher. Um lembrete de que somos nós que estamos no comando de nossos próprios destinos.

Um murmúrio percorre o salão enquanto penso naquelas palavras, e uma gargalhada suja ameaça escapar de mim. Eles me arrastaram até aqui para competir e provar que a escória da sociedade pode mudar o próprio destino se trabalhar o suficiente?

Mais uma vez, alguém está dizendo que venho da Umbra. Mag. Madame Odell e agora esse Feérico. Só me resta supor que se trata de algum tipo de bairro pobre de Afélio, ou talvez outra prisão? Mas não vim da Umbra. Nem sou de Afélio. Um calafrio percorre minha nuca, e meu estômago queima.

Nada disso parece bom.

O Feérico continua:

— As dez Tributos vão competir em quatro desafios no decorrer de oito semanas. Cada desafio é elaborado para testar uma variedade de atributos e habilidades. Se não conseguirem completar a tarefa de uma forma que consideramos satisfatória, serão desclassificadas. Esses desafios não são para as fracas, muitas Tributos acabaram morrendo ao longo dos séculos. Entre os desafios, vocês vão receber aulas e treinamento para ajudá-las a sobreviver.

A multidão ouve aquilo com um burburinho crescente de animação.

Sobreviver? Meu estômago, já enjoado, aperta ainda mais.

— As Tributos que passarem em todos os quatro desafios vão ficar perante o Espelho Sol, o árbitro e juiz de quem é digna de ascender a Feérica Imperial e governar como Rainha Sol. Somente o Espelho vê a verdade e o destino de quem deve ser a rainha. — O homem faz uma pausa dramática, seu olhar nos perpassando como se estivesse olhando para algumas de nós pela última vez. — Boa sorte a todas, e que Zerra as abençoe e as proteja.

Uma salva de palmas educadas enche o salão, sorrisos no rosto de todos. Quer dizer, quase todos. As peles perfeitas das outras nove Tributos estão verdes, e agora elas parecem estar se sentindo tão mal quanto eu. Ser uma Tributo pode ser uma honra, mas está claro que o preço é alto. O choque de realidade diminuiu a arrogância delas em questão de minutos.

Por que estou fazendo isso? *O que* estou fazendo aqui?

Enquanto o burburinho continua, olho para a frente e encontro o rei me observando. Ele é deslumbrante, e eu retribuo seu olhar descarado, entendendo de alguma forma que é isso que ele espera de mim. Seu cabelo castanho cintila sob o sol, e seus olhos verde-água parecem reencontrar no fundo da minha alma um recanto caído no esquecimento. Através das roupas que ele usa, consigo distinguir as curvas de seu corpo musculoso — ombros largos, quadril estreito e coxas grossas. Quando ele apoia o braço no trono, noto a beleza e a força de sua mão grande.

Estou enfeitiçada, incapaz de me mover ou de falar. Mas então alguém segura meu braço, me distraindo. Gabriel se assoma diante de mim com o calor de um iceberg, e ele e o rei trocam um olhar que não consigo interpretar.

— Vou competir para me casar com *ele*? — As palavras escapam em um murmúrio que flutua no ar e se funde com a sombra de uma promessa que fiz no passado, quando mal tinha idade suficiente para entendê-la.

Os lábios de Gabriel se curvam.

— Acho que você vai tentar.

— Tenho que vencer as provas primeiro — digo.
Ele solta uma gargalhada, e volto o olhar para ele.
— Não foi bem isso que eu quis dizer.
— Do que está falando?
— Que você é a Tributo Final. — Gabriel inspira fundo, olhando mais uma vez para o rei, que agora conversa com outro Feérico. — E, em quase oito mil anos das Provas da Rainha Sol, a Tributo Final nunca sobreviveu.

7

— Quê? — PERGUNTO, O FEITIÇO DO REI sobre mim se quebrando.
— Venha — Gabriel diz, me puxando.
Finco os calcanhares no chão e desvencilho meu braço.
— Como assim, a Tributo Final nunca sobreviveu?
Gabriel suspira, seus olhos voltando a encontrar os do rei. Ele está nos observando de novo, e fico arrepiada quando percebo o olhar expressivo entre os dois.
— O que é isso? Por que vocês ficam olhando um para o outro desse jeito? Você disse que eu teria algumas respostas se viesse, mas estou mais confusa do que antes! Me diz o que está acontecendo!
— Fale baixo — Gabriel sussurra entre dentes.
— Não! Não, não vou falar baixo. Exijo saber o que estou fazendo aqui!
Estou fazendo um escândalo, e alguns curiosos viram para mim. Gabriel troca outro olhar rápido com o rei, então se abaixa e me coloca sobre seu ombro. Solto um grito agudo e esmurro as costas dele antes de mirar um chute em seu saco. Meu pé encontra um bojo duro como rocha. Grito de novo. Maldita armadura.
Risos maldosos acompanham as penas brancas na minha cara, e cuspo tentando me livrar delas. Gabriel vira para a multidão.
— Desculpem por isso, senhoras e senhores. Vocês sabem como

esses ratos da Umbra são às vezes. — Ele dá um tapa na minha bunda apontada para o salão, e ouço todo mundo rir de mim.

Assim que eu descobrir que merda está acontecendo, Gabriel vai ser o primeiro que vou matar com uma faca cega.

Ele me rodopia de novo, e fecho os olhos enquanto meu estômago revira. Ainda estou sofrendo os efeitos da minha refeição, e meu corpo ainda está exausto pelos dias na Depressão. Entramos numa sala, e Gabriel fecha a porta.

Um momento depois, sou jogada em um sofá macio. Parece que estamos em algum tipo de antecâmara sem janelas, as paredes forradas com seda dourada e estampada.

— Como você se atreve! — Pulo do sofá com os punhos cerrados. — Exijo uma explicação agora mesmo!

— Fale baixo — Gabriel diz, seus olhos azuis flamejando.

Estufo o peito, inspiro fundo e me preparo para soltar um grito ensurdecedor das profundezas da minha frustração.

— Faz isso que eu te mando de volta a Nostraza tão rápido que sua cabeça vai girar.

Paro no meio da inspiração e relaxo os ombros, perdendo o fôlego.

— Isso chamou sua atenção, não chamou, Lor?

Estreito os olhos.

— Diz. Logo. O. Que. Está. Acontecendo.

Gabriel passa a mão no rosto e vai até o outro lado da sala.

— Atlas conseguiu te soltar de Nostraza para que você competisse nas Provas.

Balanço a cabeça.

— Quem?

— Atlas. O rei.

Isso me faz hesitar.

— Por quê?

Gabriel me observa dos pés à cabeça, mas não há nenhuma segunda intenção nisso. Ele é um estudioso tentando resolver um mistério complexo e deixando passar uma pista vital.

— Não sei — diz, por fim. — Recebi ordens de tirar você da Aurora e trazê-la para cá para servir como Tributo Final durante as Provas da Rainha Sol.

Abro as mãos.

— Não faz o menor sentido. Por que eu? Por que não buscar alguém desse lugar que vocês chamam de Umbra?

Gabriel coça o queixo e balança a cabeça.

— Também não sei.

— Bem, então vou perguntar ao rei. — Ergo a parte da frente do vestido ridículo e marcho até a porta, mas Gabriel bloqueia minha saída.

— Não faça isso, milady.

— Sai da minha frente agora!

Gabriel dá um passo e segura meus ombros.

— Você foi trazida aqui para competir nas Provas. Vai fingir que é da Umbra e não vai contar para ninguém de onde veio. Você pode morrer, mas também pode ter todos os seus sonhos realizados. Que mortal não sonharia em se casar com o Rei Sol? Você vai ascender a Feérica Imperial e ter todo o poder e riquezas imagináveis. Você teria magia, Lor.

— Que tipo de magia? — pergunto, porque essa parte realmente parece boa.

— Não sei. O Espelho Sol é quem decide.

Arqueio a sobrancelha, cética.

— Lor, você não tem escolha. Vai dar o melhor de si para competir nas Provas e, se não vencer, é provável que morra. Se, por algum milagre, conseguir sobreviver, vai ser enviada de volta a Nostraza para apodrecer pelo resto de sua vidinha miserável. Fui claro? Não sei por que Atlas quer você aqui, mas esse é o desejo dele, e é meu dever garantir que você o cumpra.

Fico tão surpresa com suas palavras que não falo nada por um momento.

— Você pode trazer Tristan e Willow também? Não vou ficar aqui sem eles. Se conseguiu me tirar, também consegue tirá-los. — O tom da minha voz fica mais agudo no final. Talvez eu finalmente consiga a liberdade deles. — Uma rebelião estava acontecendo quando você me trouxe. Não sei se eles estão bem. Preciso deles.

— Não teve nenhuma rebelião — ele diz.

— Teve, sim. Eu escutei — insisto.

— Você devia estar alucinando.

Inclino a cabeça, observando-o. Ele está me dizendo a verdade? Mas por que mentiria sobre isso?

— Você consegue tirá-los de lá? Por favor?

— Não posso fazer isso — Gabriel diz, sua expressão resoluta, e as asas tremendo um pouco.

— Por que não? Você me tirou. Por que não consegue tirá-los?

— Não é assim que funciona.

Cerro os punhos.

— Desta vez eu vou gritar. Vou mesmo.

Gabriel dá mais um passo à frente, envolvendo meu pescoço com sua mão gigante e, quando tento me desvencilhar, ele aperta com mais força, minha respiração vacilando. Um momento depois, me empurra na parede e se assoma sobre mim como um anjo da morte.

— Não dificulte as coisas, Lor. Se não fizer o que estou dizendo, seus amigos também vão estar em perigo.

Tento me soltar, rosnando de fúria. Ele aperta minha garganta com tanta força que começo a sentir medo de verdade.

— Isso foi uma ameaça? — Gaguejo, tentando me desvencilhar

do braço forte dele, mas é inútil. Ele é como ferro, e eu sou uma mosquinha insignificante.

— Sim. Continue agindo que nem uma fedelha mimada, e não só seus amigos perderão a vida como vou garantir que você passe o resto de seus dias naquele buraco em que a encontrei. Vou perguntar mais uma vez: fui claro?

Ele me encara com tanta ferocidade que minhas defesas começam a ruir. O ardor de lágrimas queima o fundo dos meus olhos.

— Por que isso está acontecendo? Não estou entendendo.

Gabriel me solta e dá um passo para trás, alisando a armadura de couro dourado como se ela tivesse amarrotado.

— Não importa. O que importa é que você faça todo o possível para sobreviver.

— Você acabou de me dizer que a Tributo Final nunca sobreviveu. Como vou fazer isso?

Gabriel responde com um sorriso lento.

— Você estava à beira da morte quando a encontrei naquele buraco e, mesmo assim, conseguiu resistir a mim. Lembra de ter me mordido, Lor? Use um pouco daquela garra.

Estou confusa e surpresa demais para responder. Isso tudo deve ser um engano.

O que o rei sabe sobre mim?

Sem dizer mais nada, Gabriel abre a porta e faz sinal para eu segui-lo. O salão do trono está vazio agora, e nossos passos ecoam no mármore. Me aproximo do par de grandes cadeiras douradas, absorvendo sua magnificência e sentindo o peso de tudo que elas representam.

— Não me diga que não quer — Gabriel sussurra, bem no meu ouvido. Uma carícia mortal feita para atrair meninas bobas a lugares dos quais elas nunca conseguirão sair. — Uma menina como você.

Lanço um olhar feroz para ele.

— Uma menina como eu, que não tem nada, você quer dizer.

— Sim, foi exatamente o que eu quis dizer.

Bufo e cruzo os braços, me imaginando ao lado do rei. Estaria mentindo se dissesse que a ideia não é tentadora. Eu tinha certeza de que passaria o resto da vida em Nostraza. E acabaria morrendo, mais cedo ou mais tarde, por conta de alguma doença ou da violência daquele lugar. Ter saído de lá já é um milagre.

— Nem o conheço — digo, apontando para onde o rei estava sentado. — E se ele for um monstro vil? E se for tão maçante quanto assistir a tinta secando? E se tiver mau hálito?

Gabriel revira os olhos.

— Você vai conhecê-lo. Todas as Tributos vão ter a oportunidade de passar um tempo com ele.

Engulo em seco. Eu a sós com um Feérico Imperial bonito de doer? O que eu diria para ele? Ficaria completamente perdida, porque tenho quase certeza de que não há nada naquele rei que seja vil, entediante ou fétido. Sou *sim* uma rata comparada com as nove outras borboletas com quem estou competindo. Ele vai só me expulsar do quarto às gargalhadas.

— Você poderia tirar seus amigos de Nostraza se vencesse — ele continua, e aí está todo o incentivo de que preciso.

Se me tornar a Rainha Sol, finalmente terei algum poder. Se ascendesse a Feérica Imperial, teria magia e recursos. Dinheiro. Uma coroa. Um maldito *exército*.

Sim, eu soltaria Willow e Tristan e faria o Rei Aurora pagar por tudo que ele me deve. Por todas as chicotadas que laceraram minhas costas. Pelas noites intermináveis em que gritei tão alto na Fortaleza que perdi a voz. Por permitir que o diretor da prisão me usasse para seu prazer doentio. Por todas as noites em que fui dormir com fome, frio e dor. Por botar um grupo de crianças na pior prisão de Ouranos e nos deixar lá para morrer.

Por *tudo* que ele tomou.

Gabriel me observa com atenção, mas guardo a vingança para mim.

Ainda olhando fixamente para o trono do Rei Sol, aceno devagar.

Nada disso faz sentido, mas eu seria uma idiota se recusasse essa chance. Acabaram de me dar uma oportunidade única na vida. Vivendo em Nostraza, meus dias sempre estiveram contados mesmo. Não tenho nada a perder competindo nas Provas, e agora posso ter um futuro com o qual apenas sonhei.

8
NADIR

Nadir entrou com tudo em Nostraza, as portas de madeira chegaram a bater na parede com o impacto. Ele estava usando sua armadura de couro preto com uma espada amarrada nas costas, metade do cabelo cor de meia-noite preso num coque, e a parte de baixo solta em ondas.

Dezenas de olhares ressabiados se voltaram para ele no vestíbulo de pedra. Os guardas, confusos, se empertigaram quando ele atravessou feito uma flecha o corredor largo. Os gritos angustiados dos residentes da prisão ecoavam. Não havia para onde fugir da sinfonia de Nostraza.

Nadir parou e olhou ao redor.

— Alteza. — Um guarda se aproximou às pressas e se curvou tanto que quase encostou o nariz nos joelhos. — O que o traz aqui? — O homem levantou, torcendo as mãos, analisando o ambiente como se esperasse um ataque de todos os cantos.

— Você é o novo diretor — Nadir disse, notando o timbre no uniforme do homem.

— Sou, alteza. Meu nome é Davor. — Ele fez outra reverência. — O que posso fazer por vossa alteza?

— Preciso ver os registros de prisioneiros. Onde ficam guardados?

O lábio inferior do diretor estremeceu, a pele empalidecendo em tons de cinza. Quem tinha nomeado esse mortal idiota para proteger a prisão mais infame de todo Ouranos? Ele se quebraria como a casca de um ovo ao primeiro indício de pressão.

— Há algo que eu possa ajudar vossa alteza a procurar? Posso indicar alguém para auxiliá-lo no que for preciso.

— Não. Eu mesmo vou procurar.

Nitidamente contrariado com essa resposta, o diretor contraiu os lábios finos.

— Muito bem. Venha comigo, por favor. — Davor se virou e seguiu pelo corredor.

Nadir foi atrás, pisando alto e firme, castigando as pedras no chão. O rei estava escondendo alguma coisa, e ele estava determinado a descobrir o quê.

Davor guiou Nadir por vários corredores úmidos, chegando por fim a uma porta de madeira estreita, onde tirou um chaveiro do bolso.

— É aqui que os registros de prisioneiros são mantidos. — Ele enfiou uma das chaves na fechadura e girou.

— Todos? — Nadir perguntou quando a porta abriu, revelando uma grande sala cheia de estantes e armários.

Penduradas no teto, fileiras de esferas de vidro com faixas de luz amarelo-clara, criadas por seu pai ou algum de seus ancestrais, iluminavam o cômodo.

— Todos os prisioneiros que já passaram ao menos uma noite dentro de Nostraza são listados em algum lugar desses arquivos. Estão organizados por ano de chegada e número.

Nadir entrou na sala, passando os olhos pelas etiquetas, algumas quase ilegíveis de tão antigas. Embora ele não fizesse ideia de quando o número 3452 havia chegado, essa pessoa provavelmente tinha passado pelo menos alguns anos em Nostraza, a ponto de despertar o interesse de seu pai. Como Nadir ficara sabendo, Kelava foi diretor da prisão por pouco mais de vinte anos, o que lhe dava certo marco temporal.

— Saia — Nadir disse, erguendo a mão. — E me dê as chaves. Não quero ser incomodado.

O diretor engoliu em seco, mas fez o que o príncipe pediu, colocando o chaveiro no centro de sua palma grande. Nadir deu meia-volta, seus olhos pretos brilhando com rajadas cor de violeta.

— E não conte a ninguém que estive aqui.

— Sim, alteza — Davor disse, a voz hesitante, quase um sussurro.

Assim que o diretor fechou a porta, Nadir começou a trabalhar. As pastas estavam etiquetadas por ano, mas, felizmente, os números ficavam em ordem crescente. Ele não demorou muito para encontrar os prisioneiros numerados na casa do três mil. Doze anos atrás. Alguém que tinha chegado e ficado em Nostraza por mais de uma década. Como essa pessoa havia suportado tanto tempo? Era tempo demais para qualquer mortal sobreviver aqui, ainda mais com sanidade.

Ele folheou as fichas, encontrando os prisioneiros 3449, 3450, 3451, 3453. Parou, voltou. A ficha não estava ali. Claro.

Ele continuou revirando, folheando o restante da casa três mil, sem encontrar nada. Será que tinha sido extraviada? Ele rondou a sala. Não, só podia ter sido intencional. O rei não era nenhum idiota, e havia um motivo para manter isso em segredo. Nadir vasculhou as últimas gavetas por via das dúvidas, mas nada. Frustrado, passou a mão no cabelo, fazendo alguns fios escaparem do coque.

Abriu a porta e chamou o diretor.

— Pois não? — o homem disse, respirando com dificuldade quando chegou alguns segundos depois. — Vossa alteza me chamou.

— Entre e feche a porta.

Davor obedeceu, parando no meio da sala, ainda torcendo as mãos, uma gota de suor escorrendo pelo rosto rechonchudo. Nadir sorriu. Como era fácil. O homem estava prestes a se dissolver numa poça.

— Você sabe quem é o prisioneiro 3452?

O diretor piscou.

— Desculpa, alteza, mas há centenas de prisioneiros aqui dentro e não sei o número de todos. Qual é o nome dele?

— Não tenho um nome, e o prisioneiro não está mais aqui. Ele... morreu na rebelião. — Nadir hesitou, sem saber o quanto revelar. Não queria que sua investigação chegasse até seu pai. Não fazia parte de suas ordens.

— Sinto muito, alteza, então não sei. Talvez a ficha revele algo sobre essa pessoa. Qual o número mesmo? Era 3452, certo?

Merda. Agora o cara sabia demais.

— Ele estava na Depressão quando a rebelião aconteceu. Soa familiar? — Era melhor revelar tudo de uma vez agora. Mas não restaria escolha: Nadir teria que dar um jeito no diretor.

Davor ergueu o rosto da gaveta que revirava, franzindo as sobrancelhas.

— Lembro que Kelava tinha mandado alguém para lá. Uma menina, acho. Não lembro quem. Todas parecem iguais, sabe? Criaturas imundas.

Uma menina.

Por que uma menina deixou o rei tão preocupado?

Bem, já era alguma coisa.

— Tem certeza que não sabe quem era? A ficha dela parece ter sumido. Você não sabe nada sobre isso?

— Perdão, alteza. Sumido?

Nadir acreditou na preocupação do homem. A aflição estava estampada no seu rosto, e o desejo de agradar era gritante. Davor certamente confessaria se soubesse de alguma coisa.

— Isso é muito estranho — o diretor disse. — Vou ter que abrir uma investigação para averiguar. Não era para ter sumido. Nostraza mantém registros impecáveis.

Nadir deu um passo à frente, com uma expressão tempestuosa, quase engolindo Davor.

— Perdão, alteza. Acabei de entrar neste cargo, mas garanto a vossa alteza que vamos resolver isso e garantir que não aconteça novamente. — Davor se encolheu, trêmulo, interpretando totalmente errado a razão da ira de Nadir.

Ele estava pouco se fodendo para a manutenção dos registros de Nostraza.

— Onde fica a Depressão? — perguntou Nadir.

— A Depressão?

— Onde a prisioneira foi mantida. Onde fica?

— Na floresta, logo depois do portão norte. Posso mostrar a vossa alteza. — O diretor falava rapidamente agora, talvez pressentindo que as coisas estavam prestes a dar muito errado para ele.

— Peço desculpas por isso — Nadir disse, embora não parecesse nem um pouco arrependido.

Um momento depois, o diretor arregalou os olhos ao ser cercado por faixas de luz colorida escapando de Nadir. Um fio carmesim, da largura de um dedo, entrou por seus lábios e desceu por sua garganta. Davor choramingou enquanto Nadir forçava a luz por seu esôfago, envolvendo-a no coração do homem e apertando. O diretor ficou surpreso, com a boca aberta, apenas um gorgolejo escapando.

— Alteza — ele disse, se engasgando. — Por favor.

Conforme Nadir apertava com mais força, o rosto do homem ficava azul e o coração dele explodia dentro do peito em uma pulsação gosmenta. O diretor caiu no chão, a pele já ficando cinza enquanto os fios de magia de Nadir se dissolviam no ar. Ele cutucou o pé do homem com a ponta da bota. Era uma pena. Dois diretores em dois dias. Essa prisão tinha mesmo um problema.

Estufando o peito, Nadir abriu a porta e retraçou seu caminho. Ao passar por um par de guardas que esperavam no fim do corredor, ele os chamou.

— Seu diretor teve um ataque cardíaco. É melhor verem como

ele está. — Ele apontou a direção com o polegar, sem nem diminuir o passo.

Ouviu os guardas saírem correndo e seguiu pela prisão a passos largos. Era o príncipe herdeiro e o Primário da Aurora. Ninguém o questionaria. Quanto a sua presença ali... bem, seu pai havia ordenado que ele vasculhasse a floresta. A prisão tinha sido apenas um desvio.

— Onde é o portão norte? — Nadir perguntou a outro guarda, a voz séria e a expressão mais ainda.

O homem trêmulo indicou o caminho. Continuando sua busca, Nadir seguiu corredores úmidos de pedra, os sons dos gemidos e gritos de prisioneiros sempre atravessando as paredes grossas. Ele retorceu os lábios. O lugar era uma abominação. Alguém tinha que demolir tudo. Talvez, quando fosse rei, ele fizesse exatamente isso. Mas, então, para onde iriam todos aqueles humanos degenerados?

Uma menina.

Uma menina que estava ali havia doze anos. A menos que fosse uma criança de colo ao chegar, pensou Nadir, ela devia ser uma moça, ou Davor não teria se referido a ela como menina. Como ela havia sobrevivido tanto tempo em Nostraza? A expectativa normal de vida não passava de alguns anos, na melhor das hipóteses. E, mais importante, *por que* o pai dele estava tão interessado a ponto de mandar Kelava ficar de olho nela?

Nadir passou pelas portas do lado norte, seguindo seu caminho pelo pátio, pisoteando o cascalho com as botas. Guardas o observaram dos muros, cautelosos. Era compreensível. Nadir e o rei quase nunca se aventuravam dentro dos muros de Nostraza.

Quando encontrou o portão norte, ele perguntou de novo o caminho para a Depressão e, alguns minutos depois, parou diante do pequeno espaço escuro. Pulou dentro, com os pés ágeis. Um mortal não teria como sair dali, ainda mais considerando a textura frágil das paredes que desmoronavam ao toque, mas, para um Nobre-Feérico, era um pulo fácil.

Nadir se agachou e procurou pistas. Qualquer sangue que pudesse ter caído ali já havia sido absorvido pela terra. Ele inspirou fundo, sentindo o cheiro que só podia ser da garota. Era doce e fresco, e algo despertou resquícios de uma lembrança que ele não conseguiu identificar. Fechou os olhos, mais uma vez respirando longa e profundamente, e franziu a testa.

Havia o cheiro característico da menina, sem dúvida, mas havia outra coisa. Outro cheiro que ele quase reconheceu. Um cheiro que alguém havia tentado encobrir? Um toque familiar combinado com algo feito para disfarçá-lo. Sem muito sucesso.

Só não havia traço algum do ozziller que Kelava mencionara com tanta certeza. Não, alguma outra coisa havia levado a menina. Nadir parou, passando as mãos pelas paredes, como se buscasse pistas com os dedos.

Algum outro *ser* estivera ali. Alguém de outra corte.
Outro Nobre-Feérico.

9
LOR

Na manhã seguinte, sou despertada pela voz alegre de Mag, que carrega uma bandeja cheia de comida. Depois que Gabriel me trouxe de volta ao quarto ontem à noite, eu vesti uma camisola de seda e caí em sono profundo, exausta de literalmente tudo.

— Vamos ver se isso desce um pouco melhor — Mag diz, colocando a bandeja numa mesa perto da longa fileira de janelas na parede oposta.

Sobre o braço dela, está uma peça de roupa cinza que reconheço. Ela a estende segurando com a ponta dos dedos, como se o tecido pudesse envenená-la se tivesse muito contato.

— Mandei limpar para você. Embora eu não consiga imaginar por que você queira isso de volta.

Salto da cama, pego a camisola e enfio embaixo do meu travesseiro por precaução. Mag olha da cama para mim, claramente perplexa com toda a minha existência.

Serve uma tigela de mingau e algumas fatias grossas de pão. Eu como devagar, dando tempo para meu estômago se adaptar.

— Você está puro osso. — Ela estala a língua. — Precisamos engordar você um pouco. Com algumas semanas de repouso e nutrição adequada, vamos deixar você com uma cara muito mais saudável.

Claro, mas provavelmente não tem por quê, considerando que vou estar morta depois do primeiro desafio. Não me dou ao trabalho de corrigi-la, mas tomo um pouco do mingau doce e cremoso, e penso que é melhor aproveitar esses confortos enquanto aguardo minha morte iminente.

— O capitão disse para você tomar um café da manhã reforçado antes de ele vir te buscar — Mag diz. — Você vai precisar de força.

— Quem?

— O capitão. Seu guardião para as Provas.

Franzo a testa. Não entendo muito de hierarquias militares, mas capitão parece importante.

— Gabriel é um capitão?

— Da guarda pessoal do rei, sim.

Tomo mais um pouco de cereal e coloco a colher na mesa.

— O capitão do rei não tem coisa melhor para fazer do que ser minha babá?

Mag ergue a sobrancelha enquanto pendura meu vestido de ontem à noite e circula arrumando o quarto.

— É o dever dele. Todos os guardiões são parte da guarda principal do rei. Dez guardiões e dez Tributos. Sempre foi assim. No entanto, o capitão normalmente é atribuído à competidora favorita. Admito que fiquei um pouco surpresa ao ver que ele ficou encarregado por você.

Ela acena com sua mão delicada, obviamente tentando não dizer o que está pensando. Que é impossível que *eu* seja a competidora favorita.

— Mas o rei deve ter seus motivos — ela continua. — Aqueles dois são próximos há muito tempo, apesar das circunstâncias da relação deles.

Reflito sobre a frase enigmática enquanto passo manteiga numa fatia de pão. Quando coloco um pequeno pedaço na boca, solto um gemido de prazer. Ainda está quentinho — macio e fermentado —, a manteiga derretendo, gordurosa.

A expressão de pena que Mag faz me deixa um pouco desconcertada, e minhas bochechas coram de constrangimento.

— Pobrezinha — ela murmura, virando o rosto e abanando a cabeça, mas noto o brilho nos olhos dela.

Não quero a piedade dessa mulher. Isso só serve para me lembrar de como minha vida foi patética. Me sinto culpada desfrutando desta comida e deste quarto e dormindo nesta cama luxuosa enquanto Willow e Tristan estão apodrecendo em Nostraza. Espero eu. Ainda estou com medo de que algo tenha acontecido com eles durante a rebelião. Apesar do que Gabriel disse, sei o que ouvi.

— O que o capitão quer comigo hoje?

Mag dobra um lençol e o pendura no braço da cadeira ao lado da cama.

— Ele vai escoltar você para sua primeira aula com as outras Tributos.

Faço uma careta. As outras Tributos. Vou ter que passar sabe-se lá quanto tempo com elas, ouvindo seus risinhos. Todas são tão meigas e belas, nenhuma definhou a ponto de os ossos da costela se tornarem visíveis. Nenhuma tem cicatrizes horrendas na cara. Elas têm gordurinhas e magreza nos lugares certos. Cara impecável e pele hidratada. São um jardim de rosas impecáveis num palácio dourado à beira-mar, e eu sou a erva daninha crescendo no meio, implorando por uma fresta de sol.

Não pertenço a este lugar por tantos motivos.

Mag me lança outro olhar de piedade antes de estender o braço e dar um tapinha na minha mão com um afeto maternal. Resisto ao impulso de me encolher diante de seu toque, apertando a barra da camisola. Ela não está aqui para me machucar, lembro a mim mesma.

— Não deixe que elas afetem você. Elas vêm das melhores famílias de Afélio e passaram a vida toda se preparando para isso.

Você não pode achar que vai estar no mesmo nível que elas, minha querida.

Franzo a testa. Ela está tentando me encorajar?

— Você vai fazer seu melhor — Mag continua, apertando meu ombro, e desta vez eu me encolho, escapando dela. — Ninguém culparia você se fosse a primeira a sair.

Depois de murmurar um palavrão, levanto e vou até a janela. Meu quarto não tem vista para o mar, mas para a cidade. Toda a cidade de Afélio se estende diante de mim. Domos, torres e muros dourados cintilam suavemente sob a luz matinal enquanto o sol nasce. É desorientador testemunhar a mudança do dia para a noite depois do anoitecer perpétuo de Aurora. Por que alguém viveria lá se pode ter luz do sol e brilho assim todo dia? As luzes da aurora eram lindas, mas eram como uma única gota de bálsamo para tratar uma ferida aberta, e não sei se podem se comparar à paisagem cintilante que vejo agora.

Observo as ruas e os prédios, a cidade organizada em linhas ordenadas. Um canto sombreado no extremo oposto chama minha atenção, e imagino que seja a infame Umbra da qual dizem que fui tirada. Que tipo de lugar deve ser e por que, com toda a riqueza aparente deste palácio, ele precisa existir? O rei com certeza sobreviveria com um espelho dourado a menos para garantir que todos em seu reino tivessem o suficiente para viver com conforto.

Repito as palavras de Mag, e algo se aperta no meu peito. Ela não está nem fingindo que poderia acreditar em mim. Por que acreditaria? Tem toda a razão. Que chance tenho eu contra um grupo de Feéricas que esperaram a vida inteira por isso?

Por outro lado, elas são um bando de princesas mimadas, enquanto eu passei os últimos doze anos na prisão inclemente de Ouranos. Isso deve me dar alguma vantagem.

— Agora venha — chama Mag do outro lado do quarto. — Você precisa estar pronta quando o capitão chegar.

Ela me ajuda a vestir uma armadura de couro flexível, toda num tom de castanho, a calça justa permitindo liberdade de movimento. Tem também uma fina camisa branca coberta por um corpete de couro fechado por um laço na frente. Mag fixa um par de avambraços pretos em meus antebraços, e calço um par de botas de couro marrom que passam dos meus joelhos. Tudo bem diferente do vestido dourado de ontem.

— Para que isso tudo?

— Seu primeiro treinamento de armas — diz Mag enquanto amarra o corpete e me gira para avaliar.

Ela toca as pontas aparadas do meu cabelo e depois a cicatriz no meu rosto como se eu fosse um grão de areia que não se materializou numa pérola. Empurro a mão dela.

— Para com isso.

Um momento depois, ouço uma batida na porta. Mag abre e encontra Gabriel, também usando uma armadura de couro da mesma cor que a minha. É menos formal do que a que ele usou na Cerimônia dos Tributos e, por incrível que pareça, o deixa ainda mais bonito. Me olha de cima a baixo com desdém, sem disfarçar que sou uma obrigação para ele.

— Milady.

— Gabriel, por favor, pode me chamar de Lor. Eu imploro.

Sua boca vira uma linha fina.

— Se é o que prefere.

— É.

Ele faz mais uma reverência.

— Então é melhor nós irmos. *Lor.*

Faço que sim e passo pela antecâmara do quarto, saindo pelo corredor. Sigo Gabriel, mais uma vez, pelos salões sinuosos e resplandecentes do Palácio Sol.

— Qual é o tamanho deste lugar? — pergunto.

— Grande.

— Ah, não me diga.

Ele olha feio para mim, sem diminuir o passo. Suas pernas são tão compridas que tenho praticamente que correr para acompanhá-lo.

Passamos por duas criadas mortais que devem ter a minha idade, usando o mesmo traje dourado de Mag. Elas param ao nos ver, fazendo reverências respeitosas. Ao levantarem, as duas sorriem para Gabriel com expressões apaixonadas, e ele responde com um sorriso e uma piscadela.

— Senhoritas — ele diz, segurando a mão da mulher mais próxima.

Ela é linda, com cabelo dourado, cintura fina e seios fartos que quase saltam do decote do uniforme.

Gabriel encosta a boca no dorso da mão dela.

— Você está exuberante hoje, Annabelle. — A mulher perde o fôlego, levando a mão ao pescoço e derrubando uma pilha de toalhas que estava segurando. Solto uma risada que todos ignoram. Em seguida, Gabriel faz uma reverência generosa para a segunda mulher, dizendo: — Você também, Seraphina. — Então volta a atenção para mim, o sorriso sumindo de seu rosto. — Vamos. — Sem esperar, ele dá meia-volta e começa a andar.

As duas me olham com desconfiança, as mãos nos quadris.

— Não se preocupem. — Ergo as mãos e fecho a cara. — Ele é *todo* de vocês.

— Lor! — Gabriel grita de novo mais adiante no corredor. Quando o alcanço, eu o observo pelo canto do olho. — O que foi? — ele brada.

— Nada. — Mordo os lábios para não sorrir.

Gabriel é um conquistador? Não comigo, é claro.

Por fim, entramos num salão com pé-direito alto e suportes de armas por todas as paredes. O chão é coberto por mármore dourado e creme, e as paredes, pintadas num tom de amarelo-manteiga. Janelas grandes cercam o espaço em que dezenas de pessoas, incluindo a maioria das outras Tributos, aguardam. Uma Tributo está na lateral com seu guardião, conversando com um grupo de Feéricos que escrevem em cadernos enquanto ela fala.

— O que está acontecendo ali? — pergunto, indo com Gabriel até um suporte cheio de espadas cintilantes.

— Os escrivães reais. Eles estão documentando todas as Provas para a posteridade. Também distribuem as anotações para o público diariamente para que as pessoas saibam o que está acontecendo.

— Por quê?

— As pessoas querem acompanhar, Lor. Quem vencer vai se tornar a nova rainha. O povo leva essas provas muito a sério.

Um dos escrivães faz uma pergunta à Tributo. Ela é linda, com uma trança loiro-mel que vai até a cintura. A pele dourada parece uma seda, e sua armadura cai como uma luva, envolvendo curvas generosas e seios fartos.

— Treino com espada desde que aprendi a andar — ela diz, jogando a trança para trás e abrindo um sorriso perfeito em seus perfeitos lábios rosa. Seus cílios são tão compridos que devem produzir uma brisa quando ela pisca.

— Vou ter que fazer isso? — pergunto a Gabriel, com um frio na barriga e apertando o antebraço dele, que me lança um olhar de reprovação.

— Sim. Mas *você* vai dizer o mínimo possível. Deixe que pensem que você é burrinha. Não deve ser tão difícil.

Faço que sim, sem rebater o insulto de Gabriel, preocupada demais com a ideia de ter minhas palavras julgadas e documentadas para a posteridade. Eu consigo dizer o mínimo possível. Parece um bom plano.

— Escolha uma espada — Gabriel diz em seguida, e me viro para examinar o suporte de armas.

São incrivelmente intimidadoras.

Todos os cabos polidos e lâminas cintilantes têm gravado um sol com oito raios curvados, a insígnia do Rei Sol. Ela está em tudo, incluindo sua guarda pessoal, percebo, olhando a tatuagem dourada no pescoço de Gabriel. Não há dúvidas sobre quem é o senhor dos guardiões.

— Vocês vão nos dar espadas?

Nunca nos deixavam chegar nem perto de nada que lembrasse uma arma em Nostraza. Tínhamos que comer com a mão ou com colher, e até estas eram de um estanho fragilíssimo. Eles nos revistavam regularmente para garantir que não tínhamos guardado nada que pudesse ser usado para defesa pessoal.

— Sim, as Provas podem incluir combater um oponente. E imagino que você esteja muito aquém.

— Mas por quê?

— Porque você está treinando para ser uma rainha, e essas espadas são cegas, feitas para praticar. Não se preocupe.

Franzo a testa.

— Por que preciso saber lutar para ser uma rainha?

— Porque uma rainha precisa liderar exércitos e demonstrar força — ele diz, começando a perder a paciência. Então, passa a mão pelo suporte. — Escolha uma.

— Pensei que para ser rainha bastasse tomar chá com vestidos bordados e olhar com desprezo para todos — brinco, andando diante do suporte.

O riso baixo de Gabriel me persegue, e olho para ele, contente. Talvez ele pegue gosto por mim. Preciso de um amigo neste lugar.

— Bem, acho que também tem um pouco disso — ele diz quando eu paro.

— Aquela — digo, apontando para uma espada especialmente brilhante com um cabo de prata polida.

Gabriel estende a mão e a pega do suporte.

— Excelente escolha. — Ele estende o cabo para mim.

Um apito soa, e Gabriel me leva ao centro do salão com as outras Tributos. A menina bonita que estava falando com o escrivão está ao meu lado.

— Oi, meu nome é Lor — digo, afinal, o que tenho a perder?

Ela me olha de cima a baixo, e fica um silêncio constrangedor entre nós.

— Meu nome é Griane — ela diz finalmente.

Então vira para a menina do seu outro lado, sussurra algo no seu ouvido, e as duas dão risadinhas. Ranjo os dentes. É assim que as próximas oito semanas vão ser? Eu contra elas?

A outra Tributo tem cabelo preto liso e pele marrom-clara. Seus olhos escuros angulosos destacam a perfeição das maçãs do rosto protuberantes.

— Meu nome é Elanor — ela diz, olhando para mim com aquela expressão arrogante com a qual estou começando a me acostumar.

É então que arregala os olhos para algo atrás de mim, e todo o salão irrompe em sussurros tensos.

O rei chegou.

Ele entra com a graça de um leão. O cabelo castanho cintilante com mechas cor de cobre emoldura seu rosto e cobre seus ombros em ondas indomadas. Seus olhos verde-água brilham como um par de joias. Ele está usando uma calça de couro como o resto de nós, além de uma camisa branca e justa que destaca todas as linhas perfeitas do seu corpo, todas as curvas arredondadas e os músculos. Ninguém no salão consegue tirar os olhos do rei enquanto ele avança em nossa direção e para perto do Feérico com o apito, cruzando os braços musculosos.

— Por favor, prossiga, mestre Borthius — ele diz, e a voz grave ressoa como se alguém dedilhasse um violoncelo. — Só estou observando.

Os guardiões se alinham a nossa frente, e mestre Borthius grita instruções que envolvem uma série de exercícios. Naquele momento fica claro como estou terrivelmente abaixo delas.

— Golpeiem! Aparem! Esquivem-se!

Não sei nem o que essas palavras significam. A extensão do meu treinamento de espada se limita a cenas de livros e uma ou outra briga na prisão. Embora as espadas fizessem parte do arsenal dos guardas, eles pareciam preferir usar os punhos.

Gabriel move a espada, errando minha bochecha por um triz.

— Cuidado — sussurro, brava. — Você quase me acertou.

Ele para e esfrega o rosto.

— É muito pior do que eu imaginava.

— O que você quer dizer com isso?

— Quero dizer que você está ainda mais atrasada do que pensei.

Aperto bem a boca.

— Bem, *mil* desculpas por não corresponder as suas expectativas, considerando que você me arrastou até aqui e…

Gabriel ataca com a lâmina de novo. Desta vez, ele corta a ponta do meu queixo, e um ponto forte de dor brota antes mesmo que eu toque o ferimento. Meus dedos ficam manchados de sangue.

— Que porra é essa? Você disse que as lâminas eram cegas!

— Eu disse que a *sua* lâmina era cega. A minha é perfeitamente letal. — Os olhos azuis dele faíscam. — E falei para você ficar de boca fechada. — A voz dele é baixa, ninguém mais no salão consegue nos ouvir. Gabriel olha para o rei, que nos observa atentamente. — Vamos ter que começar do começo. E você vai precisar de lições extras. Tem menos de duas semanas até a primeira prova.

Abro a boca para fazer alguma coisa. Discutir? Reclamar? Não sei ao certo, mas Gabriel está se comportando como um filho da puta tão grande que sinto a necessidade de resistir de algum modo, só para dificultar a vida dele.

Mas então lembro de Tristan e Willow. Lembro do Rei Aurora.

Olhando para trás, vejo olhos verde-água e penso em tudo que está em jogo. O rei inclina a cabeça, erguendo o canto da boca como se compartilhasse comigo alguma piada interna. Sinto um frio na barriga e desvio o olhar, voltando a Gabriel.

— Vejo que você está ficando mais à vontade com Atlas. — diz ele, rios de sarcasmo escorrendo da voz. — Não demorou muito.

— Cala a boca — respondo e ergo a espada. — Me ensina isso.

A resposta de Gabriel é um sorriso lento e indolente que tenho certeza que deve deixar todas as criadas deste castelo prontas para erguer as saias e abrir as pernas.

— Que bom que conseguiu ouvir a voz da razão, milady.

Ao longo das horas seguintes, treino ao lado das outras Tributos. Gabriel me ensina o básico, gritando comigo quando erro. Me fazendo repetir os exercícios inúmeras vezes até eu não parecer tanto uma patinha tropeçando nos próprios pés. Quando acabamos, sou apenas uma poça de suor, meus músculos se contraindo de maneira tão errática que tenho medo de que saltem para fora do corpo e fujam para se esconder.

Griane, a mulher linda que estava falando com os escrivães, mal parece ter derramado uma gota de suor. Ela ainda está perfeita, enquanto eu estou ofegante feito uma cachorra deixada por tempo demais sob o sol.

Mestre Borthius bate palmas uma vez.

— Já chega. Tributos, agora vocês vão se enfrentar.

Merda. Em pânico, olho para Gabriel. Ele pode sentir prazer em me torturar, mas pelo menos não estava tentando me matar. Eu acho.

Consigo sentir os olhares das outras Tributos, não apenas me avaliando, mas avaliando umas às outras também. Que forma melhor de eliminar a concorrência do que passar uma espada nas tripas dela sem querer? Nossas lâminas são cegas, eu me lembro. Mas ainda são lâminas e podem causar um estrago permanente se a pessoa quiser.

— Você vai ficar bem — Gabriel diz, envolvendo meu braço com sua mão gigante.

— Os Feéricos não são mais fortes do que os mortais? E não têm magia?

— Sim, e alguns têm. — Ele me observa. — Mas só atingem a força plena por volta do vigésimo quinto ano. Todas aqui são mais jovens do que isso, e toda a magia que elas possam ter é restringida durante as provas. Você vai ficar bem — ele repete. Mas consigo notar a incerteza em sua voz.

— Vou mesmo?

Ele hesita.

— Claro. Com certeza. E, se não, você durou um dia. É mais do que todos imaginavam, principalmente eu.

— Bem, obrigada por todo o apoio. — Com isso, ele morde os lábios como se estivesse tentando conter um sorriso. — Fico feliz que ache engraçado — retruco enquanto sou chamada para ficar diante de uma Feérica.

Ela é muitos centímetros mais alta do que eu, além de ser esbelta e elegante. Sua pele é pálida, e o cabelo preto comprido cai como uma cascata cor de meia-noite por suas costas. Os olhos azul-cobalto brilham tanto quanto as luzes da aurora.

Quando me aproximo, ela me avalia com cara de nojo, funga e brande a espada.

— Tiraram você de um lugar ainda pior do que o esgoto? Ainda consigo sentir o fedor do barraco que você chamava de casa.

Ah, que fofura.

— Você perdeu a aula de como não ser uma vadia escrota naquele internato chique? — pergunto com desprezo.

Seu sorriso arrogante some por uma fração de segundo antes de ela jogar o cabelo para trás e endireitar os ombros.

— Pelo menos não estou aqui como um mero bode expiatório.

— Um momento — alguém grita do outro lado do salão, o barítono forte do rei deixando todas nós em alerta, paradas como peças de xadrez. — Eu disse que estava aqui apenas para observar, mas decidi que, depois da sessão de hoje, uma de vocês vai jantar comigo amanhã à noite.

Uma onda de risadinhas animadas percorre as Tributos. Minha oponente joga o cabelo de novo, piscando para o rei com tanta força que fico surpresa que seus cílios não saiam voando. O rei abre um sorriso de admiração para ela com aqueles dentes brancos perfeitos, e algo verde se contorce no meu estômago.

Quando o rei volta para trás da linha lateral, encaro minha oponente.

— Lor, não é? — ela pergunta, dizendo meu nome como se tivesse acabado de pisar em bosta de cavalo. — Meu nome é Apricia.

— É um enorme prazer conhecer você — respondo, cortando-a com meu sarcasmo.

— Vou acabar com você, rata da Umbra.

— Quero ver você tentar.

Não há nenhum aviso antes de ela me atacar, e ergo a lâmina no último segundo, toda estabanada desviando de seu golpe. Sem esperar que eu me recupere, ela ataca de novo, e só consigo sair da frente. É óbvio que ela é muito mais habilidosa, e ela própria reconhece isso abrindo um sorriso maníaco de alegria.

— Escória da Umbra — sussurra. — Seu lugar não é aqui, e vou garantir que você não se torne a Rainha Sol, nem que seja a última coisa que eu faça.

Ela pula de novo em cima de mim, e estou tão focada na lâmina apontada para a minha cabeça que não noto quando ela gira e me dá uma rasteira. Caio no chão com um grunhido, perdendo o ar. Ainda estou cansada e fraca demais por conta do tempo que passei na Depressão. Os curandeiros Feéricos cuidaram muito bem de mim, mas preciso de mais tempo para me recuperar.

Apricia se assoma diante de mim, jogando o cabelo idiota de novo, e sorri.

— Faça um favor a todos nós e se jogue no mar.

Ela gira a espada em algum tipo de manobra metida a besta que poderia ser impressionante se eu não quisesse arrancar todos os fios de cabelo dela. Recuperando o fôlego, observo enquanto ela se envaidece e se delicia com a admiração das outras Tributos. Sem parar para pensar, levanto de repente e pulo nas costas dela. Posso não saber usar uma espada, mas estive em centenas de brigas na vida, e sei fazer um homem com o dobro do meu tamanho chorar. Essa vaca magricela não é páreo para mim. Mesmo sendo uma Feérica. Assim espero.

Ela cai como um saco de batatas. Seu grito agudo é como uma carícia relaxante, e minha satisfação é infinita. Apricia se debate freneticamente embaixo de mim, e eu passo o braço ao redor do pescoço dela. Não vou matá-la. Eu acho. Queria muito. Mas não posso fazer isso. Ela só precisa entender que esta rata aqui não vai aturar desaforo.

Meus ouvidos zumbem porque ela está gritando muito alto, mas é um tipo bonito de música. Ela se contorce embaixo de mim, conseguindo mover meu braço e cravando os dentes nele. Essa garota deve ter sangue de tigre, porque sinto a mordida através da armadura de couro. Agora sou eu que grito quando ela me vira e trocamos golpes. Acerto um soco na lateral da cabeça dela e outro na maçã do rosto antes de ela me estapear com o dorso da mão.

Há rosnados, dentes, cabelo, braços e pernas entrelaçados de fúria.

Um momento depois, ela é arrancada de cima de mim e alguém me coloca de pé, envolvendo minha cintura com o braço enquanto tento pular em cima dela de novo.

— Chega! — A voz do rei ecoa pelo salão, e isso é suficiente para nos fazer calar a boca.

O cabelo suntuoso de Apricia está embolado, e seu rosto está sujo de sangue. Parte de mim se sente humilhada por ter me comportado como um animal na frente do rei, enquanto outra parte está satisfeita por eu ter tirado o sorriso daquela cara azeda.

— Acho que por hoje é suficiente — o rei continua, lançando um olhar para mim e Apricia que não consigo interpretar.

O resto das Tributos também nos observa, tentando conter seus sorrisos, sabendo que nenhuma de nós duas vai ser escolhida para jantar com o rei. A expressão de Apricia seria capaz de derreter todo o ouro deste palácio em uma pilha disforme. *Ótimo*. Pelo menos ela vai cair comigo.

O rei dá alguns passos até o centro do salão, e reviro os olhos quando todas as Tributos arrumam o cabelo e ajeitam as roupas. Uma Feérica até belisca as bochechas e lambe os lábios, lançando um olhar sonso e piscando.

Gabriel ainda está me segurando, claramente com receio de que eu ataque Apricia de novo se me soltar. É bem possível que eu a ataque, aliás. Ainda mais quando ela também sorri para o rei feito uma pavoa exibida.

— Estou ansioso para conhecer todas vocês — o rei diz. — Já consigo ver que esse é o grupo mais impressionante de Tributos que as Provas da Rainha Sol já receberam. Eu adoraria conhecer a Tributo que demonstrou tanto *vigor* hoje. — É então que o olhar do rei me encontra. Gabriel relaxa um pouco os braços, demonstrando a mesma incredulidade que eu. — Nossa Tributo Final, Lor.

10

GABRIEL PIGARREIA E ROSNA NO MEU OUVIDO.
— Se eu te soltar, você consegue se comportar?
Estou chocada demais para responder. O rei está me observando com um sorriso mais brilhante do que o próprio sol.

Ele se aproxima e consegue ficar ainda mais magnífico de perto. Como se seu magnetismo não filtrado estivesse sendo concentrado e destilado em um tônico potente, feito para deixar todos caidinhos a seus pés. Ele passa pelas outras Tributos, que continuam ajeitando o cabelo e dando piscadelas, mas parece focado em mim. Provavelmente porque acha que fiz papel de palhaça. Ele só quer ver de perto a menina maluca que eles arrastaram da sarjeta e enfiaram num vestido bonito com a ideia descabida de que poderiam transformar em algo apresentável.

— Lor? — Gabriel pergunta de novo. — Você está pronta para se comportar como uma *dama*?

Olho feio para ele. Eles estão fora de si se acham que vão me transformar numa *dama*. Seja lá o que isso quer dizer.

O rei para diante de mim com toda sua luminosidade incessante. Os Nobre-Feéricos são sempre um colírio para os olhos, mas o rei é um Feérico Imperial — um membro da realeza —, e sua beleza ofusca tudo ao redor. Só estive na presença de um Feérico Imperial uma vez, mas foi há muito tempo. E a última coisa na minha cabeça era a beleza dele.

Como eu seria se ascendesse ao cargo de Rainha Sol?

— Acho que você pode soltá-la, Gabe. — A voz do rei soa como madeira aquecida pelo sol e luz atravessando um punhado de mel.

Sinto sua cadência se infiltrar e vibrar nos meus ossos. Como uma mariposa ao redor da chama, fico completa e absolutamente deslumbrada.

— Tem certeza, Atlas? — Gabriel pergunta, e o rei faz que sim.

— Tenho.

Gabriel obedece com relutância, ficando a um braço de distância e me lançando um olhar severo que parece dizer *Estou de olho em você*. Que bom que ele está de olho. Por uma fração de segundo, minha atenção se volta para Apricia, que me encara com um olhar gelado que parece vir do coração de um demônio.

O rei pega minha mão, e eu perco o fôlego. Por Zerra, o que eu faço? Ele é tão alto que tenho que erguer a cabeça para olhar seu rosto. De perto, consigo ver as manchinhas amarelas e violeta que pontilham seus intensos olhos verde-água. Também sinto seu perfume, inebriante e delicioso. Intenso e fresco, como uma brisa crepuscular depois de uma tempestade.

— Milady, você me daria a honra de jantar comigo em meus aposentos particulares amanhã à noite?

Ele pergunta como se eu tivesse escolha, mas, quando sinto Gabriel se mover atrás de mim, como se me alertasse, sei que só existe uma resposta possível. Eu poderia fingir que não quero, mas cada parte de mim implora que eu aceite. É claro que quero jantar com ele, mesmo que já esteja tão nervosa que sinto os joelhos fracos como manteiga derretida.

— Sim...vossa... — Paro, olhando ao redor, a ponta das minhas orelhas ficando quente. Eu me inclino para a frente, e o rei baixa a cabeça, nossas bochechas quase se tocando. Contenho um calafrio delicioso. — Como devo chamar você?

Tento dizer isso baixo o suficiente para só ele escutar, mas estamos cercados por Feéricos e somos o centro das atenções. As outras Tributos e seus guardiões soltam risinhos. De sarcasmo e zombaria. Não entendo a graça. A piada sou eu.

O rei abre um sorriso, mas o dele parece genuíno. É gentil, não cruel, e encontro uma semente de esperança. Mesmo se os cidadãos de sua corte forem monstros, talvez a alma do rei reflita o calor dourado deste palácio.

— Pode me chamar de Atlas — ele diz suavemente, e o salão prende o fôlego.

Franzo o cenho, pensando na resposta dele.

— Não tem um título importante ou coisa assim? Vossa majestade? Vossa mais exaltada e benevolente majestade?

Atlas solta outro riso baixo, também cheio de bondade, não desdém. É grave e intenso, parece cobrir meus ombros como um manto protetor. Quem liga para o resto deles se o rei... se Atlas... me acha encantadora? Ou talvez eu esteja me precipitando.

— De maneira alguma. Estou aqui para encontrar uma companheira. Não espero que minha estimada parceira se refira a mim por um título. Minha esposa vai se referir a mim por meu nome. — Ele dá uma piscadinha, e todos os pensamentos racionais fogem da minha cabeça. Vou ter que jantar com esse Feérico? Vou fazer papel de idiota. Não faço ideia de como me comportar perto de alguém como ele. — Por favor, diga que sim — ele insiste, fazendo parecer novamente que a escolha é minha.

E olha para mim como se eu fosse a única garota do salão. Do palácio. Do reino inteiro. Talvez de todo Ouranos. Nunca fui tratada como alguém importante ou especial na vida. Eu poderia me acostumar com isso.

— Sim... — sussurro, e ele inclina a cabeça com expectativa, esperando que eu continue. — Sim... Atlas — arrisco e, com isso, ele abre um sorriso radiante.

Leva minha mão a seus lábios, e eu fico sem ar. Sua boca é quente e suave, mas firme. Qual seria a sensação de beijá-lo? Como se lesse minha mente, ele ergue a cabeça com um brilho nos olhos que faz meu coração quase voar para fora do peito.

— Maravilha — ele diz. — Mal posso esperar.

Depois disso, Atlas solta minha mão e me faz uma reverência rápida antes de se voltar para as outras nove Tributos.

— Damas, também estou ansioso para saber mais sobre cada uma de vocês. Por favor, aguardem meu convite em breve. — Em seguida, ele faz outra reverência com o punho sobre o peito e sai do salão.

Quando a porta se fecha, todos começam a conversar.

Gabriel pega meu braço e me puxa para a porta.

— Vamos — ele diz, obviamente furioso comigo.

Olhando para trás, vejo Apricia me observando como se estivesse considerando a melhor forma de fazer picadinho de mim para o jantar, provavelmente servida num ensopado temperado com especiarias amargas.

Gabriel me leva para o corredor, me segurando com tanta força que me encolho.

— Você está me machucando!

Ele me empurra na parede e pressiona o antebraço contra o meu pescoço.

— Isso é uma brincadeira para você, Lor? — Os olhos dele faíscam de raiva. — Você acha que não vou te mandar de volta a Nostraza num piscar de olhos se fracassar aqui?

Aperto o braço dele, tentando aliviar a pressão na minha traqueia. Abro a boca, minha resposta presa na garganta. Quando se dá conta do que está fazendo, Gabriel relaxa. Mas apenas para eu não desmaiar no meio do corredor.

— Qual é seu problema? — sibilo. — Não ganhei um jantar com o rei?

Gabriel balança a cabeça.

— Ganhou. E não sei bem por quê. Por que Atlas está tão interessado em você, Lor? Quem é você?

Ele estreita os olhos como se tivesse certeza de que estou escondendo algo.

— Não sou ninguém. Não sei por que ele me escolheu. Para ser sincera, ninguém está mais surpresa do que eu. Ele só deve sentir pena de mim. — As palavras escapam de minha boca, mas consigo ouvir como soam patéticas.

Não é nada além disso. Ele está agradando a pobre Tributo Final antes que eu inevitavelmente morra ao fim de um desses desafios insanos. Assim, pode contar a todos uma história engraçada sobre como jantou com uma rata da Umbra que realmente acreditava que tinha chance de virar a próxima rainha de Afélio.

— Vamos — Gabriel diz. — Da próxima vez, mantenha a calma. Ninguém quer uma rainha que ficaria mais à vontade numa briga de taverna do que num salão de baile.

— Ela me provocou! — grito, indignada.

Gabriel dá meia-volta e para, imponente, diante de mim. *Por Zerra, ele é mesmo intimidador.*

— Então seja superior, Lor. É isso que *rainhas* fazem.

Mais uma vez, ele vira as costas para mim e sai andando, e tenho que admitir que, quando absorvo suas palavras, fico bastante envergonhada.

Depois que Gabriel me leva de volta para o quarto, vou direto ao local onde escondi a túnica cinza velha que Mag recuperou para mim mais cedo. Pegando-a, passo os dedos ao longo da barra e rasgo onde sinto a parte dura que estou buscando.

Uma pequena joia vermelha cai na minha mão, e olho para aquela herança preciosa de família, grata por tê-la de volta. Tê-la comigo me deixa um pouco mais próxima de Willow e Tristan. Eu a ergo sob a luz, as facetas cintilantes, exceto por um lado liso que parece ter sido fatiado de uma maçã.

Sobre a penteadeira, está uma caixa de joias que reviro, escolhendo um medalhão dourado grande o bastante para enfiar a pedra dentro.

Depois de fechá-lo, penduro a corrente no pescoço. Olhando no espelho, respiro fundo para me acalmar, trêmula e segurando o medalhão com força.

II

No dia seguinte, o sol está se pondo no horizonte quando ouço uma batida à porta. Mag já me ajudou a colocar um vestido longo de seda dourada cujo caimento esconde os ângulos do meu corpo ainda magro. Ela me arruma de um jeito no vestido que quase pareço voluptuosa.

Mais uma vez, deixa minha cicatriz quase invisível com a maquiagem. Ainda não sei se gosto. Não tenho dormido bem, e ela também escondeu minhas olheiras. É tão silencioso aqui comparado com a prisão, onde eu vivia cercada pelos barulhos e cheiros dos outros detentos. Sinto tanta falta de Tristan e Willow que meu coração se aperta e, sem eles, fico me revirando de um lado para o outro, os pesadelos dos últimos doze anos envenenando meus sonhos.

Um Feérico entra no quarto, empurrando um carrinho cheio de frascos, tesouras, pentes e grampos. Seu cabelo loiro está penteado num topete engenhoso que não se mexe nem um centímetro. Ele vem até a penteadeira, onde Mag está aplicando riscos de pó dourado na minha cara.

— Callias — ela murmura, e é nítido que está aliviada pela chegada dele. — Finalmente. Pedi para chamarem você há dias.

Ele olha torto para ela, os olhos brilhando num tom de violeta.

— Sou o cabeleireiro mais cobiçado de Afélio. Acha que é só estalar os dedos para eu aparecer? Tenho uma lista de clientes do tamanho do meu pau. — Ele leva a mão a boca e diz para mim num sussurro conspiratório: — E pode acreditar: é enorme, meu bem.

Mag solta um grunhido de indignação e dá um tapinha na cabeça dele enquanto abafo o riso.

— Essa é uma Tributo — Mag diz, apontando para mim. — Que precisa desesperadamente de você. Agora entende o que eu quis dizer com emergência, certo? Não me faça ir até sua mãe. Conheço você desde que usava fraldas, rapaz.

Callias bufa e massageia a testa, olhando para Mag com seriedade.

— Bem, estou aqui agora. — Ele inclina a cabeça, mas seu penteado cheio de gel nem se move. Mag também não parece ter tirado nenhum fio de cabelo do lugar com o tapa que deu nele. — Me conta com que estamos trabalhando.

Quando se volta para mim, fecha a cara e curva os lábios. Estou me acostumando tanto com lábios curvados, narizes franzidos e longas encaradas. Se fechar os olhos, é isso que vejo. Ergo a mão antes que ele possa falar.

— Eu sei. Sou vil. Sou repulsiva. Sou uma rata da Umbra. Sou um caso perdido. Já ouvi de tudo. Pode guardar os insultos e começar logo?

Com isso, Callias pisca os olhos roxos brilhantes e lentamente abre um sorriso.

— Ora, ora, você vai tornar as coisas mais interessantes por aqui, hein? — Ele para atrás de mim e me encara pelo espelho. — Acho que já é minha Tributo favorita.

Não consigo conter um sorriso diante da aprovação dele. Algo me diz que Callias, o cabeleireiro mais cobiçado de Afélio e dono de um pau enorme, não se impressiona facilmente.

— Mas esse cabelo — ele diz, dedilhando as pontas assimétricas. — Precisamos dar um jeito nele imediatamente.

— Você consegue? — Mag pergunta num sussurro, como se os dois estivessem considerando cortar minha perna.

— É claro que consigo. Mas não vai ser fácil. Meu carrinho.

Para minha surpresa, Mag atravessa o quarto correndo e traz o carrinho de Callias para o meu lado. Ele revira o conteúdo, procurando um pente dourado e uma tesoura brilhante. Sem mais nenhum comentário, começa a trabalhar, fofocando sobre uma centena de pessoas de que nunca nem ouvi falar e que provavelmente nunca vou conhecer. Pelo jeito, todas moram no Palácio Sol ou são da nobreza.

— ... e Gemma diz que o capitão traçou ela na despensa, mas ouvi um boato de que, na verdade, foram Gemma *e* Irving. — Ele ri. — Amador. Quando ele der conta de duas mulheres e um homem ao mesmo tempo, aí *sim* a gente conversa.

— Você está falando do *Gabriel*? — pergunto, incrédula, enquanto ele continua cortando meu cabelo.

Callias faz uma pausa.

— Já está chamando o capitão pelo primeiro nome, é? — Ele ergue a sobrancelha.

— E o rei também — acrescento, e isso faz o sorriso de Callias aumentar.

— Muito bem, rata da Umbra. — Ele pisca, e sorrio de novo. O tom dele não me incomoda.

Mag bufa e revira os olhos.

— Vocês podem parar com esse flerte? Alguém do séquito do rei vai vir aqui a qualquer minuto. — Ela retorce as mãos, olhando para a porta.

— Sim, sim, já terminei — Callias diz.

Ele penteia meu cabelo para trás, e não sei que tipo de magia esse cara tem, mas me transformou numa nova mulher. Tirou as pontas e deixou meu cabelo brilhando como estrelas refletidas em uma superfície escura. Não entendo como, mas meu cabelo está mais comprido e menos desbotado. Passo a mão e viro a cabeça de um lado para o outro.

— Você é espetacular — digo, maravilhada.

— Eu sei — Callias diz com indiferença. — Não é à toa que sou o cabeleireiro mais cobiçado de Afélio. — Ele pega um potinho de vidro cheio de cápsulas minúsculas e entrega para mim. — Toma uma dessas por dia. Vai ajudar seu cabelo a crescer mais rápido. Não tem como fazer crescer tudo de uma vez, mas, em algumas semanas, vai estar num comprimento respeitável.

— Jura? — pergunto, pegando os comprimidos e abrindo o frasco. São transparentes, com pontinhos dourados flutuando dentro. — Que incrível. — Engulo uma.

— Só uma magia de beleza. — Callias dá de ombros, mas percebo que ele fica satisfeito com minha reação.

Quando levanto, ele pega meu queixo e vira meu rosto para a luz.

— Vou ver o que posso fazer aqui. Aqueles curandeiros não têm delicadeza. Metem um curativo e pronto. Como bárbaros.

Balanço a cabeça, soltando meu rosto, cobrindo a bochecha com uma das mãos e apertando o medalhão dourado do meu colar com a outra.

— Não. Não quero que faça isso.

Essa cicatriz é uma lembrança das duas pessoas mais importantes da minha vida. Eu estava tentando proteger Willow da raiva do diretor da prisão. Entrei na frente bem quando ele partiu para cima dela. O homem ficou tão furioso que me espancou até Tristan intervir, então Kelava voltou sua ira contra ele.

Foi preciso três outros guardas para tirá-lo de cima de Tristan, e ficamos os dois na enfermaria por semanas. Saí de lá com essa cicatriz, algumas costelas quebradas e inúmeros hematomas. Pode parecer bobagem para os outros, mas essa cicatriz é um lembrete do meu objetivo aqui e do que vou perder se não conquistar um lugar ao lado do Rei Sol.

Tristan e Willow são as únicas coisas que importam.

Callias deve notar algo na minha expressão porque assente, sério, e não discute.

— Me avise se mudar de ideia.

— Obrigada — respondo.

O sorriso que ele dá em resposta é sarcástico.

— Boa sorte com o rei. Algo me diz que você vai dar trabalho para ele.

Mag o bota para fora do quarto pouco antes da chegada de dois guardas, vestidos dos pés à cabeça de armadura dourada. Em seguida, entra Gabriel, que me avalia com o olhar, as asas farfalhando.

— Está um pouco mais apresentável hoje, hein? — ele diz, e estreito os olhos. — Vamos torcer para que consiga agir como a dama que está tentando fingir ser.

— Você é muito escroto — digo, calçando os sapatos.

— Já fui chamado de coisa pior, Tributo. — Ele aponta com o queixo para a porta. — Vamos. Você vai se atrasar.

— Por Zerra, você é tão mandão — retruco, saindo do quarto atrás dele.

Seguimos por mais corredores sinuosos. O sol já quase se pôs, e o palácio parece ainda mais animado que durante o dia. Passamos por diversos salões com pessoas bebendo e rindo enquanto a música atravessa os corredores.

Casais dançam por um dos salões, rodopiando, os pés leves como ar. Ao passar por outra porta, entrevejo algumas das outras Tributos e paro para olhar. Elas se reuniram no canto de um salão para observar um trio de artistas. Um malabarista, um cospe-fogo e uma Feérica que se contorce num ângulo que não parece possível nem natural.

Apricia me pega olhando, fecha a cara e sussurra para uma Tributo muito pálida de cabelo loiro-branco e olhos azuis gélidos. Esta me lança um olhar tímido e sorri. Não é nada grande ou acolhedor, mas pelo menos não é uma encarada. Talvez eu encontre pelo menos uma aliada nesse grupo. Quando nota, Apricia bate no braço da Feérica, que desvia o olhar.

— O que elas estão fazendo? — pergunto a Gabriel.

Embora todas tenham sido terríveis, parte de mim gostaria de estar lá também. Esse ambiente parece muito menos intimidador do que o meu destino. O nervosismo sobe por minha garganta quando penso no Rei Sol e em seu sorriso radiante. O que vou dizer para ele?

— Elas estão aproveitando a noite e teriam o maior prazer em dar o olho esquerdo para trocar de lugar com você. — As palavras de Gabriel são incisivas.

Olho para ele.

— Certo. Claro. Vamos. — Ele acena e continua a me guiar pelo palácio até chegarmos diante das portas mais altas e largas que já vi na vida. Várias carruagens e até um gigante poderiam facilmente passar por ali. Elas cintilam em ouro polido e com o emblema do Rei Sol gravado nelas.

Um par de guardas faz sinal para passarmos e, se achei o palácio suntuoso, é singelo comparado à opulência dos aposentos do rei. Todas as superfícies são cobertas de ouro, pedras preciosas, prata e pérolas. O carpete dourado grosso abafa meus passos. Gabriel me leva para um salão enorme semicircular com uma janela que se estende por toda a parede e dá vista para o mar.

O poente tinge a água de tons de rosa e laranja, e cada vez que acho que estou diante da coisa mais bela que já vi na vida, encontro outra que a supera. Algum dia vou me acostumar com essa sensação de ver tudo como se fosse a primeira vez? Mal vivi. Minha vida toda foi à beira do nada.

— Lor. — Ouço uma voz suave quando entro. O Rei Sol está resplandecente, ainda que casual, de calça marrom e uma camisa branca de gola aberta. Ele é lindo. Poderia usar o uniforme cinza sem graça de Nostraza e ainda estaria deslumbrante. — Fico feliz que esteja aqui.

Ele se aproxima e beija minha mão. Meu coração acelerado quer me matar.

— Majestade — digo, rouca, e ele ergue a sobrancelha me repreendendo. — Atlas — corrijo. — Obrigada por me convidar. É uma honra. — Acho eu. O rei é tão extraordinário que com certeza *deveria* ser uma honra, mas ainda tenho muitas dúvidas.

— O prazer é todo meu. Por favor, sente-se. — Ele vai até a mesa e puxa uma cadeira. Então diz para Gabriel: — Obrigado por trazê-la. Aviso você quando terminarmos.

Gabriel hesita, olhando para nós dois como se não conseguisse decidir qual repreender.

— Comporte-se — ele diz a nenhum de nós em particular.

Atlas dá uma risadinha e empurra a cadeira conforme eu me sento, depois vai para seu lugar, na minha diagonal. Escuto os passos de Gabriel saindo do salão.

É nesse momento que vários criados entram, carregando grandes terrinas e travessas de comida. Colocam tudo diante de nós e enchem minha taça com vinho espumante. A variedade de pratos é vertiginosa. Não sei o que é a maioria — só sei que tudo é fresco, colorido e tem um cheiro incrível.

Um criado coloca várias porções enormes de comida no meu prato. Frango assado, batatas, alguma mistura de folhas com nozes e frutas secas batidas num molho cremoso. Na minha frente está uma cesta de pães brancos e macios com manteiga derretida e uma dezena de outras coisas que não sei nomear.

— Por favor, coma — Atlas diz, e hesito por apenas uma fração de segundo antes de atacar. No momento em que um pedaço de frango toca minha língua, solto um gemido. É tão gostoso que parece mágico. Como é possível que algo tenha esse sabor? — Gostou?

— Se gostei? — digo. — É melhor do que tudo que já comi na vida.

Atlas olha para os criados posicionados ao longo do perímetro.
— Saiam.
Um momento depois, ficamos a sós.
— Como era em Nostraza? — ele pergunta, me pegando desprevenida. Esse não era o tema da conversa que eu esperava ter hoje.
— Pela maneira como você está devorando esse pão, imagino que não te alimentavam muito bem.

Meu rosto arde com aquele comentário. Sou um animal. Tenho certeza que as outras Tributos apenas beliscam a comida e fingem que estão cheias depois de poucas garfadas.
— Desculpa — digo de boca cheia.

Agora que estou recebendo quantidades mais substanciais de comida, parece que meu corpo está tentando compensar o tempo perdido e uma dor constante de fome corrói meu estômago.
— Não precisa se desculpar — Atlas diz, com um sorriso gentil. — Por favor. Fico feliz em poder oferecer isso a você. E feliz que esteja fora daquele lugar.
— Mas você vai me mandar de volta se eu perder — digo. — Foi o que Gabriel me disse.

Atlas franze a testa.
— Infelizmente, é esse o acordo que temos com Aurora.
— Acordo?

Atlas suspira e se recosta, dando um gole lânguido de seu vinho.
— É complicado.
— Bem, acho que tenho o direito de saber, porque isso diz respeito a mim e a meu bem-estar. — Paro de comer, apoiando as mãos no colo e apertando a seda suave do vestido.

Atlas apoia os cotovelos na mesa e chega tão perto que consigo sentir seu cheiro quente de canela. Quero afundar o nariz no pescoço dele e inspirar tudo que posso, assim como essa comida.
— Você merece, *sim*, saber, Lor, mas esse é um segredo que nun-

ca pode sair deste salão. As únicas pessoas em toda Afélio que sabem a verdade sobre a Tributo Final são eu e os reis que vieram antes de mim. E, em breve, você.

A sensação é de que ele está dando voltas e mais voltas para não revelar o segredo. Eu fico só esperando, tentando não me deslumbrar com sua simples existência e focar no que importa. Especialmente o motivo que, em nome de Zerra, me trouxe aqui.

— O quanto você sabe sobre as Provas da Rainha Sol? — pergunta Atlas.

— Nada. Até alguns dias atrás, eu nunca nem tinha ouvido falar disso. Passei metade da vida atrás dos muros daquela prisão. Sei muito pouco sobre Ouranos. Sei que estamos ao sul de Aurora, mas é basicamente isso.

Atlas me olha de cima a baixo antes de abrir a boca.

— Há muito, muito tempo, Afélio e Aurora chegaram a um acordo. Não vou aborrecer você com os detalhes, mas basicamente Aurora tinha o direito de colocar uma Tributo mortal nas Provas da Rainha Sol. E vice-versa.

— Por quê?

— Equilíbrio de poder. Aurora e Afélio são os dois reinos mais fortes de Ouranos. Como forma de controle, os dois concordaram que em todas as Provas haveria a oportunidade para que uma de suas súditas se tornasse a rainha.

Franzo a testa, tentando entender o que ele está me dizendo.

— Parece muito complicado — digo. — Por que fariam isso?

Atlas dá de ombros.

— Não posso saber o que pensavam reis e rainhas de milhares de anos atrás. Mas o acordo é vinculante, e a Tributo Final secretamente vem da outra nação desde que se tem notícia.

— Por que secretamente?

Atlas sorri como se minha linha de raciocínio o divertisse.

— Primeiro, porque as pessoas de Afélio não ficariam felizes se sua nova rainha viesse do norte. Embora isso nunca tenha acontecido de fato, a repercussão seria desagradável.

— Quando você diz que nunca aconteceu, quer dizer que a Tributo Final morreu todas as vezes?

Atlas crispa os lábios e assente.

— Sim.

— E imagino que tenham sido todos "acidentes"? A Tributo Final é *convenientemente* eliminada? Você também não quer alguém de Aurora reinando como sua rainha?

Atlas me observa com cautela.

— Em teoria, não, mas sou proibido de interferir nas Provas. Há emissários de Aurora de olho no processo. Você perguntou por que meus ancestrais fizeram isso e, embora eu não tenha certeza, desconfio que os motivos tenham a ver com ego e orgulho. Se a Tributo Final ascendesse, isso bastaria para saber que uma das suas estava sentada no trono do rival. Nunca foi uma forma de se infiltrar na corte do outro, mas sim de servir como um símbolo de que o poder de ninguém em Ouranos é absoluto.

— Por que vocês são rivais de Aurora?

— Afélio e Aurora são lados opostos, Lor. A luz quente do dia e as luzes frias da noite. Poderes que agem um contra o outro, e sempre batalhamos pela dominação. As coisas sempre foram assim.

Atlas pega o garfo e corta um pedaço da coxa assada de frango em seu prato. Observo ele comer, hipnotizada pela garganta se movimentando ao engolir. Ele não para de me olhar, seu olhar azul cristalino intenso como uma tempestade forte.

— No fim, é o Espelho Sol que vai decidir nossa próxima rainha — ele continua, com seriedade na voz. — Ela vai ascender e se tornar uma Feérica Imperial. E vou ganhar acesso total e ilimitado a minha magia. — Ele coloca um pedaço de pão na boca.

— Como assim?

— É esse o objetivo das Provas. Meu poder depende de transformar duas metades em algo inteiro. Embora hoje eu possua uma magia considerável como Nobre-Feérico, essa união serve para completar a maturação desse poder, multiplicando-o e entregando-o nas mãos dos dois governantes. Toda corte possui um Artefato que determina a ascensão de seus respectivos monarcas. — Ele faz uma pausa. — Na Aurora, é uma tocha — ele diz antes que eu tenha tempo de fazer a pergunta que já está na ponta da minha língua.

O peso dessa informação cai entre nós como uma pedra. *Magia*. Gabriel disse que, se eu vencesse, a magia de uma Feérica Imperial seria minha. Magia de um Nobre-Feérico seria uma coisa, mas magia imperial me daria mais poder do que consigo imaginar.

— Que tipo de magia você tem?

Atlas sorri e dá um gole de vinho.

— Consigo controlar a luz. Ilusões são minha especialidade.

— Como assim? — pergunto, extremamente curiosa.

Ele se recosta e movimenta a mão. De repente, estamos sentados no fundo do mar, cercados por água, fios de alga marinha e cardumes de peixes coloridos. Perco o fôlego.

— Que incrível. Parece tão real.

Atlas encolhe os ombros.

— Pode ser surpreendentemente útil.

Levanto, notando que tem até areia no chão, se movimentando conforme mexo os pés. Estendo o braço, e minha mão atravessa a miragem, a ilusão cintilando em pontos de luz ao meu toque. Se eu olhar com atenção, vejo mais pontos tremeluzindo ao nosso redor. É o único indício de que a imagem não é real.

Atlas acha graça do meu fascínio e com um gesto faz o mar desaparecer, me trazendo mais uma vez para sua sala de jantar. Levo a mão ao peito e olho ao redor.

— Você não tem medo de que Aurora possa reivindicar sua

coroa? — pergunto, voltando à conversa. — Apesar do que disse sobre ser apenas um símbolo?

Atlas dá mais um gole do vinho e olha para mim, cético, enquanto retorno a meu lugar.

— Eu sei que, se o Espelho Sol escolher você, vai ser porque suas intenções em relação a mim e minha corte são puras. Que você vai lutar pelo que se tornará seu novo lar.

— Não tenho nenhuma lealdade a Aurora — digo com ressentimento, sem saber por que estou contando isso para ele.

Não devo nada a Aurora. Aquele não é meu lar e tirou tudo de mim. Se eu tivesse a chance, reduziria o reino todo a pó.

Atlas abre um sorriso satisfeito.

— Mais um motivo para eu não me preocupar.

Seus olhos verde-água estão cravados em mim sobre o copo. É um olhar tão direto e franco que me sinto completamente nua.

— Também alimento a esperança, talvez vã, de me apaixonar por minha rainha e de ela se apaixonar por mim. A vida de um Feérico pode ser muito longa, ainda mais se estiver com alguém que não ama.

Se saber da magia me tirou o fôlego, agora eu saio voando. Engulo em seco e espeto um pedaço de batata com o garfo só para ter algo com que me distrair. Enchendo a boca, mastigo devagar e espero meu coração se acalmar.

Quando recupero a compostura, pergunto:

— Por que eu?

Ele balança a cabeça, apoiando um cotovelo na mesa e o queixo no punho.

— Porque a Tributo Final sempre veio de Nostraza, e você tem a idade certa, imagino. Rion não compartilhou suas razões comigo.

— Rion?

— O Rei Aurora — Atlas responde, sua expressão suavizando

conforme ele estica o braço e coloca uma mecha de cabelo atrás da minha orelha. O breve toque de seus dedos na minha bochecha faz minha pele arrepiar. — Eles deixaram mesmo você no escuro, não é?

A ternura em suas palavras, a compaixão em sua voz, faz meus olhos arderem de lágrimas. Ainda que me tenham trazido aqui para morrer, ninguém nunca falou comigo dessa forma. Isso libera algo dentro de mim, me arrancando de uma vida sufocante à qual pensei que estaria presa para sempre. Eu tinha certeza de que Nostraza seria a única vida que eu teria.

Mas por que o Rei Aurora me soltou depois de todo esse tempo? Por que me ofereceu essa pequena chance de liberdade? E por que não Willow? Ela pareceria a opção mais segura para ele. Mesmo assim, sou grata que não seja ela quem está com a vida e a dignidade em risco.

— Por favor — sussurro. — Você pode tirar meus irmãos de lá? Tristan e Willow? Eles são tudo que tenho. Gabriel disse que não é assim que funciona, mas você é um rei.

Em vez de responder, Atlas se levanta e estende a mão. Olho para ela antes de segurá-la. Ele me leva até duas portas que dão para uma sacada com vista para o mar. O sol se pôs, e as estrelas brilham com intensidade. Tudo neste lugar é tão maravilhoso e surreal que não acredito que tive a oportunidade de passar um momento sequer fazendo parte dele.

Inspiro a brisa do mar, que limpa meus pulmões.

Atlas se debruça nas grades.

— Desculpa — ele diz. — Mas não posso fazer isso. Nosso acordo é apenas pela Tributo Final. Se você fracassar, precisa voltar a Nostraza, ou corro o risco de entrar em guerra.

— E você não pode fazer isso por uma reles prisioneira — digo, a voz dura.

— Lor...

Ergo a mão.

— Tudo bem. É claro que não espero que você entre em guerra por mim. Sou apenas uma mortal que não significa nada para você. Não gostaria de ter esse sangue nas minhas mãos.

Ele se empertiga, erguendo meu queixo com o dedo para que eu o olhe nos olhos.

— Desculpa. Gostaria de poder mudar isso.

— Se eu vencer... podemos tirá-los da prisão?

Atlas enfim sorri, passando o polegar por meu queixo, o gesto reconfortante derretendo as emoções frias no meu peito.

— Com certeza poderemos negociar com Rion se for o caso.

Antes que eu permita que a esperança tênue crave suas garras em mim, lembro da enormidade do que estou enfrentando. Recuo e olho para a água, apertando a grade.

— Mas a Tributo Final nunca venceu. Então isso é tudo hipotético.

— Lor, há uma primeira vez para tudo. Vou fazer o possível para proteger você.

— Por quê? Para continuar sua rivalidade com o Rei Aurora?

Ele solta uma risada suave.

— De modo algum. Eu disse que é assim que meus ancestrais pensavam, mas não como eu penso. Não tenho interesse nas políticas velhas de Ouranos e em picuinhas tão antigas que ninguém nem lembra como começaram. Quero encontrar uma pessoa que seja digna daquela coroa. Quero construir uma vida com ela e sentir todo o amor e a paixão de uma união simbiótica. Vou proteger todas as Tributos. Vocês estão aqui por minha causa e, se você se machucar, a culpa é minha. Eu não conseguiria viver com isso.

Estou impressionada com o homem diante de mim.

— Como você pode ser real? — A pergunta escapa sem querer,

e Atlas solta uma gargalhada que vem do fundo do peito, um som tão doce e quente quanto o aroma de chocolate derretido que sobe. Ele é radiante quando sorri, mas, gargalhando, é incandescente.

Seu olhar encontra o meu, um turbilhão azul me abrasando com um calor que chega ao fundo do meu ventre. O luar se reflete nas maçãs do rosto de Atlas e na linha de seu maxilar. O cabelo castanho reluz como se fosse feito de cobre. Ele toca meu rosto, traçando minha cicatriz com delicadeza. Cerro os dentes, me preparando para ouvir que devo escondê-la, mas ele fica apenas pensativo.

— A Tributo Final nunca sobreviveu, mas isso não significa que seja uma regra do jogo. Talvez apenas ainda não tenha chegado a pessoa certa.

Ele está tão perto que consigo sentir os murmúrios do seu corpo contra o meu. Sem resistir ao impulso avassalador, me jogo contra seu corpo definido e suas pernas musculosas. Minha respiração acelera quando ele aproxima o rosto e dá um levíssimo beijo no canto da minha boca.

Me sinto indefesa quando ele me puxa e me abraça forte pela cintura. Atlas é puro músculo, traços definidos envoltos na pele quente. Seu brilho é tão forte que é difícil acreditar que Zerra não o criou a partir de gotículas individuais de luz do sol que estava guardando.

Ele ergue meu queixo de novo, a boca agora tão próxima da minha que sinto sua respiração beliscar meus lábios. Ele tem gosto de frutas vermelhas, limão e um toque do vinho defumado que acabou de beber.

— Lor...

— Majestade — interrompe um guarda, cortando as palavras seguintes de Atlas.

As asas brancas deixam claro que é um dos outros nove guardiões. Pela forma como Atlas arqueia a sobrancelha, não está feliz em ser incomodado, mas não solta minha cintura. Pelo contrário, me puxa com ainda mais firmeza.

— O que foi, Jareth? — pergunta com um tom cortante.

— Sua presença se faz necessária na sala do conselho. O mensageiro que vossa majestade estava esperando chegou. — Jareth olha para mim por uma fração de segundo antes de se voltar para o rei.

Atlas assente, e Jareth sai em direção ao palácio.

Atlas volta a olhar para mim, passando o dedo pelo meu queixo.

— Sinto muito por interromper nossa noite. Lor, eu adoraria conhecer você melhor. Espero que possamos fazer isso de novo. É importante para mim que se sinta à vontade na minha presença. Todas as palavras que eu disse hoje foram verdadeiras.

O ar no meu peito se transforma em um grunhido graças a sua presença avassaladora e às inúmeras revelações surpreendentes que ele fez.

— Claro — digo, tentando parecer no controle de mim mesma. — Obrigada pelo jantar. Nunca vou me esquecer disso.

Atlas sorri e finalmente me solta, se afastando. Sinto sua ausência, como se uma parte do meu corpo fosse arrancada.

— Vou mandar Gabriel levar você a seu quarto.

Coloco a mão no braço de Atlas, sentindo o músculo se flexionar por baixo da camisa.

— Se não for um problema para você, acho que consigo voltar sozinha. Tudo bem se eu explorar o palácio? Adoraria ir à praia. Nunca vi o mar na vida.

— Está dizendo que nunca entrou no mar? — pergunta ele com um sorriso paciente, e faço que não.

— Você deve achar que sou muito idiota. Fiz muito pouco e passei por poucas experiências nesta vida. Comparada às outras Tributos, sou muito ignorante e... inculta. Posso usar este vestido bonito, mas não tem como esconder o que sou. — Minhas palavras ficam mais baixas perto do fim.

A última coisa que preciso é chamar a atenção para as minhas diferenças, mas algo em Atlas faz com que eu me sinta bem-vinda e segura, como se não fosse ser julgada por nada que diga a ele.

Ele baixa a cabeça e me observa.

— Não. Consigo ver a vida que você levou nas profundezas de seus olhos. Você está longe de ser idiota, e não é nada ignorante. Pode não ter aprendido a valsar ou a tocar piano, mas essas coisas são meros passatempos para os ricos. Não importam e não significam nada. Você *viveu*, Lor. Deve ter passado por muitas experiências terríveis naquela prisão.

Inspiro fundo, sentindo os olhos arderem de novo. Está ficando cada vez mais difícil conter o choro que engoli por tanto tempo. Aqui, neste castelo, sentindo o sol no rosto e o barulho do mar nos ouvidos, eu seria capaz de soltar as rédeas que confinaram minha alma por tanto tempo.

Agora que meus dias são mais do que apenas palavras cruéis, barriga vazia e socos repentinos, minhas lágrimas imploram pela libertação que nunca permiti. Uma chave foi virada em todas as portas da minha vida e nada nunca mais será o mesmo. *Eu* nunca mais serei a mesma. Se voltar a Nostraza, temo por minha capacidade de sobreviver. Em poucos dias, Afélio rachou o escudo que eu usava como caixão.

— Desculpa de novo — diz Atlas. — Não quero interromper você, e quero terminar essa conversa. Aceitaria jantar comigo amanhã?

Pisco algumas vezes, secando a lágrima do canto do olho.

— E as outras Tributos? Elas já me odeiam tanto, imagina se eu passar duas noites seguidas com você.

Atlas franze a testa.

— Certo. Não sei o que eu tinha na cabeça. Vou encontrar outra forma de dedicar um tempo a você para que não pareça favoritismo. Me dê alguns dias para encontrar uma solução.

— Certo — sussurro. — Obrigada.

Ignoro meus questionamentos sobre o motivo para Atlas estar sendo tão gentil e querer passar mais tempo comigo. Imagino que ele deva alimentar alguma culpa por me trazer aqui e, com certeza, pena. Independentemente do que ele diga, pode me usar para marcar uma posição perante seus inimigos, e eu deveria lembrar disso. Mas a maneira como falou comigo e olhou para mim hoje não me passa essa sensação.

— E, claro, fique à vontade para explorar onde quiser — ele acrescenta. — Você estará segura dentro dos muros do palácio.

Jareth aparece à porta de novo.

— Majestade — ele diz com tom de impaciência. — Precisam de vossa majestade agora.

— Estou indo — Atlas diz. — Boa noite, Lor.

— Boa noite — digo, e o Rei Sol vai embora.

12
NADIR

NADIR ERGUEU O CONVITE, O PAPEL ÁUREO rabiscado com tinta dourada brilhando em um contraste ostensivo com os pretos e cinza sombrios de seu escritório.

— O que é isso? — perguntou Mael, afundando no sofá de veludo preto no centro do cômodo e colocando os pés na mesa baixa à frente.

Nadir bufou, relendo a missiva.

— É do Atlas. Afélio está fazendo aquela palhaçada de Provas da Rainha Sol de novo, e fui convidado para um baile em homenagem às Tributos antes do desafio final. Vamos *celebrar* as pobres coitadas que sobreviverem depois que Atlas tiver terminado de torturá-las de todas as maneiras possíveis. Tradição bárbara.

Mael inclinou a cabeça, arqueando a sobrancelha escura.

— E ele convidou *você*?

Nadir respondeu com um riso baixo.

— Deve ter sido um dos lacaios que não sabia o que estava fazendo. Tenho certeza que Atlas mesmo não está me esperando.

Ele jogou o cartão na escrivaninha e chutou os pés de Mael.

— Tire suas botas imundas da minha mesa.

Nadir foi até o bar embaixo da longa fileira de janelas e se serviu de uma dose de conhaque. Virou num gole só, o líquido suave queimando sua garganta e aquecendo seu peito, mas incapaz de aliviar sua agitação.

Ele olhou para seu amado par de cadelas do gelo, Morana e Khione, relaxando na frente do fogo. As duas tinham a estatura de pequenos lobos e eram capazes de rasgar o pescoço de um homem se Nadir assim ordenasse. Elas estavam com o focinho apoiado nas patas, as pontas do pelo grosso e branco brilhando sob a luz das chamas.

— Então, você não faz ideia de quem levou aquela menina? — Mael perguntou, voltando ao tema anterior da conversa.

— Foi um Feérico. Só sei disso. O cheiro era fraco.

— E não havia nenhum indício de qual corte poderia ter levado essa prisioneira misteriosa?

— Se eu soubesse, você não acha que eu já estaria lá?

Mael se recostou, cruzando as mãos atrás da cabeça. Usava uma armadura de couro preto que brilhava de tão polida, e seu cabelo preto e cacheado era curto. Os olhos castanho-escuros e a pele marrom-escura de Mael brilhavam com os reflexos matizados da aurora violeta e carmesim que reverberava no céu, oferecendo a única fonte de iluminação no escritório de Nadir.

— O que você disse a seu pai?

— Que não encontrei nenhum vestígio, exceto a evidência de que o ozziller de fato a pegou.

— E você tem certeza de que isso não aconteceu.

Nadir serviu mais um copo, já que o primeiro desceu fácil demais.

— Rastreei o que estava espreitando a região e encontrei o ninho. Não havia sinal de nenhuma mortal lá. Ela foi levada. Provavelmente voando, pela falta de cheiro ao redor da Depressão.

— Então poderia ser Tor, Reinos Arbóreos ou Afélio — Mael respondeu. — Provavelmente não foi Aluvião. — Ele fez uma pausa, e Nadir virou para seu amigo de longa data e capitão de sua guarda pessoal.

— Quando foi a última vez que fizemos espionagem dentro de Coração? — Nadir perguntou, olhando pela janela.

O céu estava preto e sem nuvens, faixas de roxo, rosa e verde-água deixando riscos ardentes de cor.

Mael se inclinou para a frente, apoiando os cotovelos nos joelhos e entrelaçando as mãos.

— Coração? Por quê? Você acha que Coração está envolvida nisso?

Nadir deu de ombros.

— Não seria um absurdo.

— Faz alguns meses — Mael respondeu. — Mas posso mandar alguns batedores. Confirmar que as coisas continuam... tranquilas.

Nadir assentiu.

— Sim, faça isso. E organize um cronograma periódico. Tem alguma coisa estranha nisso tudo.

Ele voltou a olhar para Mael.

— Onde Amya se meteu?

Mael revirou os olhos.

— Ela já vem. Pelo amor de Zerra, você está com um humor do cão.

Nadir sorriu com o copo na boca.

— Você consegue notar a diferença?

— Não mesmo. Me passa um copo disso aí.

Quando Nadir entregava a bebida ao amigo, a atenção dos dois foi atraída para uma batida na janela. Amya estava parada lá fora, fios de luz colorida formando asas em suas costas.

Lançando um fio fino de luz cobalto, ela girou o trinco da janela antes que os homens a abrissem. Entrou e pousou no carpete, leve como uma pluma. Assim como os de Nadir, os olhos dela refletiam as cores da aurora como pano de fundo para suas íris cor de meia-noite.

Ela usava uma calça justa de couro preto e um espartilho que deixava os ombros marrons nus. Faixas carmesim, violeta e esmeralda perpassavam as duas tranças que pendiam de suas costas. Outro raio de luz bateu a janela com tanta força que sacudiu todas as vidraças da parede.

— Dá para tomar cuidado? — Nadir vociferou. — Se eu tiver que substituir essas janelas de novo...

Amya sorriu e Nadir revirou os olhos enquanto ela pegava o copo dele, virava o resto de conhaque e o colocava de volta em sua mão. Se dirigindo a Mael, colocou a mão na cintura e perguntou, indicando Nadir:

— Por que ele está tão aborrecidinho?

Nadir soltou um grunhido grave do fundo da garganta.

— Está bravo porque o papaizinho querido está escondendo algo dele — Mael fofocou do outro lado do cômodo, e os dois desataram a rir.

— Quando vocês terminarem, me avisem — Nadir disse, cruzando os braços.

Mael e Amya trocaram sorrisos conspiratórios, e ela se sentou no sofá ao lado dele, apoiando as botas na mesa.

Morana e Khione então se levantaram e foram até lá deitar a cabeça no colo de Amya, implorando por atenção.

— E aí, irmão? — ela perguntou, acariciando atrás da orelha de Morana, enquanto Khione reclamava alto.

Nadir olhou para o pé dela, mas não disse nada, sem querer perder tempo. Atualizou Amya sobre a prisioneira 3452.

— Então você não sabe quem ela é? Nem quem a levou? — Amya perguntou, se inclinando para a frente.

— Isso é o quê? Um eco? — Nadir retrucou, e Amya estreitou os olhos.

— Por que você tem tanta certeza de que isso é importante? — ela perguntou. — O pai disse alguma outra coisa sobre essa prisioneira? Em algum momento?

Nadir balançou a cabeça.

— Quando eu disse que não havia sinal de que ela tivesse sobrevivido, ele pareceu aliviado, mas eu tive a impressão de que ele estava tentando minimizar a existência dela. Não faz sentido que ele se importe tanto com o destino de uma simples menina. Por que ela importa, e por que Kelava tinha que ficar de olho nela?

— Essas perguntas são boas, mas isso pode significar qualquer coisa — Amya disse. — Por que você tem tanta certeza de que isso é algo que vale a pena investigar? Essa menina pode não ser ninguém. Talvez uma filha ilegítima que ele jogou em Nostraza e só está aliviado que tenha morrido.

Nadir bufou.

— Não seja ridícula. Ele nunca se importaria tanto com seus filhos, bastardos ou não. — Nadir rangeu os dentes, apertando o copo de vidro.

— Tem razão — Amya disse, e seus olhares se encontraram, uma vida de dor preenchendo o vazio entre eles.

Mael revirou os olhos.

— Por Zerra, vocês dois são *tão* complexados.

Nadir e Amya o encararam com seus olhares inquietantes.

— Cala a boca — disseram em coro, e Mael soltou uma gargalhada.

— Terapia faria muito mais bem e é definitivamente menos perigosa do que esses planos de vingança que vocês dois vivem tramando, sabia?

Amya voltou a olhar para Nadir, ignorando Mael.

— O que você quer que eu faça?

— Sonde as outras cortes. Veja se consegue encontrar algo sobre alguma menina misteriosa que tenha surgido. Ela pode estar escondida ou à vista de todos.

Amya assentiu.

— Tenho espiões confiáveis em Tor, Aluvião e nos Reinos Arbóreos. Meu contato em Celestria acabou de ser capturado, então vou precisar arranjar um substituto. Uma pena. Ela era boa. — Ela mordeu o lábio. — E, claro, ainda não consegui infiltrar ninguém em Afélio.

Nadir assentiu.

— Comece pelo restante. Com sorte, Afélio não tem nada a ver com isso. Tenho certeza que Atlas está ocupado demais comendo um estábulo de jovens ávidas sob o disfarce de encontrar uma parceira. Ele deve estar ocupado.

Amya franziu o nariz.

— As Provas de novo, não. Pensei que, depois do que aconteceu da última vez, eles colocariam um fim nisso.

— Precisamos encontrar aquela ficha — Nadir respondeu, ignorando o comentário de Amya, pouco se fodendo para Afélio, Atlas ou a futura Rainha Sol. — Ela desapareceu por um motivo. Tomara que não tenha sido destruída.

— Onde você vai procurar? — Mael perguntou.

— No escritório do meu pai, para começar.

Mael e Amya trocaram um olhar desconfiado.

— É meio arriscado — ela disse.

Nadir soltou um resmungo de indiferença enquanto se virava para a janela.

— Com o risco, vem a recompensa. Espero eu.

— Nadir? — Amya chamou, e ele olhou para ela. — Você acha mesmo que isso pode derrubar o pai? É por isso o seu interesse?

Ele encolheu os ombros, passando a mão nas ondas soltas do cabelo escuro enquanto dava um suspiro profundo com o peso de séculos de angústia.

— Não sei, Am, mas só tem um jeito de ter certeza, e vale explorar todas as opções que temos.

13
LOR

Ao longo da semana seguinte, passo as manhãs treinando com Gabriel por horas enquanto ele trabalha para desenvolver em mim força, resistência e destreza. Os curandeiros voltaram algumas vezes, revertendo os estragos causados pelo tempo que passei na Depressão. Nunca vou ser uma mestra com espadas, mas pelo menos sei manuseá-las sem me machucar gravemente. Ele relaxou um pouco perto de mim; agora só me olha feio às vezes, e não o tempo todo, então conto isso como um avanço. Não recebo nenhuma notícia de Atlas, apesar daquele papo de querer me ver de novo.

Tento não me ofender com isso. Ele é um rei — tem todo um reino para governar e também outras nove Tributos para dar atenção. Preciso lembrar de não me deslumbrar com o charme e a beleza de Atlas, por mais que me sinta atraída por ele. Sou a Tributo Final. Estou aqui apenas como um sacrifício, e, independentemente do que Atlas diga, ele não quer uma acusada de crimes como rainha. Naquela noite, me fez pensar que eu era especial, mas lembro a mim mesma que não sou e nunca serei nada.

Passo as tardes com madame Odell e as outras Tributos aprendendo sobre as belas-artes da etiqueta e do decoro. Há aulas de música, de dança e de arte. Todas são inúteis para mim. As demais Tributos são formadas em piano e violino, e tocam como anjos. Já sabem todos os passos das valsas melodiosas de Afélio. Suas pinturas são perfeitas, retratando rosas douradas que parecem tão reais que dá vontade de pegar e cheirar. Eu me atrapalho toda sob o olhar atento das outras. Algumas são desconfiadas, outras, cruéis e as demais me ignoram por completo.

Estou em Afélio há quase duas semanas quando Gabriel chega para me levar ao salão de jantar para o almoço. Estou usando mais um vestido dourado, uma variedade que nunca acaba. No pescoço tenho pendurado o medalhão dourado que tomei para mim. Ninguém vai sentir falta de uma joia nesse mar de opulência. Eu o aperto para criar forças enquanto me preparo para mais uma refeição desconfortável. Gabriel me observa enquanto ando, claramente querendo dizer algo.

— Que foi?

— Você está com uma cara melhor. Mais saudável.

Encolho os ombros.

— Obrigada. Vai me ajudar muito no primeiro desafio.

— Você odeia aqui. — Não é uma pergunta. — Preferia estar em Nostraza? Faminta, espancada e trancafiada?

Ainda segurando o medalhão, olho para ele.

— É difícil explicar.

É claro que não sinto falta da umidade e da crueldade fria de Nostraza, mas sinto saudade de Willow e Tristan com tanta ferocidade que me deixa zonza. Nostraza podia ser um inferno, mas eu estava lá com duas pessoas que me amavam. Que se importavam se eu viveria ou morreria.

— Todas me odeiam — digo, me referindo às outras Tributos.

Gabriel inclina a cabeça, erguendo a sobrancelha.

— E daí?

— E daí que... — Franzo a testa para ele. — E daí que não quero que me odeiem.

Gabriel balança a cabeça.

— Se virar rainha, Lor, vai precisar deixar de se preocupar com o que as pessoas pensam de você. Governantes têm que tomar decisões difíceis que nem sempre os tornam populares.

Solto uma gargalhada.

— Eles são obrigados a ser cuzões, que nem você?

Gabriel para, apoiando a mão na maçaneta da porta, e pisca.

— Por aí. — Abre a porta e faz sinal para eu entrar.

Quando entro no salão aconchegante, a conversa para abruptamente. Contenho um suspiro, tentando levar a sério as palavras de Gabriel. Dentro de Nostraza, eu tinha certa notoriedade como arruaceira da prisão. Embora nem todos os detentos gostassem de mim, a maioria me respeitava. Em Nostraza, eu entendia a hierarquia. Sabia manipular o sistema a meu favor. Depois de todos os anos que passei lá, eu estava à vontade no meu status relativamente elevado como uma das prisioneiras mais antigas. Aqui, cercada pela opulência de Afélio, sou uma amadora desastrada tentando me localizar numa nova série de regras que nem tão cedo vai entrar na minha cabeça.

As outras nove Tributos já estão sentadas em volta de uma mesa que se estende no centro do salão, madame Odell ocupando a cabeceira como uma gárgula esnobe. Um lugar vazio aguarda na ponta oposta, provavelmente para mim. Todas me encaram enquanto sento e me esforço para demonstrar o mínimo de elegância. Ao meu lado está Halo, uma mulher negra com cabelo preto e crespo. Ela abre um sorriso hesitante para mim.

— Oi — diz, esbarrando em mim com o ombro.

Tento não me encolher com o movimento. Ainda fico sem jeito com o contato casual dos outros, mas tento desesperadamente não agir estranho. Nenhuma das outras Tributos me abordou diretamente antes sem que eu começasse a conversa.

— Oi — digo, retribuindo o sorriso com desconfiança.

À minha frente está Marici, a mulher de cabelo loiro-gelo que notei no salão na noite em que jantei com Atlas.

Ela também sorri, seus olhos azuis pálidos parecendo lagos congelados.

— É bom ver você. — Ela baixa a cabeça e se encolhe um pouco. — Como foi seu jantar com o rei? Estou morrendo de curiosidade.

Halo ri baixo, cobrindo a boca com as mãos.

— Marici, não é de bom tom fofocar — ela diz, seu sorriso revelando dentes brancos e perfeitos.

Apesar de tudo, eu me pego retribuindo o sorriso.

— Ele é muito... — Abano o rosto, e as duas Feéricas desatam a rir, concordando.

Apricia está sentada na outra ponta da mesa, nos fulminando com o olhar como se quisesse pôr fim em qualquer diversão que ousássemos ter em sua presença.

— Cof, cof — madame Odell diz, silenciando a conversa geral na sala.

Halo abre mais um sorriso para mim, e o nó que fixou residência ao redor de meu coração relaxa um pouquinho. Talvez as coisas possam melhorar se eu continuar tentando.

— Sei que todas andaram ocupadas com o treinamento e as aulas, mas achei prudente nos conhecermos um pouco melhor. Embora a maioria de vocês já se conhecesse graças a sua posição na sociedade, nem todas aqui percorrem os mesmos... círculos.

Ela sorri para mim com seus lábios finos enquanto outros nove pares de olhos me observam. Eu aperto o garfo ao lado do prato. Não é culpa minha se nunca fui a nenhuma das festas idiotas delas.

— Por que não nos apresentamos direito? — Apricia pergunta, jogando o longo cabelo preto. — Eu começo.

Madame Odell a encara, claramente sem gostar de ser interrompida, mas responde com um aceno lento.

— Muito bem. Prossiga.

Apricia se ajeita na cadeira com um sorriso presunçoso.

— Sou Apricia Heulfryn, primogênita de Cornelius Heulfryn, governador do 24º distrito, líder das Estrelas Solares e veterano e herói da Primeira e Segunda Guerra de Serce. Sou especialista em belas-artes e em dança interpretativa, e já ganhei o Sino Dourado no Festival Aurelius por três anos seguidos.

Quando ela termina, a sala está tão silenciosa que escuto um camundongo revirar os olhos no canto. Todas a observam com desconfiança, sem saber como reagir ao monólogo. Madame Odell pigarreia, lançando um olhar confuso para Apricia.

— Que... bom, Apricia — diz e gesticula para a mulher sentada ao lado dela.

É a Tributo pálida de cabelo ruivo que ficou na minha frente durante o primeiro encontro com o rei. Ela se chama Hesperia e faz uma apresentação um pouco menos grandiosa do que a de Apricia, mas ainda cheia de ego inflado e arrogância. Fico feliz por não ter nascido na sociedade delas — isso me tornaria uma esnobe insuportável.

As apresentações dão a volta na mesa, todas listando alguma proeza ou laço familiar supostamente importante para, creio eu, causar impacto, mas quase tudo me parece pose. Talvez Gabriel esteja certo e eu não precise da aprovação delas.

Mesmo assim, um suor frio escorre pela minha nuca à medida que vai chegando a minha vez. Madame Odell parece estar me guardando para o final. Agarro meu medalhão, sentindo a ponta do fecho se cravar na palma da mão.

Não sou tímida. Já falei na frente de centenas de pessoas no refeitório de Nostraza, normalmente quando queria agitar alguma confusão. Mas aqueles eram a escória mais vil da terra. Assassinos, estupradores e ladrões. Muitos não mereciam sequer a indignidade de Nostraza. Aqui, neste lindo palácio, diante de dez das mulheres mais elegantes que já vi na vida, me sinto um verme rodeando a ponta de seus sapatos delicados de seda.

Madame Odell me encara com seu olhar penetrante.

— E você, minha querida? — Ela diz as últimas duas palavras de um jeito que sugere que sou tudo menos querida.

Tento falar, mas minha garganta está completamente seca. Pigarreio e tento de novo.

— Sou Lor. Sou... da Umbra — digo, lembrando que ninguém pode saber a verdade sobre Nostraza.

Penso em Atlas e em como estou sendo usada como um par de dados num jogo de tabuleiro. Minha vida não vale nada para essas pessoas. Penso no Rei Aurora, ainda sem entender por que ele teria me escolhido para isso. Se de alguma forma eu conseguir ganhar esse jogo, ele finalmente vai me enfrentar como a rainha de seu rival. Depois de tudo que fez, por que correria esse risco? O que ele tem a ganhar?

Cravo as unhas nas palmas das mãos. Não me interessa o acordo que me trouxe aqui. Vou vencer essa competição e, então, vou invadir Nostraza e derrubá-la tijolo por tijolo com as minhas próprias mãos. Vou resgatar Tristan e Willow, e *Rion* será o próximo.

Ele ainda deve achar que sou inofensiva, destroçada e desamparada, mas vou provar que está enganado.

— Lor? — Halo toca gentilmente meu braço, e percebo que todas na sala estão me encarando. De novo. — Você está bem?

Balanço a cabeça, emergindo do poço de pensamentos e retornando a esta sala e a este lugar dourado com seu banquete de alimentos deliciosos, a maioria dos quais nem sei o nome. Há uma tigela de sopa na minha frente, grossa e amarela, pontilhada por uma colherada de creme e um broto de erva.

— Estou bem — digo, tirando um fio de cabelo do rosto.

As mechas vivem escapando dos grampos que Mag usa para me deixar mais apresentável. O cabelo cresceu um pouco graças aos comprimidos de Callias.

Madame Odell semicerra os olhos para mim, e me pergunto se um dia ela já abriu um sorriso sincero para alguém em toda a sua vida.

— Como eu estava tentando dizer — ela continua, entrelaçando as mãos sobre a mesa, lançando mais um olhar irritado para mim —, trouxe vocês aqui hoje para prepará-las para sua primeira tarefa, que vai acontecer daqui a dois dias. Vocês precisam estar prontas.

As tributos começam a sussurrar, trocando olhares apreensivos. Madame Odell ergue a mão, pedindo silêncio mais uma vez.

— Senhoritas, por favor. Não tenho permissão para revelar os detalhes do desafio, mas *posso* dizer que talvez seja bom revisar suas aulas de história.

É então que ela finalmente abre um sorriso lento e satisfeito, seu olhar cruel me encontrando. Embora sua boca simule um sorriso, não há nada de caloroso ou acolhedor nele.

— Todas vocês tiveram os melhores tutores que o ouro pode comprar em Afélio, e espero que tenham prestado atenção.

Mesmo se eu fosse da Umbra, não teria tido tutores nem aulas. Metade do povo da Umbra não deve nem saber ler. Não bastasse isso, passei a vida atrás de muros grossos de pedra, alheia aos costumes de Ouranos.

Sei que o continente tem seis reinos, contando com Afélio, que faz fronteira ao leste com os Reinos Arbóreos e ao oeste com Aluvião. No norte, Aurora faz fronteira com Tor e Celestria. Houve no passado um sétimo reino no centro do continente, mas ele deixou de existir há muito tempo. Essas são perguntas simples que até uma criança com um mapa poderia responder.

Pego minha taça de vinho e dou um gole longo, na esperança de acalmar meu pulso acelerado. O único consolo é que um concurso de perguntas e respostas não parece perigoso, então me agarro a esse grãozinho de esperança. Quando eu invariavelmente perder, o pior que pode acontecer é ser mandada de volta a Nostraza. Não vai ser pior do que antes, e ao menos vou poder ver Willow e Tristan.

Mas então ficaremos todos presos lá e perderemos para sempre nossa única chance de liberdade. Nunca vou ter uma oportunidade como esta de novo. Tenho que vencer isto de alguma forma. Por eles.

As Tributos conversam enquanto o prato seguinte é servido, e revejo minhas opções. Talvez Gabriel me ajude, embora ele tenha deixado claro que os guardiões só podem ajudar com o treinamento de armas.

Tenho certeza que ninguém nesta sala está ansioso para me oferecer orientação. Sou uma concorrente — ainda que longe de ser páreo para elas. Deve haver uma biblioteca em algum lugar. Pelo menos aprendi a me virar sozinha em Nostraza. Preciso usar isso a meu favor.

Um criado deixa um prato diante de mim. A borda da porcelana é lustrosa, de ouro. Dentro está o que parece um frango em miniatura. Eu o cutuco com o garfo, avaliando-o de todos os lados.

— Faisão de caça — Halo cochicha. — Muito saboroso.

Certa de que está zombando de mim, ergo os olhos e a encaro com a testa franzida, mas a expressão dela é de gentileza.

— E aqueles são brotos de samambaia — ela diz, apontando para os estranhos vegetais enrolados perto da ave. — São tóxicos se forem malcozidos, mas deliciosos quando comidos com sal e salteados com manteiga.

— Tóxicos? — pergunto, apontando para as verduras mortais com o garfo.

Halo cobre a boca, segurando o riso.

— Só dão dor de barriga. Não se preocupe. Os chefs do rei sabem o que estão fazendo.

— Ah — digo. — Está bem. Obrigada.

Como se tentasse me tranquilizar, Halo espeta um broto de samambaia e o coloca na boca, mastigando com um floreio. Sorrio e sigo seu exemplo. É crocante, mas não duro, tem um sabor terroso e fresco.

Estou tão acostumada com o insosso que tinha esquecido que esse era o sabor da comida. Mais uma vez, as lágrimas que passei a vida segurando ameaçam cair. Nunca lamentei minha posição na vida. Pelo contrário, aceitei o quinhão que me foi dado. Era o preço que eu tinha que pagar até encontrar um caminho para minha liberdade. Mas, pela primeira vez na vida, me angustia ter tirado a mão de um baralho marcado.

Enquanto eu estava definhando, sendo espancada, me matando de trabalhar e coisa pior, essas Feéricas delicadas e belas estavam vestindo sedas, tomando vinho e dormindo em travesseiros de plumas. É difícil não nutrir certa amargura por isso.

Madame Odell ergue a mão, pedindo silêncio mais uma vez.

— Também as trouxe aqui para discutir um tema bastante delicado. — Ela passa o guardanapo nos cantos da boca enquanto os criados entram na sala para retirar os pratos.

Apesar do meu nervosismo em relação ao desafio e à comida supostamente tóxica, consegui comer metade do faisão e a maior parte dos vegetais. Graças a uma dieta constante de culinária deliciosa, estou ganhando peso, meus vestidos não estão mais pendendo no meu corpo como lençóis sobre um esqueleto. Nunca estive melhor do ponto de vista estético nem tão bem-disposta em toda a minha vida. Alguns músculos estão doloridos por conta do treinamento de Gabriel, mas esse é apenas um pequeno inconveniente.

— Ao longo das Provas da Rainha Sol, é imperativo que vocês se comportem da melhor maneira possível — madame Odell continua. — Vocês estão aqui não apenas representando a corte, mas pleiteando a mão do rei em matrimônio. Não preciso dizer que qualquer comportamento que não esteja à altura da mais casta das futuras rainhas contaria em seu desfavor.

Algumas das meninas ficam vermelhas e cobrem a boca de vergonha.

— Estou dizendo isso porque a cada Prova da Rainha Sol há ao menos uma Tributo envolvida em uma situação comprometedora com alguém. Seja seu guardião... — Um coro de "aaaah" percorre a mesa, e resisto ao impulso de revirar os olhos. — ... um dos funcionários do rei ou até o próprio rei.

Isso pega todas nós de surpresa.

— O rei? — Ostara pergunta. Seu cabelo castanho está trançado e preso em um coque alto, e seus olhos cinza-escuros complementam o tom marrom de sua pele. — Isso é possível? — O tom dela não é de choque, mas de muita, muita esperança.

Ao pensar em Atlas e no toque de seus dedos no meu rosto, no cheiro dele, na sensação de seu corpo esculpido contra o meu, eu entendo perfeitamente.

— Houve casos — madame Odell diz, franzindo os lábios. — E nunca acaba bem para a Tributo. Então, seria bom lembrar que, se quiserem aquecer a cama do rei no longo prazo, devem abrir mão de fazer isso agora, por mais charmoso e bonito que ele seja. Ele é apenas um homem e não pode ser responsabilizado por seus atos. Cabe a vocês garantir que a relação se mantenha apropriada.

Mais uma vez, ela olha para mim como se eu fosse uma mancha maculando a pureza de um manto de neve. Se esperavam encontrar uma rainha virgem em mim, é tarde demais.

— Bem, comigo a senhora não precisa se preocupar — Apricia

diz, voltando a jogar o cabelo preto. Alguém dá um grampo para ela! — Ainda sou uma donzela e pretendo continuar assim até o dia de me casar com meu amado.

Ela diz isso como se tivesse muita certeza de que seu amado é, de fato, o Rei Sol. Sem conseguir me conter, solto uma risada de deboche e tento escondê-la atrás do copo. Mas isso não engana ninguém, e todos os olhos se voltam para mim.

— E você? — Apricia pergunta, arqueando a sobrancelha escura. — Imagino que uma rata de sarjeta da Umbra tenha sido usada mais vezes do que um pano de chão. Abria as pernas em troca de algumas moedas, talvez? — Ela ri baixo, e Griane, a mulher de cabelo cor de mel sentada à frente dela, ri também.

Parece que Apricia encontrou uma aliada e concorrente ao papel de vadia-mor.

— Apricia — Mariçi repreende. — Isso é extremamente grosseiro. Imagino que seus *tutores* tenham lhe ensinado modos melhores.

Algo se aquece no meu peito com aquelas palavras. Ela me defende, embora deva sentir o mesmo em relação a minha presença aqui.

Se pensei que Apricia poderia ficar envergonhada, pensei errado, porque ela funga e ergue ainda mais o queixo pontudo.

— Todas sabemos que ela está aqui como um sacrifício. Como uma "mensagem". Não finjam que ela é uma de nós. — Com isso, ela olha para mim e faz cara de nojo, fungando de novo.

— Basta — madame Odell finalmente intervém, mas posso ver que está adorando minha humilhação.

Quando ela volta a olhar para mim, me encolho na cadeira, desejando poder derreter no chão. Odeio este lugar. Odeio isto. Como posso sentir falta dos muros fechados de Nostraza agora? Gabriel pode não entender, mas, de um jeito estranho, lá era como uma casa para mim.

— Quero ouvir a resposta — madame Odell diz, e fico sem entender.

— Que resposta?

— Se você já foi *usada*. — Ela faz um movimento circular com a mão. — Como um pano de chão, como a srta. Heulfryn expressou de maneira tão eloquente. É parte de minha função prestar contas ao rei sobre o que acontece quando ele está ausente e informá-lo sobre as qualidades menos desejáveis das Tributos.

A sala fica tão silenciosa que posso jurar que escuto o piscar dos cílios longos de Halo, boquiaberta. Noto que ela me observa de canto de olho, e percebo que há empatia em sua expressão. O que quer que ela veja no meu rosto a faz voltar à realidade.

— Madame Odell, não parece justo colocar Lor contra a parede.

— Não estou interessada nas suas opiniões — madame Odell diz. — Preciso lembrar que reprovar em uma prova não é a única forma de ser eliminada da competição? Cuidado.

Halo se cala, e olho para ela tentando expressar minha gratidão. Todas as outras estão me observando com expectativa. Eu poderia simplesmente mentir. Eu *deveria* mentir. Não é da conta de ninguém, e ninguém pode provar nada.

— Estou esperando — madame Odell diz, se inclinando para a frente, os cotovelos apoiados na mesa e as mãos juntas sob o queixo.

Abro a boca, mas não sai nada.

Não sou pura. Fui, *sim*, usada e subjugada. Mas como dizer a elas que a maior parte não foi escolha minha? Que eu ficava à mercê de guardas depravados na prisão que me viam como nada além de um instrumento de prazer? Que eu não tinha nenhum recurso e nenhuma forma de me defender? Que passava todos os dias tentando enterrar essas memórias e esquecer o que acontecia? Que buscava consolo em homens como Aero para aliviar a vergonha de nunca ter o poder de decisão? Com Aero, a escolha era *minha*. Cabia a mim decidir quando e como.

Havia tão pouco a que me apegar em Nostraza. Tão pouco conforto dentro daqueles muros úmidos de pedra.

Alguns risos de escárnio percorrem a sala enquanto aperto o guardanapo, minha face ardendo e meus olhos se enchendo de lágrimas. Não consigo mais contê-las. Halo estende o braço e segura meu punho, me consolando. Nada disso é culpa dela, mas fico grata pelo sentimento.

É com horror que sinto uma gotícula quente cair na minha mão. Não posso me permitir ser vista chorando aqui, assim como não podia em Nostraza. Essas Feéricas não são diferentes dos guardas. Também estão buscando minhas fraquezas. Uma maneira de identificar falhas na armadura frágil que visto.

Como ousam me tratar dessa forma? Fui trazida aqui contra minha vontade, por pura sacanagem. Para servir de exemplo. E elas todas acham que são tão superiores. Respiro fundo. Estremeço com a intensidade da fúria. Minhas lágrimas secam, e eu engulo o choro. Para dentro de mim, bem lá no fundo, onde deve permanecer. De onde nunca o deixarei sair.

Ergo o rosto, encarando madame Odell com o olhar mais fulminante que consigo. Ela arqueia a sobrancelha e abre um sorrisinho de desprezo. Em vez de responder, eu me levanto, empurrando a cadeira para trás com tanta força que ecoa pela sala e faz todas se encolherem. Sem dizer mais uma palavra, jogo o guardanapo na mesa, viro e saio a passos duros.

14

Ando o mais rápido que consigo, tentando me distanciar o máximo possível de madame Odell e das outras Tributos. Estou me sentindo ridícula. Passo as mãos no rosto, secando a linha de umidade que marca o momento em que quase cedi.

Mas ainda não cedi. Tenho que passar por todas as Provas da Rainha Sol e pretendo sobreviver.

Não chora. Não chora. Repito várias vezes. Mesmo se não conseguirem ver, elas vão saber. Mulheres como Apricia conseguem sentir o cheiro. Ela é exatamente como Jude em Nostraza, sempre cutucando cada arranhão inofensivo e superficial até inflamar e virar uma ferida aberta.

Sem prestar atenção aonde estou indo, vou parar numa parte desconhecida do palácio. Mas o lugar é tão imenso que tudo é estranho para mim. Os corredores estão vazios, sem os criados que normalmente circulam cumprindo seus deveres.

Tenho trabalho a fazer. Preciso encontrar uma biblioteca. Madame Odell disse que eu precisava conhecer a história de Afélio, e tenho uma vida de aprendizado para enfiar na cabeça, com menos de quarenta e oito horas para isso. Não tenho tempo a perder.

Abro portas ao léu, mas todas estão trancadas ou me levam a quartos, salas de estar e salões vazios. Ouço música vindo de um corredor, e vou atrás, na esperança de encontrar alguém a quem pedir ajuda.

Depois de uma curva, encontro uma parte mais povoada do palácio, mármore dourado e ouro cintilando para todos os lados. Duas portas estão abertas no final do corredor, servos entrando e saindo de um aposento cheio de Feéricos e humanos.

Ergo a sobrancelha ao ver isso. O Palácio Sol parece ser palco de festas sem fim a todas as horas do dia. Entendo pouco de entretenimento, mas sempre presumi que esse tipo de celebração acontecesse à noite.

Ao me aproximar da festa, tento deter um criado apressado para perguntar onde posso encontrar uma biblioteca, mas ele passa direto, ignorando minha pergunta. Por outro lado, ele não me detém quando entro no salão. É uma festa com certeza, e com certeza essas pessoas estão se divertindo.

Alguém toca piano no canto enquanto outros relaxam nos sofás, rindo sem parar como se estivessem contando uma piada que nunca termina. Uma mesa cheia de iguarias coloridas está no centro, Feéricos e mortais servindo pedaços nas bocas uns dos outros.

Um Feérico está pressionando uma Feérica contra a parede, perto de onde entro. A perna dela está em volta da cintura do homem, e a saia está erguida, expondo sua coxa lisa. Não consigo desviar os olhos enquanto ele devora a boca da mulher, deslizando a mão por baixo do vestido dela, que arqueia as costas e geme.

Eles não são os únicos que estão curtindo. Mais casais, trios e um quarteto se encontram em estados variados de nudez e diferentes espasmos de paixão. Pensar no incidente com madame Odell me deixa ainda mais furiosa. Como ela ousa exigir castidade quando esse tipo de devassidão se passa dentro do palácio do rei?

É então que reconheço o Feérico esmagando a mulher na parede.

— Gabriel? — pergunto, e ele olha para trás, perplexo por um segundo, antes de sua confusão se transformar num sorriso presunçoso.

— Lor, o que está fazendo aqui?

A mulher me olha com desdém, bufando discretamente.

— Relaxa — digo a ela. — Ele é só minha babá irritante.

Gabriel solta uma gargalhada cruel, se desvencilhando da perna dela e baixando sua saia.

— Peço desculpas — diz a ela. — Parece que o dever me chama. Encontro você mais tarde.

Ela faz biquinho e então cochicha algo no ouvido dele que faz seus olhos brilharem de expectativa e um sorriso se abrir de orelha a orelha. Olhando para mim mais uma vez, ela se afasta, rebolando generosamente. Gabriel fica olhando para a bunda dela, o sorriso ainda no rosto, até ela desaparecer na multidão.

— É isso que você faz quando não está ocupado comigo? — pergunto, cruzando os braços.

— Não é da sua conta, Tributo Final.

Baixo os braços e resisto ao impulso infantil de bater o pé.

— Não me chama assim.

— O que você quer, Lor? Por que não está fazendo coisas refinadas com as outras damas? — Ele me observa com mais atenção neste momento, analisando meu rosto. — Você estava chorando?

— Não — retruco, mas é óbvio que estou mentindo.

— O que aconteceu? Quem fez isso? — ele pergunta, subitamente nervoso.

Se eu não o conhecesse, acharia que está sendo protetor. Isso quase liberta uma nova onda de lágrimas, mas fecho a torneira.

— Não quero falar sobre isso — digo, pegando o braço dele e puxando-o para fora do salão. — Preciso da sua ajuda. Madame Odell disse que o primeiro teste é daqui a quarenta e oito horas e que vou precisar saber a história de Afélio para ter uma chance.

Gabriel resmunga.

— E você não sabe a história de Afélio.

Reviro os olhos.

— Esse é seu talento? Dizer o óbvio como se fosse uma grande revelação?

Ele ri como se eu não tivesse acabado de insultá-lo. Deve ser gostoso não se importar com o que pensam de você.

— Então, qual é seu plano, Tributo?

— Preciso de uma biblioteca. Com livros.

— E não uma biblioteca cheia de esquilos?

Respiro fundo, acessando as profundezas da minha paciência.

— Você vai me ajudar?

Gabriel pondera por um momento, coçando o queixo, sua barba rala fazendo um som áspero. Seu cabelo loiro está solto hoje, descendo abaixo de seu queixo, e os cordões de sua camisa expõem uma parte de seu peitoral bronzeado e liso. Ele não é tão deslumbrante quanto Atlas, mas tem lá seu charme. Não é de admirar que a Feérica estivesse relutante em soltá-lo.

— Não tenho permissão para ajudar você — ele diz, estreitando os olhos. — Seria trapacear.

— Você não vai me ajudar. Só vamos fazer um tour pelo palácio — digo, e ele fica cético. — Essa competição não é justa mesmo. Todas aquelas Tributos passaram a vida estudando. Você me levar a uma biblioteca não vai me oferecer nenhuma vantagem real. — Faço uma pausa e inspiro fundo. — Mas tenho que tentar.

Ele me encara, pensativo.

— Está bem, Tributo. Vamos.

Solto um suspiro de alívio quando ele passa por mim, sem olhar para trás. Me apresso para alcançá-lo. Passamos por vários salões e corredores até chegarmos a outro par de portas largas, estas esculpidas em madeira amarelo-clara. Uma está entreaberta, então entramos.

O que vejo faz meu coração parar. Mais madeira amarela foi

moldada em centenas e centenas de prateleiras que sobem por um pé-direito altíssimo. Uma biblioteca. Uma biblioteca de verdade.

A única "biblioteca" em Nostraza era apenas uma estante bamba no fundo do refeitório onde de vez em quando aparecia um livro novo que algum guarda trazia de casa. Como a maioria dos detentos não sabia ler, eu pegava todos para mim. Tinha que me virar relendo os livros até eles quase se desfazerem e conseguia recitá-los linha por linha.

Tristan e Willow também sabiam ler, mas Willow tinha pouco interesse por livros e Tristan só lia quando não tinha mais nada para fazer. Livros são minha obsessão, mas eu nunca tive acesso a tantos quanto gostaria.

Esta biblioteca superou todas as fantasias extravagantes do que pensei que uma biblioteca fosse. Passo as mãos pela estante mais próxima, vendo os títulos se turvarem diante dos meus olhos. Romance e aventura. Livros médicos e atlas. Livros sobre religião e outros cheios de ilustrações para crianças. Eu poderia passar o resto da vida lendo e não esgotaria os títulos.

Gabriel me observa com curiosidade.

— Desculpa — ele diz, e franzo a testa diante da rara delicadeza no seu tom. — Se soubesse que você gostava tanto, teria te trazido aqui antes. Você tem liberdade para pegar o que quiser emprestado.

Passando os olhos pelas paredes de estantes, sinto algo se contorcer no peito. Nunca vou ter a chance de ler todos. Vou ser enviada de volta a Nostraza ou para o além antes de chegar perto disso.

— Preciso dos livros de história. — Primeiro, há o desafio de perguntas e respostas para superar, e só depois posso fantasiar sobre livros. — Vou começar por lá.

Gabriel inclina a cabeça.

— Vamos pedir ajuda à bibliotecária.

Alguns minutos depois, somos guiados a uma pequena alcova cercada por livros com encadernação de couro dourado. Parece que até a história de Afélio ecoa a grandeza deste palácio e seu rei.

Gabriel me ajuda a carregar uma pilha de volumes grossos até uma mesinha, e depois levo outra pilha.

Me jogo numa cadeira e sopro uma mecha de cabelo caída do rosto. Esses livros são enormes. Levaria meses para ler todos, mesmo se passasse o dia todo lendo.

O desespero deve ficar estampado no meu rosto porque até Gabriel se comove a ponto de perguntar:

— Posso fazer alguma coisa para ajudar?

Faço que não.

— Você não tem permissão para me ajudar.

Tenho que ganhar de maneira justa. Elas vão procurar motivos para se livrar de mim.

Gabriel assente, sério.

— Você é perspicaz, Lor. Pode não ter crescido na corte, mas já entendeu como ela funciona.

Fico surpresa pelo elogio, e um sorriso involuntário repuxa minha boca.

Não sei por que me importo com a opinião dele, mas tem algo em Gabriel que me faz lembrar de Tristan. Sua irreverência. A maneira como ele fala e age como se estivesse pouco se fodendo para o que os outros pensam. Em Nostraza, eu tinha pavor que essa atitude fizesse Tristan ser morto, mas, pelo contrário, ele sempre conseguia fazer todos se encantarem por ele.

Tiro um livro da pilha, passando as mãos na capa decorada por pergaminhos e vinhas de ouro.

— *História completa e integral de Afélio* — leio, e olho para Gabriel. — Acho que é um bom lugar para começar.

Seu rosto é contemplativo.

— Boa sorte. Volto para ver como você está mais tarde.

— Gabriel — chamo antes de ele ir embora. — Obrigada.

Ele me abre um sorriso sarcástico.

— Não me agradeça, Tributo. Se você vencer, vai pegar bem para mim. Imagina como me senti quando tirei o palitinho menor. Os outros guardiões ainda estão me ridicularizando por isso.

Ele pisca e sai andando rindo, enquanto olho feio para suas costas largas e murmuro:

— Cuzão.

Horas depois, meus globos oculares ardem como se tivessem arrancado meus olhos, moído na areia e enfiado de volta no meu crânio. Perdi a noção do tempo que passei aqui, lendo resmas de páginas.

Felizmente, há muitas informações repetidas, mas a história de Afélio se estende por milênios, e há literalmente um milhão de coisas que a prova poderia abordar. Eles esperam que eu recite o legado infinito dos reis e rainhas de Afélio? Podem ser perguntas sobre a principal fonte de comércio e exportação da região. Talvez perguntem sobre as próprias Provas em que estamos competindo, que têm uma história longa e sórdida por si só. Quando cheguei a essa seção, li atentamente em busca de algum indício sobre o pacto com Aurora que Atlas havia mencionado, mas não achei nada. Ele não exagerou quando disse que era um segredo bem guardado.

Gabriel passa para visitar de tantas em tantas horas, me trazendo comida, água e chá, que aceito com gratidão. Depois de um tempo, Halo e Marici me encontram esparramada sobre uma montanha de livros.

— Podemos ajudar? — Halo pergunta, sentando diante de mim e puxando um livro aberto.

Lanço um olhar desconfiado para ela, duvidando das intenções de todos. Elas foram gentis comigo hoje, mas as duas fingiam que eu não existia até então.

— Por quê?

Halo suspira e se recosta na cadeira.

— Sinto muito pelo que aconteceu hoje. Foi muito injusto.

Não digo nada, esperando que ela continue.

— E desculpa por termos te ignorado. Apricia... — Ela olha para Marici, que agora está sentada na cadeira ao meu lado, as mãos unidas sobre o colo. — Apricia proibiu todas de falarem com você. A família dela é poderosa, e ela poderia dificultar muito a nossa vida se quisesse.

Alterno o olhar entre elas.

— E?

— E Apricia é uma escrota, e desculpa por termos dado ouvidos a ela — Marici diz. — Estamos arrependidas e queríamos que você aceitasse nossa oferta de amizade. Ninguém deveria ter que enfrentar essa competição sozinha.

Relaxo os ombros. Fico um tanto otimista com as palavras dela e ainda mais furiosa com Apricia. Eu poderia ficar brava com Halo e Marici, mas sei dar valor a uma oferta de paz. Agora, preciso de aliadas, não de rancor.

— Certo — digo. — Eu adoraria.

Marici sorri, seus olhos azuis cor de gelo cintilando.

— Podemos ajudar você — Halo diz, folheando o livro. — Vou mostrar algumas técnicas que meus tutores me ensinaram para ajudar a lembrar de todos esses fatos chatos.

Marici ri baixo, cobrindo a boca.

— Eu também. Aliás, sou especialista na história da família real.

Finalmente encontrei algum apoio, ainda que tenha levado um tempo. Não posso negar a ajuda delas. Preciso de qualquer vantagem que conseguir.

— Obrigada — digo, lembrando de manter a guarda erguida.

Isso tudo pode ser um esquema para me enganar de alguma forma.

Mas Halo e Marici trocam um olhar sincero e se voltam para mim, arregaçando as mangas com determinação.

— Certo, diz pra gente onde você parou — Marici pede, a voz cheia de objetividade.

Aponto para a página que eu estava lendo, decidindo deixar minhas desconfianças de lado por enquanto. Durante as horas seguintes, elas compartilham suas dicas, me ajudando a lembrar dos líderes de cada um dos vinte e quatro distritos de Afélio e dos nomes das famílias Feéricas mais poderosas.

À medida que meu cérebro se expande com uma infinidade de fatos, dados e datas, as informações começam a se embaralhar como se tivessem sido colocadas dentro de um barril e jogadas montanha abaixo. Mesmo assim, continuo lendo. Continuo fazendo anotações. Halo e Marici me tomam as lições até eu conseguir recitar fatos e números de cor. Quando elas se cansam, desabando de exaustão nos assentos, digo para irem embora. Mas continuo na biblioteca, ainda estudando, me recusando a parar.

Afinal, uma página a mais pode representar a diferença entre a vida e a morte para mim.

É tarde da noite, a poucas horas do primeiro desafio, quando acordo no susto. Estou com a cara enfiada num livro, e a lanterna na mesa tremula com uma luz fraca. Sei que deveria ir para a cama por algumas horas.

E só então me dou conta de que não estou sozinha na biblioteca. O rei está sentado a minha frente, e me ajeito na hora. A mão dele está no meu punho, onde ele deve ter apertado para me acordar.

— Você está bem? — ele pergunta, seus olhos azuis cristalinos cheios de preocupação. — Está tarde. É melhor dormir um pouco.

— Não posso — digo, balançando a cabeça e apontando para os livros espalhados. — Tenho que continuar estudando.

O rei aperta meu braço, e meu coração se aperta em resposta.

— Gabriel me disse que você está lendo há dois dias seguidos — ele diz, e eu faço que sim, sem saber se quebrei alguma regra e estou prestes a ser repreendida. — Estou impressionado, Lor. Qualquer uma que mostre tamanha dedicação às Provas seria uma rainha digna.

Suas palavras encorajadoras ameaçam desarrolhar as lágrimas que não tenho a liberdade de derramar. Neste vasto palácio cheio de mortais cruéis e Feéricos ainda mais cruéis, por que a única pessoa que não precisa ser gentil está fazendo esse esforço? Atlas deve mesmo ser um governante digno, e o tipo de rei que todo cidadão de Afélio merece.

— Tenho algo para você — ele diz, levando a mão às costas, a perna encostando na minha por baixo da mesa estreita.

O contato acelera meu coração, e Atlas olha para mim, lambendo aquela boca suculenta e perfeita. Imagino como seria cravar os dentes no lábio dele, ainda sentindo vestígios do beijo delicado que ele deu no canto da minha boca algumas noites atrás.

Inconscientemente, toco o rosto no mesmo ponto e ele acompanha meus dedos com o olhar, que fica sombrio como se ele soubesse exatamente o que estou pensando. Há uma breve pausa antes de ele deixar um livro fino na mesa e empurrá-lo na minha direção.

— O que é isso? — pergunto, puxando o livro.

Com uma encadernação de couro verde-escuro, apenas pedaços pequenos da gravura dourada permanecem. Noto a ausência do título enquanto o viro nas mãos.

— Algo para ajudar você. Talvez eu tenha uma ideia do primeiro desafio.

Abro o livro, descobrindo que é sobre Atlas.

— Este livro é seu? — pergunto, passando os olhos pelas páginas, desejando que houvesse uma forma de absorver esse conhecimento por mera força de vontade.

Ele encolhe os ombros largos.

— São muitas as biografias sobre mim circulando por Afélio, mas pouquíssimas contam toda a verdade.

— Por quê?

O sorriso dele aumenta, e os cantos de seus olhos se enrugam de uma forma que me deixa estranhamente ofegante. Sob a luz baixa da biblioteca, ele é como um farol numa praia enevoada, chamando os navios para casa.

— Não é seguro para ninguém saber demais sobre mim, por isso conto versões diferentes da verdade de acordo com meus objetivos. Não faz sentido dar a alguém informações que podem ser usadas contra mim.

A mão dele ainda está no meu braço, e ele passa os dedos por minha pele, subindo por meu cotovelo e seguindo até meu ombro enquanto observa o gesto com atenção. Fico toda arrepiada e completamente imóvel, querendo me manter congelada nesse feitiço.

Ele volta a descer os dedos lentamente por meu braço.

— Alguém que conheci e em quem confiei por muito tempo escreveu essa edição em particular. — Quando chega a meu punho, ele o rodeia com os dedos e vira minha mão antes de começar a traçar círculos na minha palma. Tento focar em suas palavras, mas meus pensamentos estouraram como bolhas de sabão. — Por isso, ela guarda as verdadeiras respostas sobre quem eu sou.

Atlas levanta o rosto e me encara, seus olhos verde-água cheios de algo que não entendo direito. O olhar é tão intenso que minhas entranhas se contorcem e reviram como fitas esvoaçando em uma brisa forte. Mas a sensação não é desagradável. Pelo contrário, transborda de expectativa e da promessa de algo que tem sabor de liberdade. É como imagino que um pássaro se sente ao sobrevoar as nuvens.

Mas preciso deter isso. Estou sendo ridícula e ingênua. Mal nos conhecemos, e não sou especial. Tenho que sobreviver para conseguir tirar Willow e Tristan de Nostraza. Nada mais importa.

— Bem, não parece muito longo — brinco, tentando aliviar a tensão. — Deve ser fácil entrar na sua mente.

Eu me encolho, percebendo o que acabei de dizer, mas ele responde com um riso grave baixo e balança a cabeça, seu cabelo cobre radiante cintilando sob a luz da lamparina.

— Lor, as Provas da Rainha Sol nunca receberam alguém como você. — Ele faz uma pausa antes de se aproximar, baixando a voz para um cochicho conspiratório. — Sugiro que vista algo… prático.

Antes que eu consiga reagir, ele pisca e levanta. Com um último olhar demorado que sinto até a ponta dos meus pés, ele vira e vai embora.

15

Paramos à margem de uma enseada do mar, a água tão azul que é difícil saber a diferença entre a superfície e o céu, exceto pela linha fina de montanhas verdes que os separam. Uma brisa matinal fresca sopra da água, causando arrepios em mim.

Depois da dica de Atlas ontem à noite, optei por usar minha armadura de couro fino esta manhã, apesar das censuras de Mag. Ela achava que um vestido seria mais adequado para o primeiro desafio, sem entender por que eu precisaria de calça para andar por aí e responder a algumas perguntas. Mas eu não podia contar a ela como sabia que tinha que usar algo mais protetivo. Tenho certeza que Atlas não deveria me dar pistas. Além disso, depois de uma década usando túnicas e calças justas o dia todo, me sinto mais confortável assim. Embora eu adore os lindos vestidos de gala, não me sinto digna. São feitos para uma outra versão de Tributo que não se parece em nada comigo.

Quando chegamos à costa hoje cedo, eu soube que tinha feito a escolha certa ao dar ouvidos a ele. Isso promete ser muito mais do que um simples jogo de perguntas e respostas.

Nosso treinador-chefe, mestre Borthius, olha para nós, as mãos unidas às costas, o cabelo castanho-escuro esvoaçando com a brisa. Ele também está usando uma armadura de couro, e agora tenho ainda mais certeza que tomei a decisão certa. Griane está ao meu lado, tremendo em seu vestido deslumbrante. Embora sua pele pálida esteja ficando vermelha de frio, seu cabelo dourado reflete o sol nascente como uma perfeita rainha de Afélio.

Estamos nos arredores da cidade e temos uma pequena plateia que chegou nas carruagens atrás da nossa. Gabriel me disse que pelo menos uma prova aconteceria no coração de Afélio, onde os cidadãos poderiam assistir, mas o resto seria mais reservado. Me libertando das amarras da minha energia nervosa, decido me preocupar com *isso* depois. São poucas as chances de eu chegar tão longe, de todo modo.

Todos os dez guardiões estão presentes, além de madame Odell e alguns outros que não reconheço. E, claro, Atlas está diante deles como um holofote resplandecente. Todos aguardam em uma colina próxima que fica alguns metros acima da água.

— Bem-vindas à primeira prova — mestre Borthius diz, andando de um lado para o outro com as mãos entrelaçadas às costas, levantando areia por onde caminha. — Hoje vamos testar seu conhecimento sobre Afélio e sua história. Espero que todas tenham estudado.

Sinto um arrepio na nuca e vejo Apricia lançando um sorriso perverso na minha direção. Ela também deixou o vestido de lado hoje e está usando uma túnica prática e calças confortáveis e grossas. Imagino se Atlas também deu a mesma dica para ela. Todas as outras oito Tributos estão usando os tecidos dourados cintilantes preferidos da corte do rei. Elas ficam sérias quando são guiadas à praia e se dão conta de seu erro.

Borthius faz um gesto com a mão e conjura um aparato gigantesco no ar. Todas perdemos o fôlego com a imagem inesperada.

Feitos de madeira, suportes em formato de A sustentam uma longa viga suspensa sobre a água calma. Amarradas à viga estão dez cordas grossas feitas de cânhamo áspero. Elas se estendem sobre a água, suas pontas enroladas com um nó gigante e bem diante de nossos pés. Outros nós grossos foram feitos em intervalos ao longo de sua extensão. Noto os olhos escuros de preocupação de Halo do outro lado da praia. Tudo nisso deixa claro o sufoco que estamos por enfrentar.

— Por favor, peguem suas cordas — mestre Borthius diz. — Quando eu der o sinal, vocês serão transportadas sobre a água, onde essa corda vai ser a única coisa que impedirá vocês de caírem. — Um sorriso cruel se abre em seu rosto. — Uma série de perguntas sobre Afélio será feita a vocês. Para cada resposta que acertarem, nada vai acontecer. Para cada resposta que errarem, a corda vai baixar. Se responderem incorretamente cinco vezes, a corda vai se soltar. — Ele para de andar e olha para todas nós. — E garanto que ninguém quer descobrir o que as aguarda na água. Se responderem corretamente a cinco perguntas, terão passado no desafio e vão continuar para a próxima rodada.

Um milhão de perguntas ardem na ponta da língua, mas ele não me dá a chance de fazer nenhuma. Estala os dedos, e de repente estamos nos segurando a nossas respectivas cordas sobre o mar. Quando somos posicionadas com um solavanco, a corda áspera arranha minhas mãos e aperto com firmeza enquanto as fibras esfolam minha pele.

Grata pela armadura de couro, envolvo as pernas na corda, apoiando as botas no nó, agradecida por não estar com aquelas sandálias douradas inúteis que Mag vive me forçando a usar.

A corda balança, e seguro com ainda mais firmeza quando escuto um grito seguido por um mergulho. Um passarinho dourado já caiu de seu poleiro. Olho para a fileira, tentando descobrir qual Tributo foi quando uma cabeça escura sai da água, braços batendo freneticamente.

— Socorro! — Elanor grita. — Socorro! — Um momento depois, ela afunda de repente, o grito interrompido.

Uma série de gritos horrorizados vêm tanto das Tributos como dos espectadores, o som perpassando a água. Quando olho para baixo, vejo uma série de contornos turvos embaixo de mim. Escuros e esguios, deslizam como serpentes do mar.

A superfície borbulha onde Elanor afundou, e todos prendemos a respiração ao mesmo tempo. Nada acontece, e o silêncio se estende tanto que quase se rompe. Aterrorizada, eu me seguro à corda com todas as minhas forças, os braços e pernas trêmulos. Por que ninguém a está socorrendo?

— Peguem a garota — Borthius diz finalmente, apontando a mão lentamente na direção da água.

É então que dois Nobres-Feéricos, que não notei antes, avançam para a praia e mergulham no oceano, desaparecendo sob as ondas.

Prendo a respiração, contando os segundos e, então, os minutos que eles demoram para reemergir. O que tem lá embaixo? Ela foi atacada? Pelo canto do olho, vejo outro vulto escuro atravessando a água, logo abaixo da superfície. Minhas mãos já estão queimando na corda enquanto me seguro com mais firmeza. Mas, aconteça o que acontecer, não vou soltar.

Finalmente, os salva-vidas Feéricos emergem com o corpo inerte de Elanor. Os olhos dela estão fechados, e sua pele pálida está azul. Não sei se ela está respirando. Tem um grande corte na testa e sangue cobre toda a lateral de seu rosto.

Os Feéricos a arrastam para a praia, onde outro Feérico de manto branco com uma cruz dourada no peito aguarda. Um curandeiro do Palácio Sol. Ele se debruça sobre Elanor, tocando-a com delicadeza.

— Nomeie o trigésimo sétimo rei de Afélio! — Borthius grita, tirando minha atenção da Tributo caída.

— Rei Diell — uma voz nítida responde.

Não consigo acreditar que estamos seguindo com a prova enquanto Elanor pode estar morta na praia.

— Correto! — Borthius diz com um aceno a Tesni, a Tributo negra de cabelo prateado brilhoso que está pendurada praticamente pela cintura. Em seguida, ele aponta para Ostara, que é a próxima na linha. — E a rainha dele?

Ela hesita e olha para a água, onde também deve ver aqueles vultos escuros aguardando.

— Mencionei que esse é um exercício cronometrado? — Borthius pergunta, num tom coloquial. — Quando o sino tocar, seu tempo vai ter acabado e a corda vai cair.

Ostara ergue os olhos arregalados de medo.

— Rainha Akino — diz com a voz engasgada, e, prendendo a respiração, observa Borthius.

— Correto! — Ele aponta para a próxima Tributo da linha, que, infelizmente, sou eu.

— Quais eram os nomes dos filhos deles? Como dica, lembro a você que eram dois.

Tentando estabilizar meu corpo trêmulo, inspiro fundo enquanto revejo as resmas de informações que enfiei na cabeça nos últimos dois dias. Uma litania de possibilidades vem à tona, todas embaralhadas em uma sopa de letrinhas, mas nenhuma parece certa. Deixo todas de lado e mergulho nas profundezas do meu tecido cerebral em busca de outras. Colena. Sevannah. Relius. Litsa. Greta. Não. Não. Não.

— Você tem mais cinco segundos — Borthius diz.

Aperto a corda, sua aspereza esfola tanto minhas mãos que sinto que elas foram mergulhadas em fogo líquido. Uma gota de suor escorre pela lateral do meu rosto, apesar do ar frio.

— Hathor e Osbert — chuto, pegando desesperadamente os dois próximos nomes que surgem na minha cabeça, já sabendo que não são os certos.

— Errado! — Borthius grita e, antes que eu possa pensar, a corda cai alguns metros, revirando meu estômago.

Um grito escapa da minha garganta enquanto voo por uma fração de segundo. Quando paro, é com tanta força que meu pé sai do nó que eu estava usando como âncora, e minhas mãos escorregam vários centímetros corda abaixo, minha pele rasgando em camadas incandescentes de agonia. Grito de novo quando o sangue escorre pelos meus dedos e a dor some pelos meus braços em explosões ardentes.

Me obrigo a respirar, encolho o corpo e encontro o nó, que agora está roçando na água. Com movimentos comedidos, alcanço o nó mais alto com cuidado, içando o corpo. Minhas mãos gritam em protesto, mas me seguro com firmeza, tentando calar a dor.

Depois de recuperar minha posição com firmeza, sinto todos na enseada exalarem em conjunto. Ao menos agora sei o que esperar na próxima vez.

Borthius abre um sorriso perverso, não diz nada e, então, aponta para Hesperia, a próxima da fila. Ele dispara uma pergunta para ela, mas não escuto, tentando acalmar os batimentos e me concentrar nos arredores. O que quer que ela tenha dito devia estar certo porque ele passa para a Tributo seguinte. Pergunta após pergunta é lançada sobre a água enquanto tento prestar atenção, na esperança de a resposta de alguém me ajudar mais adiante. Mas quase não dormi e minha cabeça está zonza.

A menina seguinte é Solana, cuja pele marrom reluz com uma camada de suor.

— Quais são os nomes das guildas primárias de comércio?

Minha corda balança, e observo enquanto a resposta perpassa o rosto dela em rápida sucessão.

— Carpinteiros, Ferreiros, Ourives, Alfaiates e Prestamistas — ela responde às pressas.

Mas arregala os olhos instantaneamente ao perceber seu erro. Ao mesmo tempo, Borthius grita:

— Errado! Você esqueceu dos Armadores!

A corda de Solana desce em uma queda abrupta, e prendo a respiração em solidariedade, sabendo como a experiência é assustadora. Usando aquelas sandálias bonitas, seus pés escorregam do nó e sua cabeça estala para trás enquanto ela escapa da corda e despenca na água. Os únicos sons são o do mergulho e o eco do seu grito enquanto todas nos encolhemos em um silêncio mortal.

Mais uma vez, Borthius espera, olhando para a água. Ele espera eternamente. Quero gritar para ele mandar alguém socorrê-la. Ele olha o relógio dourado de bolso e finalmente se volta para os salva-vidas Feéricos, apontando o queixo na direção da água.

— Vejam se conseguem tirá-la. — Os salva-vidas entram no mar mais uma vez, embora não pareçam estar indo muito rápido.

Eles mergulham e esperamos. Alguns segundos se passam. Todos na falésia estão inclinados para a frente, como hastes de trigo num vendaval, espiando. Atlas passa a mão no rosto e na nuca. Parece preocupado.

Olha para o restante de nós como se confirmasse que estamos todas lá. Os salva-vidas demoram apenas mais alguns segundos quando a cabeça do primeiro emerge, e solto um suspiro de alívio. Mas, quando o segundo vem à superfície, percebo que os dois estão de mãos abanando. Solana não está com eles.

Abro a boca num grito silencioso quando os dois Feéricos olham para Borthius e encolhem os ombros com indiferença. Bile sobe pela garganta, queimando minha língua. Num piscar de olhos, ela se foi. Faço contato visual com Halo novamente enquanto nós duas giramos em círculos lentos como se a mão fria da morte nos rodopiasse para seu próprio prazer.

Sem hesitar, Borthius retoma o desafio, disparando pergunta após pergunta pela fileira. Não sei por quanto tempo me seguro à corda enquanto ele percorre todas nós. Como era de esperar, Apricia é a primeira a responder às cinco perguntas corretamente e é liberada do teste, mas não antes de nos lançar um sorriso presunçoso e jogar aquela merda de cabelo para trás de novo. Sua amiga Griane sai logo em seguida, as duas se abraçando antes de voltarem os olhares calculistas para nós.

Halo é a próxima a completar o desafio, e faço uma oração a Zerra quando ela é entregue de volta à costa em segurança. Enquanto continuo a mofar sobre a água, acerto algumas perguntas, mas erro a maioria. Não tive tempo suficiente para estudar. Como poderia espremer anos de aprendizado em dois dias?

Toda vez que caio, minhas mãos se rasgam, sangue cobrindo a corda enquanto me agarro a ela com todos os resquícios da minha força cada vez menor. Meus braços estão cansados e fracos, e sinto que minhas pernas viraram borracha. Meus pés ardem de se prender ao nó. Minha visão está turva de exaustão. Não sei o que é pior — esta agonia ou aqueles dias infernais na Depressão, quando cheguei perto de me afogar na chuva e quase fui destroçada em mil pedaços por um monstro.

Não consigo conter as lágrimas que escorrem do meu rosto enquanto lacrimejo pela dor. Elas não são um sinal de derrota, e me consolo por isso. São apenas uma reação física.

A corda me gira de um lado para o outro, e noto o olhar de Gabriel. Ele está na beira do penhasco, me observando intensamente. Inclina a cabeça — um pequeno aceno que parece dizer *você consegue*. Apanho esse pedacinho de confiança e o guardo no coração. Eu *consigo*.

Finalmente, as duas únicas pessoas que restam são eu e Marici. A saia do vestido dourado dela está esfarrapada, e me encolho ao ver os vergões avermelhados que brotam em suas coxas. Eles fazem um forte contraste sangrento com sua pele branca como a neve. Deve ser agonizante. Seu cabelo loiro gelo escapou da trança, os fios cor de neve soprando ao vento.

É minha vez de novo, e Borthius pigarreia.

— Qual é a cor favorita do Rei Sol?

Franzo a testa. Parece uma pergunta estupidamente simples com uma resposta óbvia. Dourado. Claro, o Rei Sol prefere dourado. Certo? Mas em qual livro li isso? Mais uma vez, reviro o inventário de conhecimento que acumulei durante os últimos dois dias. *Essa eu sei*. A resposta está tão próxima que imagino que consigo estender a mão e tirá-la de um arquivo trancado na minha mente.

Então penso no livro fino e secreto que ele me deu. Aquele que ele disse revelar sua verdade. Fecho os olhos, tentando desenterrar a memória. Havia um capítulo inteiro sobre o que ele gosta e o que não gosta. Ele prefere morangos a ameixas, o violino à harpa e chá a café. Mas qual é a porcaria da cor favorita?

Volto os olhos para a colina onde Gabriel e Atlas me observam atentamente. Gabriel dá um pequeno passo à frente e se agacha, como se tentasse chegar mais perto. *Você consegue, Lor*. Leio as palavras no rosto dele de novo.

Minhas mãos deslizam, e grito de agonia, a dor perpassando cada membro e poro. A corda está carmesim de sangue, tornando a superfície escorregadia. Dois vultos escuros circulam a água embaixo de mim, monstros esperando pela presa. Será que consigo sobreviver a outra queda? Consigo me segurar? Merda, essa é minha última pergunta? Perdi a conta, e o pânico crava as garras afiadas nas minhas costas.

— Vermelho — murmuro, arrancando a palavra do fundo de um poço sem fim. — A cor favorita de Atlas é vermelho. — Mas minha garganta está áspera e mal emito som.

Borthius está me observando, e sei que meu tempo está se esgotando. Tento mais uma vez, desejando que as palavras saiam dos meus pulmões, colhendo as letras, uma a uma, para gritar todas através da água.

Então várias coisas acontecem ao mesmo tempo.

Um sino toca.

— Vermelho! — grito do fundo da garganta, o que é seguido por um "ah" de todos reunidos na costa.

Borthius me encara.

— Correto — ele diz, mas antes que eu consiga respirar de alívio, ergue a mão. — Mas você respondeu tarde demais.

Ele ergue o braço e gesticula indicando o fim, e cerro os dentes, esperando o solavanco inevitável. Mas não vem porque contei errado. Ergo os olhos, observando a ponta enrolada da corda se soltar da viga.

Em seguida, estou em queda livre. Sinto um frio na barriga e caio na água gelada com um grito ensurdecedor.

16

A ÁGUA É MAIS FRIA DO QUE EU IMAGINAVA. Causa um choque em meus ossos enquanto mergulho. As feridas abertas nas minhas mãos e os vergões na parte interna das minhas coxas ardem na água salgada como se eu tivesse mergulhado em ácido. Quero gritar, mas franzo o rosto, me encolhendo e me controlando para não desmaiar de dor.

A corda está enrolada nos meus braços e nas minhas pernas, e tento freneticamente me soltar, sabendo que tenho pouco tempo até que aqueles vultos escuros que estão rondando me ataquem.

Abro os olhos, sentindo o ardor da água do mar. Dois vultos turvos nadam na minha direção, sinuosos e ágeis, fazendo uma rota tortuosa, sem presa. Não demora para estarem tão perto que finalmente consigo ver o que são. Meio Feéricos, meio peixes. Sereias? Mas não são as beldades de cabelos compridos dos contos de fadas.

O cabelo deles é, *sim*, comprido, mas descabelado e embolado, flutuando ao redor em nós pretos, azuis e verdes. Seus troncos e braços nus são cobertos de pele azul manchada que tremeluz suavemente. Os olhos não passam de bolas azuis luminosas sem a parte branca, e os dentes são tão afiados que parecem capazes de me moer até eu virar carne crua.

Um grito sobe pelo peito quando um deles passa por mim sem me tocar, os lábios pretos e finos se abrindo em um sorriso cruel.

Eles fazem isso de novo, juntos desta vez. Nadando atrás de mim, chegam muito perto, sinto um fluxo de água pulsar contra minha pele quando eles passam.

Estão me provocando. Brincando com a comida antes de cravarem os dentes para uma mordida suculenta. Com as mãos ainda presas na corda, tento me defender, mas estou ficando sem ar rapidamente. Quando uma das criaturas avança, nado na direção dela, pegando-a desprevenida. Seu silvo vibra pela água.

Os monstros avançam para cima de mim de novo, mas então algo distrai a criatura à esquerda, e ela nada para longe, desaparecendo nas profundezas. Não tenho tempo para me perguntar o que está acontecendo. Só fico grata por ter que enfrentar isso por pouco tempo.

Ar. Preciso de ar. Bato os pés para subir, alcançando a atmosfera e inspirando com dificuldade. Mal consigo uma golfada antes de se puxada para baixo de novo, voltando a ficar cara a cara com a criatura, seus dentes afiados à mostra numa imitação de sorriso. Encontrando forças, ergo o braço e dou um soco tão forte no nariz dela que a cabeça é lançada para trás.

Escuto seu uivo vibrar a água enquanto ela aperta o rosto e se contorce, uma nuvenzinha carmesim se dissipando ao redor da cabeça. Aproveitando a distração, ataco, enrolando a corda no seu pescoço e apertando. Faço uma manobra para ficar atrás dela, e a criatura bate os braços desengonçados, tentando me arranhar com as garras enquanto também tenta arrancar a forca que corta seu ar. Aperto cada vez mais. Será possível sufocar algo que consegue respirar embaixo d'água?

Seu peito sobe e desce, e entendo isso como um sinal de que alguma coisa ela respira. Encorajada, aperto a corda com toda a força. Depois de um tempo, os movimentos da criatura começam a ficar mais lentos e ela começa a afundar. Solto a corda, na esperança de que seja o suficiente para manter essa criatura imersa enquanto nado para um lugar seguro.

Bato as pernas rumo à superfície, emergindo para inspirar uma golfada de ar purificante. Por alguns segundos, arfo, sentindo um aperto no peito e as mãos tremendo. Estou exausta, com o corpo esgotado e fraco. Viro para a praia quando noto que Marici não está mais pendurada na corda. Depois de uma olhada rápida na areia, noto que não consigo encontrar seu cabelo branco e brilhante. *Merda*. Foi isso que distraiu a outra criatura.

Ela se soltou ou eles simplesmente passaram para a pergunta seguinte sem se dar ao trabalho de verificar se sobrevivi? Algo me diz que foi a segunda opção. Mergulho, procurando por ela desesperadamente, mas não consigo ver nada. Murmurando um palavrão, volto a mergulhar, torcendo para que a criatura que enforquei não volte. Nado mais, mas estou muito fraca e cansada.

O que estou fazendo? Eu deveria salvar minha própria vida. Já perdi o desafio e, se conseguir sair da água, posso ao menos voltar a Tristan e Willow. Não devo minha vida a ninguém em Afélio. Mas Marici foi uma das poucas pessoas a me mostrar alguma gentileza neste lugar. Não posso simplesmente abandoná-la aqui. Apesar da minha desconfiança inicial, sua ajuda foi genuína ontem à noite.

Finalmente, avisto um vulto turvo ao longe e, depois de outra golfada de ar, nado até lá como se meus pés estivessem pegando fogo. Não tenho corda nenhuma desta vez. O que eu vou fazer? Atravesso a água, na esperança de que um plano genial se materialize de algum modo.

A criatura está com as mãos ao redor do pescoço de Marici, o rosto tão próximo do dela que é como se oferecesse um beijo de amor. Marici bate as pernas fracamente, e fica óbvio que está perdendo as forças. Tenho a impressão de que faz uma hora que ela caiu, embora saiba que poucos minutos se passaram. A velocidade dos movimentos dela vai diminuindo, seus membros ficando mais fracos. O pânico cresce nas minhas entranhas, e avanço em alta velocidade.

Felizmente, a criatura não nota minha chegada. Com a pouca força que me resta, bato nela, acotovelando sua nuca e a puxando pelo cabelo com tanta força que arranco um tufo do tamanho do meu punho.

A criatura solta um guincho agudo. Sinto o som reverberar ao redor enquanto ela leva a mão à cabeça e, felizmente, solta Marici. A menina está desmaiada e afunda rapidamente, então miro um soco direto na traqueia da criatura, agradecendo a Zerra em silêncio por ter aprendido a lutar nos meus anos em Nostraza. Posso não saber quem era o trigésimo sétimo rei de Afélio, mas ao menos sei meter a porrada.

A criatura se encolhe, se curvando de dor, segurando o pescoço enquanto abre e fecha a boca. Pego Marici pela cintura e começo a bater as pernas freneticamente para cima. Meus músculos ardem, e meus ossos rangem pelo esforço. Meus dedos dos pés e das mãos estão completamente dormentes. Percebo um movimento na minha visão periférica, e é com horror que vejo que a primeira criatura se recuperou e agora está vindo atrás de nós. É o nosso fim. Acabou. Batendo as pernas ainda mais forte, sei que não há a mínima chance de eu conseguir escapar desta vez.

Meu coração acelera enquanto nado com todas as minhas forças lânguidas, rezando por um milagre de Zerra.

De repente, o monstro para, como se um anzol tivesse se cravado em seu tronco. Ele recua de súbito, os braços e a cabeça balançando como se fosse uma boneca de pano. Não paro para me perguntar o que acabou de acontecer. Bato os pés com ainda mais força.

Mais uma vez, chegamos à superfície, e respiro fundo antes de começar a nadar em direção à enseada, focada na praia. Meus pulmões ardem, e sinto como se minhas pernas fossem de argila.

Marici continua prostrada, e rezo para que não esteja morta. Manchas pretas surgem diante dos meus olhos enquanto bato as pernas sem parar, a cabeça girando. Preciso de cura, de descanso e de alguém para me salvar. Perdi e estou fora da competição, mas a última coisa que vou fazer antes de ser jogada de volta atrás dos muros de pedra úmida de Nostraza é levar Marici para casa em segurança. Deixá-la lá embaixo teria significado me rebaixar ao mesmo nível dos Feéricos que fizeram isso conosco.

Finalmente, sinto o fundo de areia do oceano e finco os pés enquanto engasgo em um grito de alívio. Com um puxão, arrasto Marici pela areia e, em seguida, viro para encaixar os braços embaixo dos dela. De costas para os espectadores, eu a puxo centímetro por centímetro até enfim alcançarmos a segurança da praia.

Desabo na areia úmida, a bochecha encostada no chão enquanto tusso a água do mar, com adrenalina percorrendo minhas veias. Marici está tão pálida que parece que as cores esqueceram que ela existe.

— Alguém ajuda — sussurro, a voz espessa e áspera. — Alguém. Ajuda.

Enquanto os curandeiros cercam Marici, sinto um monte de corpos me rodear, gritando instruções uns aos outros. Fico caída na praia, a cabeça zonza, enquanto rezo a Zerra por um milagre. Estou fraca demais e cansada de me mexer, a dor ecoando pelo meu corpo. Minhas pálpebras estão tão pesadas que parecem cortinas de ferro. Solto um gemido, com a cara na areia. É áspera e arranha minha pele, lembrando de que ainda estou viva.

Então fecho os olhos, e o mundo desaparece.

17
NADIR

Nadir ficou do lado de fora da janela do escritório do pai, as luzes rodopiantes de sua magia formando um par de asas luminescente multicoloridas em suas costas. Ele já havia passado voando algumas vezes, confirmando que seu pai ainda não estava no Torreão. Depois de sobrevoar o lugar de novo, concluiu que o escritório estava totalmente vazio. Rion tinha viajado a Tor naquela manhã para encontrar sua aliada temporária, a Rainha Montanha. Mas era sempre bom ter certeza quando se tratava do rei da Aurora.

Suavemente, Nadir pousou na sacada que rodeava toda a extensão do escritório. Com um movimento do punho, as luzes que o cercavam desabrocharam como uma flor que recebe o sol e se encolheram para dentro do corpo dele. Com uma vinha de luz cobalto, ele destrancou a porta e entrou discretamente.

Os grossos tapetes escuros abafaram seus passos enquanto ele andava devagar de um lado a outro do cômodo. Guardas ficavam posicionados na porta para manter as aparências, mas o rei era tão arrogante que acreditava que ninguém se atreveria a entrar naquele espaço sem sua permissão. Qualquer pessoa que fosse flagrada xeretando seria vítima da raiva célebre de Rion. Em qualquer outro dia, Rion estaria certo, mas Nadir estava focado demais no mistério da prisioneira 3452 para se controlar.

Lançou um escudo para abafar quaisquer sons do quarto por precaução. Examinou as muitas gavetas e a escrivaninha impecável, sem saber por onde começar. Talvez fosse ingenuidade sua pensar que o rei guardaria a ficha da prisioneira 3452 no próprio escritório, mas por algum lugar Nadir tinha que começar. Ele tinha certeza que o rei estava com a ficha. Sua intuição dizia que descobrir o que seu pai estava escondendo era importante.

Além do interesse de Rion pela menina, ninguém mais poderia ter removido uma ficha de Nostraza sem levantar suspeitas. Apenas o rei poderia entrar, pegar o que quisesse e manter isso por baixo dos panos. Portanto, o escritório e a escrivaninha de Rion eram o lugar mais lógico para começar.

Nadir olhou para a janela ao ouvir um barulho, sua sobrancelha se arqueando quando Amya pousou na sacada, as luzes dela se dissipando em uma fissão de cores. Ela abriu a porta e entrou, esfregando os braços. Estava usando uma minissaia preta feita de pedaços assimétricos de tule, as pernas cobertas por seda transparente com estampa de diamantes. Seu corpete era laceado na frente, deixando os braços e ombros nus. Ela se recusava a se vestir de acordo com o clima, alegando que restringia demais seus movimentos.

— Odeio este lugar — ela disse, passando a mão pelas duas tranças que desciam por seus ombros, cheias de fios nas cores brilhantes da aurora. — Por que é sempre tão frio aqui dentro?

— A temperatura está ótima. Talvez você ficasse mais confortável se colocasse uma blusa — Nadir respondeu, voltando a examinar a escrivaninha do pai.

Ela contorceu o nariz.

— Você sabe o que eu quis dizer. — Amya se aproximou com as botas pesadas e sentou na mesa, cruzando as pernas. — Então. O que estamos fazendo aqui?

Nadir a encarou antes de gesticular na direção da gaveta superior da escrivaninha, uma explosão de névoa colorida brotando enquanto ele testava se havia algum sinal de magia. Talvez uma armadilha ou um disparador que pudesse soar algum tipo de alarme.

Ele franziu os lábios quando sentiu. Um obstáculo no ar ao redor da escrivaninha. Com uma precisão cuidadosa, abriu os fios de magia fibra por fibra, usando cores trançadas da sua própria luz.

— Nadir, eu... — Amya começou, e ele ergueu um dedo para a irmã.

— Cala a boca por um minuto.

Esse trabalho exigia toda a concentração de Nadir. Um passo em falso e seu pai não teria dúvida da presença dele. Amya bufou, mas não disse mais nada, cruzando os braços e esperando em silêncio.

Nadir trabalhou com rapidez e eficiência, cercando a mesa e desmantelando todas as magias de escudo ao redor. Catalogou mentalmente como os fios estavam entrelaçados, sabendo que teria que reconstruir todos com exatidão antes de sair do escritório.

Depois de vários minutos, terminou e deu um passo para trás, soltando um suspiro pesado. Uma mecha de cabelo se soltou do elástico, e ele a colocou atrás da orelha enquanto olhava para Amya.

— Posso falar agora? — ela perguntou.

— Pode — ele respondeu, e ela revirou os olhos.

— Por que você está tão obcecado por isso? Se nosso pai pegar você aqui, vai ficar louco.

— Se ele pegar *a gente* aqui — Nadir disse enquanto abria a gaveta superior e começava a revirar os papéis, tomando cuidado para tirar o mínimo possível do lugar. Nadir nunca esteve a par dos segredos de Rion, e enquanto passava os olhos pelos documentos, soube que havia coisas que, em qualquer outro momento, poderiam ser valiosas.

— Nadir — Amya disse, em tom de alerta. — Fala comigo.

Ele parou e a encarou.

— Não sei explicar, mas algo me diz que essa menina é importante. — Ele retomou a busca na gaveta seguinte.

— Como assim? Importante como? Se nosso pai estiver mesmo escondendo isso de você, por que teria deixado você ouvir a conversa com o diretor da prisão? Por que pedir para você procurar por ela? Você não tem medo de estar caindo em algum tipo de armadilha?

Nadir não respondeu e continuou a revirar as cartas e os papéis, ignorando todos e passando para a gaveta seguinte.

— É claro que tenho medo — ele disse um momento depois. — Mas não acho que ele tinha a intenção de que eu ouvisse, e agora parece estar fingindo que não tem importância, o que me deixa ainda mais desconfiado. — Nadir hesitou e, em seguida, disse: — Não sei. — Ele rangeu os dentes, sabendo que parecia absurdo. — É só um pressentimento.

Amya pulou da escrivaninha e deu a volta, parando ao lado dele. Sentindo o olhar dela, Nadir ergueu os olhos.

— O que foi?

— Estou preocupada com você, irmão.

Nadir bufou e baixou a cabeça, as mãos apoiadas na gaveta que estava vasculhando.

— Você não é o mesmo desde...

Ele lançou um olhar sinistro para ela.

— Eu *não* quero falar sobre isso.

Amya ergueu as mãos em sinal de rendição, as luzes de sua magia reverberando ao redor dela, agitadas.

— Tá, tá. Você já deixou isso claro várias vezes.

— Já era para você ter se tocado, então — Nadir disse, se empertigando e tentando passar para o outro lado da mesa.

Amya parou no meio do caminho, os braços cruzados e os pés plantados no chão. Era muito menor do que o irmão, mal passando da altura do peito dele. Mas o que lhe faltava em tamanho ela compensava em determinação.

— Sai da frente — Nadir disse, e ela afastou mais os pés, firmando sua posição.

— Você tem que falar sobre isso.

— Eu falei para sair da frente. — Nadir olhou feio para a irmã, o redemoinho nos olhos dele encontrando os dela.

O céu estava nublado, e as luzes, obscurecidas e invisíveis, mas ele conseguia senti-las reverberando no céu. Eram parte dele tanto quanto o sangue que corria em suas veias e o coração que batia em seu peito.

A expressão dela abrandou.

— Só quero apoiar você. Como você sempre me apoiou. Não é culpa sua. *Nunca* foi culpa sua.

Nadir fechou os olhos devagar, contou até três e abriu de novo, tentando acalmar o turbilhão de emoções que sempre parecia prestes a afogá-lo em um mar de culpa.

— Estou bem — ele disse. — E é função minha cuidar de você, não o contrário.

Amya fechou a cara ao ouvir aquilo. Ele sabia que a resposta a deixaria brava, mas era a verdade.

— Você sabe que não é assim que funciona.

— Pode sair da frente, por favor? É melhor não demorarmos muito mais aqui.

Bem nesse momento, eles ouviram vozes do lado de fora, e Nadir virou para a porta. Amya lançou um último longo olhar para o irmão antes de dar um passo para o lado.

Nadir agradeceu com a cabeça e recomeçou a busca. Amya andou de um lado para o outro na frente da janela enquanto o irmão vasculhava, ainda sem encontrar nada. Depois de ter procurado na última gaveta, ele soltou um resmungo de frustração.

Se pôs a observar o escritório. Havia estantes e armários onde poderia procurar, mas não havia nada fortemente protegido. Parecia improvável que seu pai mantivesse algo de valor ali. Nadir voltou a tecer o escudo na escrivaninha do pai enquanto considerava suas opções.

Amya parou diante da lareira, olhando o irmão, que evitou fazer contato visual, sabendo que ela provavelmente voltaria a pegar no pé dele.

Mais vozes soaram lá fora, e Nadir fechou a cara. Parecia que o tempo dele estava acabando por hoje.

Amya se dirigiu à sacada.

— Vem. — Quando Nadir ouviu a voz do pai, seus ombros ficaram tensos.

Por mais que ele odiasse admitir, havia apenas uma coisa no mundo que o amedrontava, e era o rei que estava do outro lado daquela porta. Nadir cerrou o maxilar. Tinha se arriscado muito indo até lá, e não deu em nada.

— Nadir! — Amya sussurrou. — Vem. Logo.

Ele hesitou, de olho na porta. Sabia o que aconteceria se seu pai o flagrasse ali, mas em parte queria o confronto. Talvez pudesse extrair a verdade do rei, mas as consequências não valiam a pena. Ele já tinha causado estragos demais.

Um momento depois, a maçaneta virou, e Nadir perdeu a coragem. A passos silenciosos, ele se dirigiu à porta da sacada, que Amya segurava aberta. Ao sair, ouviu o clique da porta fechando e pulou do parapeito.

Conforme despencava, faixas multicoloridas da luz dele brotaram ao redor.

18
LOR

Alguém pousa a mão suavemente na minha testa. Continuo de olhos fechados enquanto a mão desce pelo meu rosto, lábio inferior e queixo. Quando ela se afasta, franzo a testa, perdendo a sensação relaxante, então escuto uma risadinha baixa e grave, e a mão retoma sua jornada pela minha pele.

Quando sinto o colchão afundar, abro os olhos, a visão embaçada. Atlas está sentado ao meu lado com um sorriso gentil.

— Olá — ele diz, a voz quente e melosa tão relaxante quanto um bálsamo. — Bem-vinda de volta, Lor.

Fecho os olhos e inspiro fundo.

— Estou viva?

É difícil ter certeza. Me ajeito na cama, testando se sinto alguma pontada, mas o movimento é surpreendentemente tranquilo. Estou dolorida, mas não é nada lancinante como senti deitada na praia antes de desmaiar.

— Você está viva e foi incrível na prova — ele diz com admiração enquanto passa o dorso da mão por minha bochecha.

Balanço a cabeça, cerrando os punhos de frustração.

— Não, respondi tarde demais. Reprovei no teste.

Contenho as lágrimas. É claro que eles vão me enviar de volta a Nostraza na primeira oportunidade. Estou chocada de ainda não estar lá. Meu sonho ridículo de me tornar a Rainha Sol acabou.

Onde eu estava com a cabeça? É claro que esse não era meu futuro. Meu futuro sempre foi muito mais incerto. Pelo menos, vou poder ver Willow e Tristan. Ao pensar isso, quase volto a chorar.

— Você não reprovou — Atlas diz, e ergo os olhos para ele, a testa franzida. — Você passou no teste, Lor.

— Como assim? Eu caí na água.

— Mas saiu. A prova não consistia apenas em responder às perguntas. Qualquer uma poderia ler um livro e fazer isso. O desafio também servia para testar sua determinação caso falhasse. É por isso que os salva-vidas não mergulhavam imediatamente quando as Tributos caíam. Eles estavam dando uma chance de elas saírem por conta própria. Você voltou viva à praia, por isso passou no teste.

Lágrimas ardem nos meus olhos por um motivo completamente diferente agora.

— Eu passei. — Não é uma pergunta, mas uma afirmação.

Eu passei. Não vão me enviar de volta a Nostraza. Pelo menos, ainda não.

Atlas sorri e dá uma piscadela.

— Você passou. E estou feliz que meu livrinho tenha ajudado.

— Sim, obrigada. — Mas não sei se ajudou mesmo, visto que ainda tive que me defender de dois monstros assassinos e nadar até a praia, mas acho que o que vale é a intenção. — E Elanor? Ela caiu e teve que ser resgatada.

Atlas se ajeita na cama, o quadril tocando minha coxa.

— Infelizmente, o papel dela nas Provas acabou, mas as Tributos eliminadas recebem um lugar de honra na minha corte. Ela vai ficar bem.

— E Solana... — O nome dela sai em um murmúrio.

A Tributo que não voltou à superfície.

— Foi uma pena — Atlas diz com pesar. — É sempre uma tragédia quando perdemos uma Tributo durante as Provas.

— Mas a família dela... — sussurro.
— Eles vão ser indenizados.

Atlas aperta minha mão, colocando-a em seu colo. Está enrolada por curativos. Flexiono os dedos, me encolhendo com a onda de dor que sobe pelo braço. Sinto um aperto no peito com as palavras dele, como se ouro ou tesouros pudessem compensar a perda de uma filha. Uma irmã. Não sei nada sobre Solana, mas tenho certeza que alguém vai sentir falta dela. Até esta rata de Nostraza aqui tinha duas pessoas que a amavam.

— Os curandeiros têm permissão de dar algo para sua dor — ele diz gentilmente, passando os dedos nos curativos. — Mas não de curar você, exceto em risco de morte.

É então que me lembro. Sento, o corpo reclamando do movimento súbito.

— Marici — pergunto, em pânico. — Ela está bem?

Atlas empurra meu ombro, me deitando de volta nos travesseiros macios.

— Ela está bem. Eles a reanimaram na praia, e ela vai se recuperar completamente. O que você fez foi muito corajoso, Lor.

— Ela foi eliminada das Provas? — pergunto, sabendo como isso deve importar para ela também.

Marici disse que sua família estava contando com a vitória.

— Sim, mas está viva, graças a você. — Atlas traceja delicadamente a parte interna do meu braço, fazendo arrepios subirem até a ponta dos dedos. — Por que você fez aquilo, Lor? Arriscou a vida voltando para salvá-la.

Balanço a cabeça, meu cabelo roçando no travesseiro.

— Eu não poderia simplesmente deixá-la lá — digo, ofendida. — Que tipo de lugar é este em que alguém questionaria isso?

A expressão de Atlas se torna imperscrutável, e seu olhar fica sombrio.

— Você tem razão. Estou tão acostumado com Feéricos que servem apenas a si mesmos e às próprias ambições que é difícil compreender quando alguém age com altruísmo. — Ele me observa, o olhar intenso. — Não era assim em Nostraza?

— É claro que era. Mas isso não significa que eu tinha que ceder completamente. — Mordo o canto do lábio. — Embora você deva saber que fiz muitas coisas de que não me orgulho para sobreviver.

Ele assente como se entendesse. E talvez até entenda. Lembro do que Gabriel disse sobre as escolhas difíceis que os reis e rainhas devem fazer.

— Então, você é ainda mais extraordinária do que imaginei a princípio — ele diz, acariciando o dorso da minha mão.

Resmungo, certa de que ele está zombando de mim, e desvio o olhar. Ele segura meu queixo, trazendo meu rosto de volta.

— Estou falando sério, Lor. Quando você entrou naquela sala do trono no primeiro dia, te achei a mulher mais linda que já vi na vida.

— Eu estava à beira da morte — digo, querendo dissipar a sensação estranha no peito, mas ele apenas faz que não.

— Não, você brilhava como uma estrela. A determinação no rosto, o ardor nos olhos. Eu soube na hora que não era uma Tributo qualquer. Você já se portava como uma rainha.

O ar escapa dos meus lábios enquanto processo o absurdo que ele está me dizendo. Mas o que ele tem a ganhar me lisonjeando? Não sou nada para ele. E, mesmo com Elanor, Marici e Solana fora da competição, ele tem outras seis Tributos mais bonitas e muito mais cultas dentre as quais escolher.

Atlas se abaixa, o rosto tão perto do meu que sinto seu aroma. Sem pensar, inspiro fundo o cheiro de canela e mel. Ele abre um sorriso torto, os olhos azuis brilhando, provocadores. Deve conseguir ouvir meu coração acelerado. Estar tão perto dele é arrebatador.

— Como estão as outras? — balbucio, tentando focar em algo

além do seu pescoço e da curva deslumbrante de sua clavícula que a camisa deixa entrever.

Atlas encosta mais ainda o quadril no meu, e, lembrando da conversa humilhante com madame Odell, me pergunto se é apropriado ele estar tão à vontade no meu quarto.

— Acho que elas estão bem — ele diz, a boca ainda a centímetros da minha, os olhos brilhantes iluminados como se o sol estivesse desperto dentro deles. — Quando estiver se sentindo melhor, quer jantar comigo de novo? Prometo que não seremos interrompidos dessa vez.

— Você passa tempo com as outras? — pergunto, sem saber por que o estou repelindo, mas perfeitamente consciente das sensações que ele está provocando.

A sensação não é nada parecida com a que Aero causava em mim em Nostraza ou qualquer um dos meninos com que estive antes dele. Essa sensação me devora. Como se eu estivesse me afogando em lava. Eu poderia morrer naqueles olhos. Me perder naquele aroma. Ser envolvida por aqueles braços fortes e musculosos, e nunca mais sair, contente por morrer e parar de respirar, tudo com um sorriso no rosto.

Seu riso baixo percorre meu corpo como faíscas caindo do céu. É condescendente mas gentil.

— Não se preocupa, Lor. Estou dando a devida atenção a todas as Tributos, como se fosse meu dever. Mas sou só um homem e estou buscando minha rainha. Tenho o direito de ter minhas favoritas.

Engulo o nervosismo ardente em seco. *Favoritas?* Fico feliz de estar nesse grupo ou devo me preocupar por ele ter dito favoritas, no plural? Quem mais está na lista?

— E se o Espelho escolher alguém que não é sua favorita? — pergunto, certa de que o Artefato sagrado desta corte não pode me achar digna de ser sua rainha.

Atlas fica pensativo.

— Já aconteceu no passado, mas entende-se que o Espelho sabe e leva em consideração os sentimentos de todos os envolvidos. Ele nunca se engana sobre quem seria a rainha ideal.

Solto um suspiro profundo.

— Que bom, então.

Ele ri baixo e se aproxima mais, debruçando seu corpo grande sobre o meu. Nossos quadris ainda estão encostados, nossos peitos quase se tocando, e o ar escapa dos meus pulmões.

Ele pega uma mecha do meu cabelo e enrola no dedo com delicadeza. Meu cabelo está com uma aparência muito mais respeitável. Atlas põe a mecha atrás da minha orelha e então apoia a mão no travesseiro.

— Eu gostaria muito de te beijar, milady — diz, fogo ardendo em sua expressão. — Você me permitiria?

Sem conseguir falar, solto um gemido entrecortado e faço que sim. Seu sorriso aumenta enquanto ele baixa a cabeça e, como o mais suave toque de plumas, pressiona a boca contra a minha.

O beijo começa terno e suave, um toque delicado de lábios sedosos. Mas então Atlas passa a língua entre os meus lábios, e eu os abro, querendo mais. Querendo senti-lo na minha boca. Ele solta um som baixo e gutural antes de intensificar o beijo. Tem gosto de cedro e vento misturados com algo mais esfumaçado, como uma árvore antiga numa floresta encantada.

É então que a atmosfera do quarto muda conforme nosso beijo se torna mais ardente e frenético. Atlas se aproxima, o peito roçando no meu até ele estar pairando sobre mim na cama, com pouquíssimo espaço nos separando. Não tenho tempo para me perguntar por que esse Feérico maravilhoso está me beijando quando ele deita. Solto um gemido ao sentir o peso do seu corpo em cima de mim.

— Lor — ele diz, meu nome enchendo sua boca, ofegante, enquanto nos contorcemos um contra o outro.

Sinto a ereção dele e ergo o quadril, me esfregando com força no seu pau cada vez mais duro. Fico maravilhada por ser capaz de provocar essa reação num homem tão etéreo. Ele vive há tanto tempo. Sem dúvida, esteve com muitas outras mulheres humanas e Feéricas. Sou apenas mais uma de uma longa série de conquistas, lembro a mim mesma, mas agora não me importo, porque a sensação é incrível.

Ele geme movendo o quadril. Consigo sentir tudo pelo material fino da camisola, a parte interna das coxas umedecendo enquanto Atlas explora minha boca com a língua, apertando meu quadril, dominante. Ele suga meu lábio inferior e depois passa a boca pelo meu pescoço, deixando minha pele em chamas, como se alguém tivesse me pintado com um pincel de fogo.

— Atlas — digo, deslizando as mãos por seu cabelo brilhante, puxando-o enquanto aproximo mais ainda seu corpo do meu.

Seja lá o que for isso, quem quer que ele seja, eu quero mais. Passei a vida cercada pela escuridão e pelo frio, pelo eco incessante de pedra. Atlas é a personificação da luz e do calor. A força do fogo ardente oposta ao gelo implacável.

O Rei Sol. Incandescente, dourado e glorioso. Toco sua bochecha, passando os dedos por sua pele macia. Fui arrancada de um pesadelo e ancorada no alto de uma montanha dourada. De braços abertos, paro no pico, gritando uma canção esquisita que *quase* soa como liberdade.

Atlas se move sobre mim, fazendo minhas costas se arquearem e meu quadril se erguer. Ele desce a mão pela lateral da minha coxa e puxa minha camisola para cima. Quando aperta minha pele nua, sinto queimar até o fundo do meu ser. Dedos dançam ao longo das minhas costelas, seu polegar por pouco não roçando na base do meu seio. Ele continua a me explorar com a boca, seus lábios descendo por meu pescoço e meu colo. Começo a gemer, absorvendo cada sensação. Cada momento.

Isso não se parece com *nada* que já experimentei. Atlas não é um menino, é um homem. Consigo ver pela maneira como ele me toca e me beija que uma noite em seus braços seria como ser destruída e refeita no melhor sentido possível.

— Lor — ele implora, sua voz vacilando no ritmo do meu nome.

— Cof, cof. — Ouvimos uma voz gentil à porta. Viramos e vemos Mag, com uma bandeja carregada de comida e uma chaleira prateada equilibradas nas mãos. — Vejo que está acordada, milady. A cozinha enviou o jantar.

Em sua defesa, ela finge que não viu nada. Se aproxima olhando para baixo, coloca a bandeja ao meu lado como se não tivesse acabado de flagrar o Rei Sol praticamente me devorando. Atlas levanta, senta na beira da cama e aperta minha mão com um sorriso torto. Só então levanta, alisando a parte da frente da camisa amarrotada. Minhas bochechas ardem quando ele abre um sorriso provocador para mim.

Mag encara fixamente a bandeja por mais um momento antes de levantar o rosto.

— Majestade — ela cumprimenta finalmente. — É muita gentileza sua visitar milady durante a recuperação dela.

Atlas faz uma reverência, o retrato de um perfeito cavalheiro.

— Claro. É meu dever garantir a segurança de todas as minhas Tributos.

Mag acena, franzindo os lábios como se guardasse um amontoado de palavras que buscam espaço na ponta da língua. Atlas olha para mim, sentada na cama, a camisola novamente onde deveria estar.

— Mag — ele diz, sem tirar os olhos de mim. — Quando Lor estiver se sentindo melhor, solicitei a presença dela para o jantar. Pode me avisar?

Mag faz uma reverência.

— Claro, majestade, mas isso não precisa da permissão de madame Odell? Disseram para mim que todas as atividades das Tributos devem ser aprovadas por ela primeiro.

Ela fica hesitante quando o sorriso de Atlas some.

— Não sabia que madame Odell era o rei de Afélio.

Mag balança a cabeça, baixando os olhos, cerrando as mãos.

— É claro que não, majestade. Só pensei que...

— Quando eu quiser a opinião da Mestra da Prova, pode deixar que peço — Atlas interrompe, cortando o que quer que Mag estivesse prestes a dizer.

Franzo a testa, observando a interação com curiosidade.

— É claro, majestade — diz Mag, a voz fraca e baixa.

Atlas volta a olhar para mim, sorrindo de novo.

— Excelente. Mal vejo a hora de encontrar você mais uma vez, Lor.

Antes de sair, Atlas beija minha mão e dá uma piscadinha.

19

— Está pronta? — Gabriel pergunta, majestoso em sua armadura dourada, o cabelo loiro-escuro amarrado na nuca.

Hoje de manhã, ele me arrastou da cama para treinar, afirmando que eu já tive tempo mais do que suficiente para me recuperar da primeira prova.

Faz quase uma semana, e Atlas me visita todos os dias. Às vezes, fica por um tempo, às vezes apenas por alguns minutos. Senta do meu lado e conversa comigo, me pergunta sobre a vida em Nostraza. Me conta sobre Afélio, enquanto eu pergunto todas as coisas que sempre quis saber sobre Ouranos.

Ele me contou sobre os governantes de cada reino. Cyan, o rei de Aluvião ao oeste, e Cedar, o rei dos Reinos Arbóreos ao leste. Me contou que Aurora está em conluio com Tor e a Rainha Montanha Bronte, bem como com D'Arcy, a rainha de Celestria. Compartilhou seu conhecimento sobre os Artefatos de cada corte. A Pedra Tor, o Diadema Celestriano, o Coral Aluvião e o Cajado Arbóreo.

Absorvo todo o conhecimento como se fosse água em areia seca. Passei tantos anos no escuro. Ele me contou também do reino esquecido de Coração e sua rainha deposta. Do Artefato perdido dela — uma coroa com uma pedra vermelho-sangue. O reino corrompido dela é uma mancha na história de Ouranos.

"O que aconteceu com ela?", perguntei uma vez, e Atlas balançou a cabeça, dizendo que nem toda magia deve ser tocada pelos Feéricos. Que ela quase destruiu tudo aquilo com sua sede de poder. Depois disso, tocou meu rosto e disse que eu deveria descansar mais um pouco. Ele não me beijou mais, o que me deixa extremamente decepcionada. Talvez tenha achado alguma das outras Tributos mais atraente.

Agora, Gabriel está parado na frente da minha porta, esperando para me levar ao almoço com madame Odell e as outras Tributos. Me encolho enquanto ajeito um cacho errante de cabelo. Se eu tinha achado que ele pegaria leve porque eu ainda estava em recuperação, errei feio. Ele fez com que eu me esforçasse tanto esta manhã que já consigo sentir a dor se assentando em meus músculos.

Por outro lado, meu cabelo cresceu, e agora passa dos ombros. Mag aproveitou a oportunidade para ajeitá-lo o máximo possível. Embora eu preferisse minhas ondas naturais, ela modelou cachos brilhantes que, devo admitir, ficaram bem bonitos.

Noto o sorriso sarcástico de Gabriel pelo espelho.

— O que foi? — pergunto, me virando com os olhos semicerrados.

— Nada. É bom ver que você ganhou um pouco de peso. Não parece mais um cadáver ambulante nem que cortou o cabelo com uma faca de açougueiro.

Reviro os olhos.

— Você sabe mesmo como elogiar uma garota. — Jogo o cabelo para trás, ajeitando-o no espelho, surpresa com sua maciez e brilho. — Callias está ajudando a fazer meu cabelo crescer. Vai chegar até a cintura em breve. Atlas gosta de cabelo comprido?

É a vez de Gabriel de revirar os olhos.

— Não me diga que você mudaria sua aparência só para agradá-lo. Não me parece seu estilo.

— Isso eu não faria. Mas poderia aproveitar meus pontos fortes.
— Quando ele não responde, pergunto: — O que foi?

Ele balança a cabeça, a expressão inescrutável.

— Quem é você, Lor?

— Sou uma prisioneira de Nostraza. Você sabe disso. Foi você quem me buscou.

— Sim, mas *quem* é você? Tem algo mais que não entendi direito.

Dou risada, com desdém, sem olhar nos olhos dele.

— Acho que sua imaginação está correndo solta, capitão.

— Atlas está muito interessado em você — ele diz, ainda me observando como se tentasse tirar as camadas da minha pele.

Arqueio a sobrancelha.

— Por que não estaria? O que você quer dizer é: como ele poderia se interessar por mim se estou cercada por mulheres muito mais bonitas, instruídas e cultas? Por que um rei se interessaria por uma escória da prisão como eu?

Se acho que Gabriel poderia se sentir mal por ter me insultado, errei feio de novo.

— Sim, exatamente — ele responde, e sua expressão não vacila nem um pouco. — Sem ofensa, mas não parece ter nada de especial em você. Você é bonitinha, mas nada em comparação com as outras, e tem um sério problema de comportamento. O tipo de Atlas costuma ser um pouco... menos abrasivo.

Fico tão surpresa pela completa honestidade de Gabriel que dou uma gargalhada.

— Você é muito cuzão, sabia? — digo, calçando os sapatos e apertando o cinto com firmeza.

Gabriel encolhe os ombros largos.

— Estou apenas dando minha opinião.

— Podemos ir agora? — pergunto, depois de olhar no espelho uma última vez e examinar minha cicatriz.

Mag insistiu que os curandeiros tentassem trabalhar nela de novo, apesar dos meus protestos. Fiquei completamente imóvel enquanto tentavam usar seus dons, mas a cicatriz resistiu à magia deles. Nem tentei esconder o sorriso quando fracassaram, e Mag ficou tão cabisbaixa como se tivessem roubado seu cachorrinho. Foi então que eu disse a ela com firmeza que não faria aquilo de novo.

Saímos do quarto e atravessamos o palácio. Suspiro quando nos aproximamos da sala de jantar, me perguntando qual humilhação madame Odell reserva para mim hoje.

Sou a última a chegar, como sempre, e lanço um olhar sinistro para lembrar a Gabriel que isso é culpa ele. Ele ergue o ombro, despreocupado, deixando claro que não se importa tanto, e me questiono se posso solicitar um novo guardião que não seja tão babaca.

Como sempre, Apricia está sentada ao lado de madame Odell, com o nariz tão empinado que não sei como ela não quebra o pescoço. Halo está na ponta e me abre um sorrisinho enquanto sento na cadeira ao lado.

Tesni está na minha frente. Sua pele negra contrasta com o cabelo prateado e brilhante que emoldura seu rosto. Aceno; nunca falei diretamente com ela antes.

Depois que sento, a comida chega em grandes travessas douradas trazidas por criados. Hoje, tudo está em pequenas porções. Há pastas cremosas e bolinhas pretas que, descubro, são ovas de peixe em torradas redondas. Tudo é delicioso. Estremeço ao pensar em voltar ao refeitório de Nostraza, onde qualquer comida tem gosto de meia encharcada de suor.

— Você viu Marici? — pergunto a Halo, que me responde com um aceno triste.

— Foi mandada para o purgatório — ela responde, colocando um biscoitinho coberto de geleia vermelha e queijo cremoso na boca.

— Para onde? — pergunto, lembrando que Atlas disse que as Tributos eliminadas receberiam um lugar de honra na corte de Afélio.

Pego uma torradinha redonda coberta por um peixe rosado e

enrolado que, segundo me disseram, é chamado de salmão. Em cima, há uma colherada de creme branco e um pequeno ramo de erva. Coloco-o na boca e não consigo evitar um gemido de apreciação.

Tesni ri baixo do outro lado da mesa, cobrindo a boca. Quando percebe que estou observando, ela para e se apruma, as bochechas corando.

— Tudo bem — digo. — Sei que sou motivo de riso. Não ligo, é só não ser cruel.

Não sei se é culpa nos olhos dela, mas se dissipa com um sorriso cheio de dentes brancos perfeitos.

— De modo algum. Acho encantador ver você experimentar tantas coisas novas. É uma maravilha contemplar tudo isso com novos olhos. — Ela aponta para a mesa. — Às vezes, acho que somos todas indiferentes demais e definitivamente privilegiadas demais para entender as maravilhas que nos rodeiam. Você me faz lembrar que a vida não é boa para todos.

Sou pega desprevenida pelo discurso, surpresa por ouvir esses sentimentos.

— Certo — digo, sem saber bem como responder. — Exatamente.

Tesni sorri de novo e dá uma mordida na comida.

Volto para Halo, lembrando do que ela disse ainda há pouco.

— O que é o purgatório?

— Você não sabe? — ela pergunta, franzindo as sobrancelhas. — É o apelido bobo que damos à situação das Tributos derrotadas que esperam o fim das Provas.

— E depois?

— E depois, quando a Rainha Sol for escolhida, todas se tornam suas damas de companhia, destinadas a servi-la para sempre.

— Ah — digo, sem entender a cara de enterro de Halo. — Não me parece tão ruim.

Penso no meu próprio destino se eu perder. Vou voltar pro abismo do meu inferno pessoal. É provável que me façam cumprir o resto da minha sentença na Depressão. Virar dama de companhia não chega nem perto disso.

— Não, creio que não, mas a maioria das damas de companhia em algum momento fica livre para se casar e criar sua própria família — Halo diz. — Já uma Tributo derrotada nunca terá isso. A partir do momento em que entra nas Provas, ela se torna propriedade do rei, vencendo ou perdendo. A única saída desse vínculo é a morte.

Halo dá um longo gole de vinho como se buscasse forças no fundo da taça. Em seguida, volta o olhar escuro e brilhante para mim.

— Você sabia disso tudo, não?

Balanço a cabeça.

— Não. Não me contaram.

Não me contaram porque não vai ser o *meu* destino se eu perder. Vou ser mandada de volta aos lobos enquanto o resto das Tributos continuará vivendo no luxo. Um vínculo eterno com o rei pode ser um tipo diferente de aprisionamento, mas é difícil para mim sentir muita compaixão.

— Ouvi dizer — Tesni começa, do outro lado da mesa, escutando nossa conversa — que, no passado, alguns reis ficaram conhecidos por possuir as Tributos fracassadas quando bem entendessem. Que elas eram obrigadas a aquecer a cama deles.

Halo e eu fazemos uma careta enquanto os olhos de Tesni brilham. Não sei dizer se ela gosta da ideia de nos causar impacto ou de dormir com o rei mesmo se perder. Não consigo imaginar uma futura rainha que seja a favor disso.

Sinto um aperto no peito quando penso em como Atlas me beijou. Gabriel tem razão. O que um homem lindo e glorioso como Atlas veria em mim que não vê nas outras Feéricas deslumbrantes ao meu redor?

— Ele beijou você? — pergunto a Tesni, me inclinando à frente e baixando a voz.

Ela arregala os olhos.

— Não, não beijou. Ele beijou você?

Consigo sentir o olhar das Feéricas na outra ponta da mesa escutando nossa conversa. Halo também me observa, franzindo o rosto, desconfiada.

— Ele não pode beijar ninguém antes do final das Provas — Tesni diz, um tom acusador na voz.

— É claro que não — minto. — Só fiquei curiosa. Nada de mais.

Tesni se recosta, visivelmente aliviada, e todas retornam aos círculos de suas próprias conversas depois que essa questão é resolvida. Observo a mesa e noto o olhar de Apricia. O canto da boca se ergue, e a mudança no olhar sugere que ela está tentando me mandar uma mensagem. Uma mensagem maldosa e pingando veneno.

Atlas me disse para manter nosso beijo em sigilo, e me pergunto se ele disse o mesmo às outras. Apricia joga uma mecha de cabelo, e espero de verdade que não torça o pescoço. Sinto que ela está tentando me dizer que o beijou, querendo me irritar. Esses jogos e intrigas da corte… Minha cabeça está confusa, não sei em quem confiar ou acreditar.

Depois do almoço, ofereceram para nós uma rara tarde de descanso das lições e do treinamento.

Halo e eu vamos até os jardins do palácio. Vejo que o purgatório é menos restritivo do que parece, porque Marici nos encontra um pouco depois. Embora eu não esteja totalmente convencida de que manter um laço para sempre com o rei seja mesmo uma honra, ainda penso que essas Tributos derrotadas poderiam enfrentar coisa muito pior.

— Somos amigas desde pequenas — Halo diz enquanto relaxamos, deitadas em círculo, em um gramado verde. Com as mãos sobre a barriga e o rosto voltado para o céu, absorvo os raios quentes do sol. — Nossas famílias queriam que fizéssemos as Provas, mas nunca sonhamos que nós duas conseguiríamos entrar.

Elas trocam um olhar cauteloso que não entendo.

Marici se volta para mim.

— Nossas famílias passavam as férias de verão juntas. Nos tornamos muito próximas ao longo dos anos.

Eu me pergunto como deve ter sido crescer assim. Ter memórias de jantares em família, amigos de infância e casas de praia enormes.

— E você? — Halo pergunta. — Como é sua família? Quer dizer... você tem família na Umbra?

Ela pergunta com cautela, sem saber se pode tocar nesse assunto. De repente, fico irritada. É tão absurdo assim que alguém como eu tenha uma família? Mas talvez não seja culpa de Halo. Essas Feéricas foram claramente mimadas e protegidas da realidade do resto do mundo.

— Meus pais morreram. As únicas pessoas que restam na minha vida são meus irmãos — digo, decidindo não responder à pergunta diretamente.

As duas abrem um sorriso triste.

— Sinto muito — Marici diz. — Deve ser muito difícil.

Balanço a cabeça e encolho os ombros.

— A gente acostuma. Faz muito tempo.

Todas ficamos em silêncio, e Halo me lança um olhar astuto.

— Por que você perguntou hoje a Tesni se o rei a tinha beijado?

— Como assim? — Marici pergunta, arregalando seus olhos azuis gelo com interesse.

— Acho que a Tributo Final pode estar escondendo algo de nós — Halo diz, sorrindo e batendo no ombro de Marici.

Me apoio nos cotovelos, arrancando uma folha de grama e a torcendo entre os dedos, evitando os olhares delas.

— Por nada — digo, mas até eu consigo ouvir falsidade na minha voz.

— Abre o bico — Marici diz, cruzando as pernas e se inclinando para a frente. Olho para elas, com receio de suas reações, mas não há ciúme nem raiva, apenas fascínio. — Ele beijou você?

Mordo o lábio.

— Talvez, um pouco. — As duas soltam gritinhos e batem as palmas.

— Como foi? — Halo pergunta.

— Foi... — Solto o ar. — Foi como ser preenchida pelo sol.

Um resmungo vem de fora da pequena clareira, seguido por um coro de risadas sarcásticas. Apricia, Hesperia e Griane saem de trás de um arbusto de onde claramente estavam bisbilhotando.

Sento, meus pelos se eriçando com a risada cruel de Apricia.

— Como se o rei fosse se dignar a beijar você — ela diz, as mãos na cintura, olhando para mim com o nariz empinado.

— Está com ciúme? — pergunto, tentando manter uma fachada de calma. — Ele não deve gostar de beijar um peixe morto e gelado. — Levanto devagar, apertando o medalhão.

— Faça-me o favor — Apricia diz, jogando o cabelo. — Você é uma mentirosa. Todos sabem que, se ele tivesse te beijado, seria por pena e nada mais. — Ela franze o nariz.

— Ele já beijou você? — Halo pergunta com inocência, arregalando os olhos grandes.

Sinto vontade de dar um beijo em *Halo* quando as bochechas de Apricia ficam vermelhas.

— É claro que já — ela responde, e noto que Hesperia e Griane trocam um olhar. — Não apenas isso como ele me disse repetidas vezes que sou a favorita a vencer, tanto por ele como pelo Espelho Sol. Está basicamente decidido. — Apricia olha as unhas, e me pergunto o que as amigas dela pensam disso. Ela acabou de menosprezar tanto elas como eu.

— Então, o que ele tem tatuado nas costelas? — pergunto, tirando a pergunta do nada.

Não faço ideia se Atlas tem alguma tatuagem, mas deixo que ela que pense que já vi o suficiente para saber.

Apricia fica de queixo caído e olhos semicerrados. Solto uma risada de desprezo e viro para Halo e Marici, que levantam atrás de mim, tentando conter o sorriso.

— Foi o que imaginei. Patético. — Para colocar mais ainda o dedo na ferida, olho para trás e digo: — Perder para uma rata da Umbra. Que *constrangedor*.

Com um sorriso sarcástico, encaro Halo e Marici, e arregalo os olhos para mostrar a elas que deve ser melhor cairmos fora daqui imediatamente.

— Sua vagabunda! — Apricia grita, e sinto uma explosão de dor na cabeça.

Agarrando um punhado do meu cabelo, ela puxa com tanta força que juro sentir os folículos arrebentarem. Girando embaixo do braço dela, eu me solto, ofegando.

— Filha da puta! — grito, partindo para cima.

Dou um empurrão que faz ela sair voando e cair na grama.

— Lor! Para! — Halo grita. — Socorro! Alguém ajude!

Olhando com raiva para Apricia, vou até onde ela está caída, e ela se arrasta para trás.

— Se encostar em mim, você vai conhecer a fúria do meu pai! Ele é muito poderoso!

— O que ele vai fazer, Apricia? Tirar todo o meu ouro e as minhas fortunas? Me obrigar a viver num barraco onde mal vou ter o que comer? Me forçar a trabalhar o dia todo num emprego de merda para receber migalhas? — Dou mais um passo à frente, rangendo os dentes. — Você se esqueceu, *Tributo*, que não tenho porra nenhuma a perder.

Quando vou de novo para cima dela, algo me segura pela cintura e me puxa para longe. Percebo que estou sendo erguida por um braço e começo a me debater.

— Lor! — É Gabriel, e está furioso. — Calma! — Ele sussurra com uma agressividade que me deixa mole.

Sai me carregando debaixo do braço como se eu fosse uma boneca de pano malcriada.

Depois de cruzar o jardim a passos firmes, ele para e me joga no chão.

— Ai! — reclamo quando meu quadril bate com força na terra dura.

— Qual é o seu problema? — Ele se inclina diante de mim, vociferando, os olhos azuis brilhando como ondas no meio de um furacão.

— Foi ela que começou! — Aponto para onde estávamos.

— Essa é sempre a sua desculpa. Você sabe resolver alguma coisa sem ser com mordidas e arranhões igual a um animal selvagem?

Levanto com dificuldade, minha raiva agora direcionada a ele.

— Não, não sei! Vivi no inferno e só conheço isso, beleza? Se existe uma forma melhor, ninguém nunca me ensinou!

Gabriel dá um passo à frente, e todos os meus instintos me dizem para recuar enquanto ele parece crescer sobre mim, mas não recuo.

— Ah, coitadinha da Lor. Tão injustiçada. Toda vez que penso que pode existir uma chance de você se tornar uma rainha decente para Atlas, você se comporta feito uma criança mimada. *Você* não merece nada disso.

Sinto um aperto tão forte no peito que minha respiração sai entrecortada em notas de staccato. Lanço um olhar feroz para ele. Suas palavras arrancaram um pedaço do meu orgulho. Gabriel continua tão sério que chega a doer, então se vira e sai andando.

— Cuzão! — grito, mas ele me ignora completamente.

20

Dá para ouvir o barulho estrondoso do mar mesmo antes de as portas se abrirem. Feitas de vidro, elas revelam o horizonte que se estende diante dos meus olhos. O sol está se pondo, deixando a água numa aquarela em tons de laranja e rosa, a areia brilhando sob a luz do fim do dia como um carpete feito de pedacinhos de diamantes.

Respiro fundo para me acalmar, lembrando da última vez que fomos trazidas ao mar, onde nos penduraram feito minhocas em anzóis enquanto lutávamos para sobreviver. Penso na pobre Solana, que se foi para sempre, e na ardência feroz dos meus ferimentos quando caí na água.

Hoje, porém, não há prova.

Como prometido, Atlas me convidou para jantar após a recuperação, e estou ansiosa para vê-lo. Apesar das preocupações e desconfianças, não consigo parar de pensar no beijo dele. Pensei nas palavras de Apricia sem parar, tentando entender como me sinto de saber que ele a beijou também, mas é uma competição. O rei não me fez nenhuma promessa e tem todo direito de descobrir com quem é compatível.

No entanto, esta noite pode ser minha oportunidade para me destacar. Sou boa nisso. Sei usar meu corpo para conseguir o que quero. Já me prostituí inúmeras vezes por prêmios muito mais insignificantes do que uma coroa. Por outro lado, essa é uma situação completamente diferente. Nem se compara. Atlas é um rei majestoso que faz meu coração acelerar, não um diretor de prisão sórdido com complexo de inferioridade.

Cerro os punhos quando as portas se abrem e decido fazer o que for possível para vencer. *Preciso* chegar ao Espelho Sol. Essa pode ser minha única chance de recuperar tudo que foi tirado de mim, de Willow e de Tristan. Embora nada jamais traga de volta nossos pais, talvez eu ainda assim consiga encontrar uma maneira de honrar a memória deles e deixá-los orgulhosos.

Uma passarela de madeira atravessa a areia, as tábuas aquecidas pelo sol sob meus pés descalços. Mag me vestiu num traje de banho de duas peças, feito com um tecido colado e macio, que tem um toque de seda e basicamente só cobre minhas partes íntimas. Por cima, uso um robe dourado translúcido bordado com centenas de continhas. Ele flutua atrás de mim com a brisa, expondo minhas pernas nuas.

Nos tornozelos, há correntes douradas delicadas que cintilam como sinos dos ventos em miniatura enquanto ando. Meu cabelo está solto, esvoaçante. Balanço a cabeça, me deleitando com a sensação das mechas voando livremente. Estou vivendo um sonho, e continuo fingindo que não vou acordar a qualquer momento.

Gabriel caminha a minha frente rumo a uma tenda branca erguida no fim do caminho. Ele ainda está furioso depois do que aconteceu com Apricia no jardim e agora se dirige a mim apenas em monossílabos. Tudo bem — também estou irritada com ele. Filho da puta que se acha o dono da verdade.

Gabriel para, puxando uma das aberturas da tenda, e faz sinal para eu entrar. A passagem dá numa plataforma redonda maior, tão polida que as tábuas são suaves como veludo. A ponta oposta está aberta, oferecendo uma vista deslumbrante da água.

No centro da tenda há uma mesa pequena coberta por uma toalha e pratos, tudo cintilando em dourado. Cálices e talheres brilhantes rodeiam uma peça central bege cheia de rosas douradas e reluzentes.

E, embora a mesa posta seja indescritível, é o Feérico ao lado dela que realmente tira todo o ar dos meus pulmões.

Atlas me espera com um ar casual e um sorriso, seus olhos verde-água resplandecendo como poças iluminadas por estrelas cadentes. Seu cabelo castanho-acobreado cai sobre os ombros, e preciso de todas as minhas forças para não ir até ele e puxar aquele cabelo para mim.

Ele também está usando pouca roupa, a mesma seda cobrindo só da cintura para baixo. Um robe largo pende de seus ombros, expondo tudo que ele *não* está vestindo.

Olho a curva de suas coxas, o arco de seu quadril e o volume proeminente entre as pernas; não consigo deixar de notar. Gabriel pigarreia, e eu me sobressalto, percebendo que acabei de ser pega no flagra.

Mesmo assim, parece que não consigo tirar os olhos. Minha face cora enquanto meu olhar vaga pelos braços definidos e pela barriga esculpida do rei. Encaro seu peito torneado. Descubro que ele não tem tatuagem nas costelas no fim das contas. Há apenas sua pele quente e bronzeada, como uma tela, esperando para ser tocada pelos meus dedos ansiosos.

Admiro a curva daqueles ombros que já entrevi pela abertura de sua camisa e noto que ele engole em seco antes dos nossos olhares finalmente se cruzarem. Seu olhar fica turvo, e agora desejo ter deixado meu robe desamarrado. Seria óbvio demais se eu fizesse isso agora?

Algo perpassa seu rosto — apenas por um momento, sendo substituído por uma expressão que me fisga como um anzol. Ninguém nunca me olhou dessa forma. Toda essa experiência é como uma fantasia que criei em todas as noites que passei deitada numa cama dura feito pedra, com um lençol cinza e áspero que mal cobria todo o colchão.

— Lor — ele diz, dando um passo à frente e me estendendo a mão. — Estou muito feliz que esteja se sentindo melhor. — Ele olha para Gabriel e ergue o queixo. — Pode avisar que estamos prontos para o jantar.

Gabriel não diz nada ao virar e sair da tenda. Antes, noto seu olhar perspicaz. Ele ainda está se perguntando por que Atlas me dá atenção, e, para ser franca, também quero saber. Mas lembro do que Apricia disse e me pergunto se ela também já foi chamada para vir aqui. Sou apenas mais uma Tributo para dar ao rei acesso a seu poder pleno. Somos todas um meio para um fim, e não posso perder de vista meu verdadeiro propósito.

— Por favor, sente — Atlas diz, me levando para uma das cadeiras confortáveis à mesa. Sinto o assento aveludado. — Você está linda hoje. — Ele sorri e inclina a cabeça. — Bom, você está linda sempre, Lor.

Não consigo evitar o rubor que essas palavras me provocam, um rubor que sobe pelo pescoço. Ou suas expressões de interesse são genuínas, ou ele é um excelente ator. Quando estou sentada, ele serve duas taças de vinho. A porta da tenda se ergue, e vários criados entram, colocando grandes travessas fumegantes na mesa.

Depois dessas semanas em Afélio, estou aprendendo a reconhecer a culinária. Travessas de arroz de açafrão com ervilhas. Terrinas de frango flutuando em molhos cremosos e picantes. Peixe escalfado em água de rosas e montículos de pão branco e macio para mergulhar nos molhos. Eu nunca me cansaria de nada disso.

Assim que a comida é servida, Atlas dispensa os criados com um aceno.

— Podem nos deixar a sós. Conseguimos assumir daqui.

Eles baixam a cabeça e saem rápido.

— O que gostaria de experimentar primeiro? — ele pergunta enquanto observo o banquete.

— Tudo — digo, sem fôlego, e ele ri com indulgência enquanto serve grandes pilhas de comida no meu prato.

— É uma maravilha contemplar sua alegria. Esqueço como tudo isso é tão especial.

Com a boca cheia de arroz, digo:

— É difícil acreditar que tudo isso existe no mesmo mundo que Nostraza. Como alguém pode aceitar esse tipo de disparidade? Por que alguém merece isso mais do que qualquer outra pessoa?

Com os cotovelos na mesa, Atlas franze a testa.

— Os indivíduos em Nostraza são criminosos. Assassinos e ladrões. Eles merecem suas punições.

Sinto um nó na garganta.

— A maioria das pessoas em Nostraza nasceu com quase nada — digo, tentando regular a raiva na voz. — Elas roubam e matam porque essa é a única forma de sobreviver. Elas não têm nada. E ninguém, muito menos o Rei Aurora nem qualquer outro governante de Ouranos, faz algo para ajudá-las.

Atlas fica pensativo e se inclina para a frente, uma ruga surge entre suas sobrancelhas. Será que falei demais? Cruzei uma linha que não deveria ser cruzada? Alguém fala dessa forma com um rei? Pela minha experiência, não.

— É diferente das pessoas que vivem na Umbra? Levando em conta que todos acham que venho de lá, só me resta supor que a Umbra e Nostraza dão no mesmo.

Ele ergue as sobrancelhas.

— Foi isso que aconteceu com você? Você ficou desesperada assim? — Sua voz é tão gentil a favor da minha defesa que cala minha raiva crescente.

Faço que não, baixando os olhos para as mãos no colo, afastando o ardor das lágrimas.

— Não. Não sei por que eu estava em Nostraza — digo e, embora não seja toda a verdade, tenho receio de revelar demais antes de compreender todas as intenções dele. — Eu era uma criança, e lembro pouco da minha vida antes daquela época.

— Prenderam uma criança — ele diz, em tom de indignação.

— Há crianças vivendo na Umbra?

A ideia daquele lugar sombrio atormenta meus pensamentos, por mais que eu tente bloqueá-la. Gostaria de esquecer que a escuridão existe até ser forçada a enfrentá-la de novo.

— É claro que sim — Atlas diz, dando um gole de vinho. — Mas a Umbra não é uma prisão. Todos são livres para sair e construir uma vida melhor. Não posso controlar como as pessoas se comportam.

Ele diz isso com tanta segurança que resisto ao impulso de dar um tapa nele.

— Não é porque não há muros ou guardas que não é uma prisão — digo, certa de que agora estou indo longe demais.

Ele vai ficar com raiva e me mandar embora. Não se questiona um rei.

Mas ele apenas para e deixa cair no prato o pedaço de pão que estava segurando.

— Como assim?

— Estou dizendo que a situação é a mesma. Quando não se tem nada, não dá para construir nada. Quando se passa os dias sem saber onde vai arrumar sua próxima refeição ou como vai sobreviver à noite sem que cortem sua garganta, você não tem tempo, energia nem motivação para construir uma vida melhor. Está ocupado demais simplesmente sobrevivendo.

Atlas volta a pegar o pão e o coloca na boca, mastigando devagar.

— Nunca pensei nisso dessa forma — ele diz, as palavras cobertas de indiferença.

— Imagino que não, se você está aqui, em seu palácio dourado, sem nunca se aventurar perto dos pobres. — As palavras escapam como serpentes dando o bote.

Quando Atlas lança um olhar cortante para mim, receio, agora sim, ter ido longe demais.

Quando ele encosta em mim, afastando meu robe e acariciando gentilmente a marca enegrecida de ferro quente de Nostraza na minha pele, fico completamente imóvel. Estou prestes a sofrer por minha insubordinação? Mas então a expressão dele se suaviza.

— Obrigado, Lor. — Ele segura minha mão. É grande e quente, e o toque faz calafrios descerem por meus braços. — Eu já desconfiava que você daria uma boa rainha, mas quando ouço você falar dessa forma, entendo a sorte que as pessoas de Afélio teriam se você fosse sua líder.

— Sério?

— Sim. — Ele balança a cabeça. — Você tem razão: poucas vezes visitei a Umbra e, mesmo quando o fiz, não falei com ninguém nem tentei entender o sofrimento deles.

Mal consigo acreditar que ele está dizendo isso.

— Então, você vai fazer alguma coisa a respeito?

Atlas aperta minha mão antes de ajeitar uma mecha errante de cabelo atrás da minha orelha. As pontas de seus dedos se demoram em minhas bochechas, e ele percorre a cicatriz ao longo da minha maçã do rosto com o polegar, fazendo outro calafrio descer por meu pescoço.

— Vou reunir meus conselheiros amanhã logo cedo para ver o que podemos fazer. — Seu sorriso é caloroso e sincero, e, se já não fosse o Rei Sol, ele seria a coisa mais brilhante a se erguer em qualquer horizonte. — Obrigado, Lor. Uma coisa que sempre desejei em uma parceira é alguém que pudesse me tornar uma versão melhor do Feérico que sou.

— Obrigada — digo, torcendo para ter provocado uma influência positiva e me questionando qual é a verdade dele.

Ele não parece se deliciar com a crueldade como o Rei Aurora, e é um alívio ver que nem todo governante de Ouranos tem o coração completamente atrofiado, reduzido a nada além de uma partícula seca de poeira. Embora não haja dúvidas sobre minhas reações físicas a Atlas, sinto que existem camadas a descobrir, e quero conhecê-lo melhor. Talvez ele seja alguém com que eu *possa* construir uma vida.

É nesse momento que minha resolução de conquistar a coroa se fossiliza em âmbar.

Não apenas por Tristan e Willow. Não apenas por minha vingança contra o Rei Aurora e tudo que ele tirou de mim.

Mas também porque mereço ter, pela primeira vez na vida, um pouco de felicidade.

21

— Quer dar um mergulho? — Atlas pergunta depois de comermos à vontade, mas não antes de eu ter devorado nada menos do que quatro sobremesas diferentes, uma mais delicada, cremosa e deliciosa do que a outra.

Coloco a mão na barriga, mais cheia do que um peru recheado dentro de um frango. Talvez eu me arrependa disso depois.

— Um mergulho? — Olho para o mar, lembrando do primeiro desafio e daquelas criaturas sirênicas que tentaram de tudo para arrancar minhas tripas e fazer picadinho de mim.

Atlas deve ter percebido minha linha de raciocínio porque pega minhas mãos e me puxa da cadeira. Me segura pelo quadril e me coloca no seu colo, fazendo meu coração bater forte no peito.

— Um mergulho — ele repete, sobe a mão grande por minha perna nua. Passa, então, a ponta dos dedos pela dobra da minha coxa. Meu coração está tentando desesperadamente se acalmar enquanto a outra mão dele sobe por minhas costas e envolve minha nuca. — Juro que nada vai machucar você.

Resmungo como se não fosse nada, observando a água. Sob o poente, ela cintila como um baú de tesouro transbordando de joias. Parece *mesmo* impossível que algo tão belo possa ser perigoso, mas a enseada também era linda. Volto a olhar para Atlas, que me observa com uma intensidade abrasadora nos olhos verde-água. Ele baixa o olhar para minha boca e me encara em seguida, fazendo meu estômago se contrair.

— Você beijou as outras? — pergunto e me arrependo logo em seguida.

Não é da minha conta, e não quero saber a resposta. Atlas fica pensativo antes de me analisar com uma expressão que não consigo interpretar.

— Beijei — ele responde simplesmente, e um nó forte aperta meu peito. É claro ele que já fez isso. Eu não deveria esperar nada diferente. Apricia não estava mentindo. — Quero ser honesto com você, Lor. Mas preciso dar uma chance a todas. É óbvio que me atraio mais por algumas Tributos do que por outras, é natural.

Pressiono os lábios dele com o dedo, interrompendo-o.

— Tudo bem — digo. — Eu entendo. É claro que você precisa "testar o terreno", por assim dizer.

Ele arqueia a sobrancelha escura e abre a boca, mordendo a ponta do meu dedo com os dentes brancos perfeitos.

Solto um ganido e puxo a mão, segurando-a e rindo baixo. Ele também ri, com seus olhos brilhantes e seu sorriso maravilhoso. Um momento depois, sua expressão se inflama, e ele me puxa, envolvendo minhas costas com os braços. Coloco a mão sobre os ombros dele, sentindo o músculo quente e definido flexionar.

Meu rosto está tão próximo do dele que a exalação suave de sua respiração alcança meus lábios.

— Você acreditaria se eu dissesse que o beijo com você foi meu favorito?

Solto uma risada de desdém e mordo o lábio, desejando que fosse verdade.

— Não. Não acreditaria. Eu teria certeza que você está dizendo isso para conseguir me beijar outra vez.

A resposta dele é um sorriso e uma risadinha.

— Funcionaria? — Ele inclina a cabeça, me espreitando.

— Quem sabe. Afinal, a única maneira de melhorarmos é com a prática. Não concorda?

Seu sorriso fica mais largo.

— Definitivamente, milady.

Ele encosta a testa na minha, subindo a mão por dentro do meu robe. Depois de desmanchar o laço, o robe termina de se abrir, expondo toda a minha pele para ele. Um calafrio delicioso percorre meu corpo, doce como frutas vermelhas com mel. Ele traça um mapa sobre meu corpo com o olhar, deslizando a mão pela minha barriga e subindo pelas minhas costelas, onde fico arrepiada.

Quando seu olhar encontra o meu, é tão ardente que faz os tendões das minhas coxas se flexionarem. Ele roça a boca na minha com delicadeza, mas o beijo é hesitante, dura apenas um segundo, e logo em seguida Atlas aperta minha nuca com a mão grande e sua boca consome a minha. Solto um gemido quando ele passa a língua e suga meu lábio. Ajudo Atlas a tirar o robe dos meus ombros, deixando que a peça caia no chão. Não estou exatamente nua, mas nossos trajes são mínimos e nossa pele se toca em tantos lugares que é quase como se estivéssemos.

Com um grunhido rouco e agarrando meu quadril, ele me vira de frente e me encaixa no seu colo, o comprimento inconfundível e generoso do seu pau pressionando meu ventre pulsante.

— Lor — ele geme na minha boca, me beijando mais.

Desço as mãos por seus ombros largos e bíceps grandes, acariciando seus antebraços musculosos. Ele passa as mãos pelo meu corpo, subindo pelas pernas, deslizando para cima e para baixo das minhas costas, até apertar minha bunda e me puxar com mais força contra seu colo.

Arranho o peito de Atlas, passando os dedos pelos altos e baixos que definem seu torso. Um momento depois, ele aperta a parte de trás das minhas coxas e me ergue, minhas pernas ao redor de sua cintura. Me carrega até um sofá redondo, coberto de travesseiros, no canto da tenda, e me deita no veludo dourado macio.

— Pode falar se quiser que eu pare — ele diz, a voz rouca e baixa.

Desce a boca pela curva do meu pescoço e pela clavícula antes de deixar um rastro de beijos úmidos e acalorados que vai até meu umbigo e volta a subir.

— Não quero que você pare — digo, ofegante, deslizando as mãos por seu cabelo, e puxando seu rosto na direção do meu.

Não quero que ele pare nunca.

Não sou inexperiente quando se trata de sexo, mas nunca tive o luxo desse tipo de privacidade ou tempo. Todos os meus encontros amorosos se resumiram a fodas apressadas e escondidas num pátio de prisão escuro atrás da sombra do prédio que melhor nos escondesse, torcendo para não sermos pegos. Violentas e frenéticas. Desesperadas e brutas. Nunca delicadas ou cuidadosas. Nunca havia tempo para isso. Ninguém nunca me beijou ou me tocou assim. Nunca nem fiquei completamente nua com um homem antes.

— Tem certeza? — ele pergunta, encostando a testa na minha enquanto ficamos deitados e esparramados ao lado um do outro, as pernas enroscadas. — Não era para eu estar fazendo isso... mas não consigo me conter perto de você.

— Tenho — digo, fazendo com que um otimismo ardente dispare no peito quando ele me beija de novo, a ponta de seus dedos descendo minha roupa justa.

— Quero mais de você.

Agora ele desliza o dedo pela frente do tecido ao longo da pele sensível da minha barriga, parando abaixo do meu umbigo. Me encara, seu olhar intenso e questionador. Penso nos avisos de madame Odell de que, mesmo se o rei não fosse obrigado a se controlar, deveríamos "ser superiores". Mas observo o rosto de Atlas. Aqueles olhos intensos e aqueles lábios fartos. O peitoral definido e a barriga chapada. O cheiro que ele tem de luz do sol e alegria. Como sua pele, em contato com a minha, é quente.

E, falando sério, foda-se a madame Odell.

Talvez seja um erro. Talvez o rei só queira me usar e me descartar como um lenço de papel. A rata da sarjeta da Umbra. Ou de Nostraza, dependendo de qual história está sendo contada. Mas a gentileza dele é viciante. Como um casco em erosão, meu escudo se rompeu pela delicadeza com que ele me toca, como se eu fosse a única pessoa que importa no mundo. Ninguém nunca me mostrou que poderia ser assim.

Faz tanto tempo que não importo para ninguém além de dois prisioneiros que amo com todo o meu coração, mas só eles não *bastam*.

Atlas sobe a mão pelas minhas costelas, que se expandem com minhas respirações profundas.

— Também quero mais — sussurro, deixando a precaução de lado.

Que chances eu tenho de vencer? Quando disse a Apricia que não tinha nada a perder, era verdade. Não tenho como descer mais do que já desci.

Ao menos, posso aproveitar este prazer efêmero antes de ser enviada de volta para casa ou para minha morte. Eu o desejo. Não apenas porque ele é inebriante, mas porque a escolha é minha. Assim como Aero. Assim como os homens antes de Aero, era uma questão de escolha, uma das poucas que me eram permitidas, e isso faz toda a diferença.

Atlas captura minha boca na dele, e o beijo reverbera em mim da cabeça aos pés. Vai ficando mais sedento, nossos peitos e barrigas em contato, o tecido fino de nossos trajes quase como pele na pele.

Ele passa minhas pernas em volta do seu quadril e me empurra mais para cima no sofá. Então se posiciona sobre mim, os braços fortes apoiados um de cada lado.

Me beija de novo e depois vai descendo, a boca provando meu sabor ao longo do caminho. Envolve meu seio com sua mão grande, e solto um gemido quando ele encaixa o quadril entre minhas pernas. Quando provoca meu mamilo através do tecido, minhas costas arqueiam.

— Lor — ele murmura na minha pele. — Você é tão linda.

Ele puxa meu top para baixo e coloca meu seio na boca, lambendo o mamilo. Afundo as mãos no cabelo de Atlas, subindo os joelhos e esfregando o quadril nele.

Depois de colocar meu top no lugar, ele continua sua jornada, beijando minha barriga e meu umbigo, depois passando a língua na região sensível mais abaixo. Meu ventre está tão ardente que solto um gemido. O calor de sua respiração atravessa minha pele, e ele dá uma risadinha.

— O que você quer, Lor? — pergunta, sedutor, um desejo profundo nos olhos.

Baixo os olhos para ele, completamente absorvida por seu rosto belo e seus ombros esculpidos, enquanto ele senta no chão e abre minhas pernas. Seus lábios sobem pela pele sensível da minha virilha, fazendo minhas pernas tremerem.

— Me diga — ele ordena. — O que você quer?

Nunca fui tímida em relação a essas coisas. Nunca tive problema em pedir o que quero, mas é muito difícil não ficar deslumbrada por sua beleza e sua presença. Ele é melhor do que qualquer pessoa que já conheci. Todos os Feéricos são assim? Ou só ele? Está beijando a parte interna da minha coxa, com uma das mãos segurando minha perna, e a outra, do meu quadril, passando o polegar pela beirada do tecido fino na minha virilha.

Finalmente encontrando minha voz que se perdeu ali embaixo, digo, sem fôlego:

— Me toca. Quero que você me toque. — O sorriso dele se torna selvagem, um brilho safado cintilando em seus olhos.

— Eu sabia que você não ficaria tímida.

E então ele faz o que peço, enfiando o polegar dentro do biquíni para encontrar minha vulva quente e pulsante. Solto um gemido quando ele esfrega suavemente meu clitóris, fazendo fios de calor percorrerem meu sangue. Seu toque é leve como uma pluma, e me contorço sobre o sofá, tentando encontrar o alívio da fricção. Mas ele me segura, sem me deixar escapar enquanto me leva até a beira do clímax com sua provocação leve.

Solta um grunhido rouco, quase como um rosnado, e tira a mão, me deixando vazia. Quando dou por mim, ele me pega pelo quadril e me puxa para a beira do sofá. Sem perder tempo, desce minha calcinha e a joga para longe. Abre bem minhas pernas, e isso não é algo com que estou acostumada. Parte de mim quase se encolhe de vergonha, mas outra parte, que quer que isso nunca acabe, se delicia com o olhar dele de tigre dourado faminto se preparando para me engolir por inteiro.

Ele ergue os olhos para mim com a sobrancelha arqueada, um sorriso torto e aquele mesmo brilho perverso nos olhos, então, sem aviso, se abaixa e lambe minha vulva com um movimento luxurioso. Começo a gemer, e meu quadril chega a se erguer quando ele faz de novo, explorando meus lábios úmidos, pressionando aquele ponto que provoca uma sensação incrível.

— Ai, Zerra — murmuro, afundando os dedos no seu cabelo e me contorcendo cada vez mais conforme ele faz círculos deliciosos.

Quero mais. Quero sentir isso no meu âmago. Ergo o quadril e me impulsiono para a frente, ansiando por mais toque. Atlas solta um som grave de satisfação e obedece, sua atitude ficando mais agressiva enquanto desliza o dedo para dentro de mim. Volto a gemer.

Ainda me devorando, ele enfia um segundo dedo, metendo e tirando com movimentos circulares, fazendo palpitações vibrarem por meu corpo. Estou tão perto do clímax que inclino a cabeça para trás e solto um gemido alto. Sinto os primeiros sinais do meu autocontrole se perdendo e, então, num clarão repentino, eu desmorono e grito sem parar enquanto o orgasmo me percorre em ondas.

Atlas não sai de onde está, entre minhas pernas, dando beijos delicados enquanto espera até eu parar de tremer. Quando finalmente recupero o fôlego, com os músculos fracos, ele se deita sobre mim, levando a boca à minha. Consigo sentir meu gosto em seus lábios, e é estranhamente erótico.

— Porra, isso foi incrível — ele diz, sua boca na curva do meu pescoço.

Olho para baixo e contemplo seu pau, inchado e pressionando o tecido elástico de seu traje de banho. Quero tocar. Sentir o gosto dele como ele fez comigo. Baixo o braço, colocando a mão sobre o tecido. Por um momento, ele fecha os olhos e joga a cabeça para trás enquanto o aperto e movo a mão para cima e para baixo.

Mas então ele pega meu braço gentilmente e balança a cabeça.

— Não, não precisa.

— Mas eu... — Ele me silencia com outro beijo, envolvendo meu rosto com as mãos.

— Teremos tempo para isso depois das Provas. Hoje, eu me contento em apenas curtir você.

Fico sem entender. Nunca estive com um homem que não quisesse buscar seu próprio prazer, mesmo se proporcionasse o meu antes. Ele sorri, formando ruguinhas no canto de seus olhos.

— Falei que daríamos um mergulho.

Ele pega a parte de baixo do meu traje de banho e veste pelas minhas pernas.

— Vem — diz, deixando seu robe em uma cadeira, exibindo as costas largas e musculosas. Estou tão confusa por ele ter recusado minha atenção que nem saí do lugar. Ele vira. — Você está bem, Lor? Foi gostoso?

Atlas franze a testa, preocupado, e se aproxima de mim, mas faço que não.

— Sim, não. Quer dizer, sim, estou bem, e claro que foi gostoso. Foi... incrível.

Ele sorri e me puxa do sofá, beijando minha mão.

Então pisca.

— Corrida até a água.

Sem dizer outra palavra, ele me solta e sai correndo da tenda, virando para mim com um sorriso.

— Ei! — grito, e corro atrás dele.

22

O ESTÁDIO RETUMBA COM O RUFAR DE TAMBORES, burburinho e som ambiente enquanto entro com as outras seis Tributos por um portão enorme ao lado dos nossos guardiões. Gabriel está com sua armadura de couro fino, o cabelo loiro amarrado para trás e o maxilar forte trincado enquanto avançamos até o centro como se estivéssemos diante de uma linha de tiro de flechas envenenadas.

O céu está azul cristalino como sempre, e o chão de terra é coberto por pedriscos. O estádio é imenso, milhares de pessoas abarrotando as arquibancadas altas que nos cercam, formando uma cortina ecoante de corpos. Gabriel prometeu que uma prova aconteceria na cidade, e hoje é o grande dia. Falaram que os cidadãos de Afélio estavam esperando por isso. Estão fazendo apostas e vão dar festas que seguirão noite adentro. É um feriado, todos receberam o dia de folga do trabalho e dos deveres habituais.

Cervejas derramando de canecos escorrem pelos queixos, todos já aproveitando ao máximo. O clima é jovial e exuberante, embora uma de nós possa morrer hoje. Não é problema deles, suponho. Isso fica ainda mais evidente quando vejo a engenhoca montada no centro do estádio.

É feita de grandes vigas de madeira e adornada por uma série de facas e espadas, além de sacos redondos e pesados inteiramente bordados em couro como decorações sombrias de Yule. Toda essa monstruosidade está suspensa sobre um buraco profundo.

— O que é aquilo? — pergunto a Gabriel, meu olhar vidrado pelos contornos cintilantes e pelas intenções claramente sinistras da máquina.

— Um corredor da morte — ele diz, a voz sinistra.

— Um o quê?

Ele solta um suspiro profundo e olha para mim.

— É uma corrida de obstáculos. Quando a acionarem, aqueles sacos vão balançar e as espadas vão girar. É tudo feito para derrubar quem tenta passar.

— Para jogar naquele buraco. — Olho para o vazio preto, o frio na barriga aumentando.

— Para jogar naquele buraco — Gabriel repete.

— Imagino que o buraco não tenha sido feito para que as Tributos consigam sair.

Gabriel abre e fecha a boca, e é nesse momento que um rosnado feroz ecoa pelo estádio. Todas as vozes cessam, todos se olham desconfiados e se voltam ao poço escuro. Engulo em seco a bile que sobe pela garganta e noto o olhar de Halo enquanto compartilhamos um momento de terror mútuo.

— Vou morrer — murmuro.

— Provavelmente — Gabriel diz, e olho feio para ele.

— Você poderia pelo menos fingir que tem alguma confiança em mim.

Gabriel abre um sorriso sarcástico. Voltou a falar mais do que sílabas únicas, mas está claro que não está fazendo campanha por uma vaga no meu fã-clube.

— Até parece, Tributo. Nós dois sabemos que você é inteligente demais para cair nessa. — Estreito os olhos, sem entender direito se ele acabou de me insultar ou me elogiar.

— Você é muito cuzão — murmuro, voltando a atenção ao corredor da morte enquanto Gabriel ri baixo.

— Se você diz.

O burburinho recomeça, embora muito mais contido, como se a gravidade do evento finalmente tivesse penetrado suas muralhas de indiferença. O barulho cessa por completo quando uma trombeta ressoa e o portão na ponta do estádio se abre. Desta vez, é Atlas e todo o seu séquito que entram sob uma salva de palmas e vivas. Ele faz uma reverência curta à multidão, aquele lindo sorriso no rosto antes de voltar à plataforma no lado oposto do estádio.

Faz poucos dias desde nosso jantar na praia, e não consigo parar de pensar em como foi bom me sentir admirada por ele. Passamos o resto do entardecer na praia, nadando até as estrelas surgirem. Embora ele tenha me beijado várias vezes, foi o mais longe que Atlas se permitiu ir. Não o vi desde que ele se despediu de mim na tenda e Gabriel me levou de volta ao quarto com olhares debochados e sendo um babaca em geral.

Atlas me mandou um buquê enorme de rosas douradas na manhã seguinte com um cartão escrito à mão que dizia: *Obrigado por uma noite maravilhosa. Mal posso esperar para repetirmos*. O gesto me aqueceu inteira, como se eu tivesse engolido uma bola de luz do sol. Ninguém tão importante, tão poderoso e tão lindo nunca tinha feito algum esforço por mim. Era como se ele se importasse de verdade com o que eu sentia e pensava.

Enquanto Atlas e seu pessoal atravessam o estádio, olho para Apricia, que, como sempre, está batendo cabelo e se empinando para o rei. Ele olha para cada uma de nós, sorrindo, e passa por ela um pouco mais devagar do que pelas outras. Por mais que doa, lembro que não devo me deixar levar pelas atenções dele. É uma competição, e sou apenas uma de muitas. A competidora com menos probabilidade de vencer, aliás.

Apricia lança um olhar presunçoso para o resto de nós, e me pergunto o que há entre eles. Será que ele também saboreou o ponto entre as pernas dela? Também recusou os toques dela? Balanço a cabeça, tentando me concentrar. Tenho um desafio a vencer, e agora minha prioridade é não morrer.

Mestre Borthius fala, sua voz amplificada para a multidão imensa, que presta atenção em cada palavra. Devemos atravessar o corredor da morte tentando não cair. Se cairmos no chão do estádio, somos desclassificadas. Por outro lado, sobrevivemos mais um dia.

Agora, se cairmos no poço, viramos jantar do thogrul que espreita lá embaixo. Como se ilustrasse a fala do mestre Borthius, o monstro ruge outra vez, fazendo o estádio todo tremer.

Enfrentei muitos inimigos na vida, mas esses desafios estão testando toda a minha determinação. Nada no meu passado me preparou para isso. Com as pernas bambas, respiro fundo, tentando acalmar meu coração.

Um momento depois, somos guiadas à outra ponta da arena. Hoje, todas estão usando a armadura de couro fino, calça justa, gibão e botas. Ninguém cometeria aquele erro de novo.

Há mais alguns anúncios que não escuto enquanto estudo a geringonça diante de mim. Ela se ergue como uma grandiosa aranha selvagem de madeira. O primeiro obstáculo inclui uma longa viga com uma série de braços oscilantes em cima. Na ponta de cada braço, há uma almofada gigante em forma de lágrima feita de couro costurado. Balançam para trás e para a frente em direções opostas, no ritmo de um metrônomo.

Apricia vai até o começo da fila. Seu cabelo comprido agora está preso num rabo de cavalo alto, e parece que ela tem sim um prendedor, afinal de contas. Isso não a impede de jogar a ponta do rabo por cima do ombro e lançar um olhar de desdém para mim.

Temos uma hora. Se conseguirmos passar pelo corredor da morte a tempo, vamos avançar para o terceiro desafio. Do contrário, estamos fora.

Estufamos o peito, reúno minhas reservas de resiliência. Eu consigo. Nenhuma dessas Tributos merece esse prêmio mais do que eu.

O sinal toca, e Apricia não perde tempo subindo ao topo da plataforma alta. Temos que ir uma de cada vez, então entendo por que ela empurrou as outras para chegar na frente. Eu continuo atrás, porém, julgando que é melhor observar as outras e aprender com seus erros.

Apricia para na ponta da viga estreita, um pé na frente do outro. Estica os braços como uma acrobata e se prepara, passando em alta velocidade pelo primeiro pêndulo e parando para esperar a próxima brecha. Continua no mesmo ritmo, passando pelos dois pêndulos seguintes com tranquilidade. No quarto e último, ela cambaleia, o pé escorregando da viga, e o estádio todo prende o fôlego. Mas dá para ver que ela é bem treinada, pois se recupera com facilidade, aterrissando com leveza na plataforma ao longe.

Suspiro aliviada. Não porque esteja preocupada com Apricia, mas porque ver que é possível chegar do outro lado me encoraja.

A amiga de Apricia, Hesperia, é a próxima. Ela também atravessa o obstáculo. Espero minha vez enquanto Tesni e Halo passam. Então sou eu. Paro agachada na ponta da viga, os braços abertos, e corro pelo primeiro pêndulo, sem parar. Ao observar as outras, ficou óbvio que, se eu encontrar o ritmo certo, consigo seguir em frente sem as paradas e os recomeços que podem me fazer perder o equilíbrio. É um risco, mas já fiquei para trás.

Controlando o ritmo, calculo o balanço do pêndulo seguinte e continuo, passando pelo segundo e então pelo terceiro. Não sei bem se é o treinamento de Gabriel ou os anos em Nostraza que me ensinaram a focar, mas me envolvo na cadência da máquina e, antes que dê por mim, estou no final.

Ao pousar na plataforma, quase desabo de alívio, braços e pernas fracos como flores de um jardim no inverno. Ofegante, fecho os olhos, as mãos nos joelhos enquanto tento acalmar a respiração. Um grito agudo corta o ar, e dou meia-volta, vendo Griane agarrada a um dos pêndulos, berrando. Seu cabelo loiro flutua leve como uma pluma conforme o aparato sobe e desce.

Estudo o obstáculo a seguir, que é uma coluna giratória de espadas e facas. Apricia já passou, e Hesperia está chegando ao outro lado entre uma manobra e outra. Eu deveria seguir em frente. É uma competição. As outras Tributos não são minha responsabilidade, e Griane é uma filha da puta.

Griane grita de novo, e o thogrul no poço lá embaixo ruge mais alto. Praticamente consigo ouvi-lo lambendo os beiços, ansioso, ao sentir o cheiro de sua deliciosa refeição. Fico de joelhos na plataforma e estico o pescoço para Griane me ouvir.

— Você precisa pular quando estiver no ponto mais alto! — grito.

Duvido que ela consiga descer do pêndulo sem cair no poço, mas há uma chance de cair depois do buraco e pousar no chão do estádio se ela se soltar no momento certo.

Grito para ela de novo:

— Griane, você tem que pular antes que caia!

Ela me olha aterrorizada enquanto registra o que estou dizendo. Lágrimas escorrem por seu lindo rosto e ela balança a cabeça. Leio seus lábios: *Não consigo*.

— Você tem que conseguir! Senão vai cair. — Observo o pêndulo, avaliando seu trajeto. — Vou contar até três e aí você pula o mais longe que conseguir! Entendeu? — Griane não diz nada, se esforçando para segurar na almofada de couro quando sua mão escorrega. Ela não vai conseguir se segurar por muito mais tempo. — Griane!

Ela assente, os olhos arregalados e o rosto pálido.

— Tá. Vou contar. Pronta? Um... Dois... — Espero o pêndulo chegar a seu zênite e grito: — Três!

Griane deve ter juntado todos os seus resquícios de coragem para obedecer ao meu comando. Ela se joga. Todos arquejam quando a Tributo traça um arco no céu, e o tempo parece parar enquanto ela voa para um lugar seguro. Ela passa tão perto que tenho medo de que ela não consiga. Cerro os punhos, e meu corpo imita seu movimento de tão concentrada que estou, torcendo para que ela caia depois do abismo.

Ela pousa com um baque, apenas os pés pendurados na beirada. Grita de dor e aperta o braço. A multidão também está gritando para ela. Para se levantar. Para se afastar do buraco antes que o thogrul saia e a agarre. Ela se arrasta para a frente e desaba. A multidão canta em apoio a ela, gritos preenchendo o ar.

Com a mão no peito, eu suspiro. Mas tenho que seguir em frente, então me preparo para o próximo obstáculo.

Uma dúzia de espadas compridas giram num cilindro rotatório. Tesni está passando agora, desviando das lâminas. Depois que acaba, ela está cintilando com uma camada de suor e coberta por pequenos cortes, fiozinhos de sangue escorrendo pelos braços e pernas.

Enquanto me preparo para minha vez, um grito vindo de cima chama minha atenção.

Um corpo despenca pelo centro do corredor da morte. Parece ser Hesperia, uma das comparsas de Apricia. O rastro de cabelo vermelho vivo parece um alerta enquanto ela ricocheteia em outra plataforma de madeira, braços e pernas balançando, e continua em queda livre, com gritos ensandecidos, até cair no poço lá embaixo.

23

O SILÊNCIO ECOA PELO ESTÁDIO, a multidão presenciando em choque o eco do último grito de Hesperia. Um momento depois, o som inconfundível de ossos sendo esmagados e carne sendo dilacerada por dentes enchem o ar. Não me mexo, suspensa em pavor. Suspensa no tempo. Suspensa nos ecos dos últimos gritos de Hesperia. Outra Tributo está morta.

Passo os olhos pelas camadas do corredor da morte, encontrando Halo e Tesni nas plataformas superiores. Nossos olhares se encontram enquanto a compreensão terrível de tudo que está em jogo atravessa as fendas da minha determinação.

Há momentos, quando estamos cercados pela opulência de Afélio, em que é fácil esquecer por que realmente estamos aqui. Quando lembro do jantar com Atlas, penso que eu estava completamente distanciada da dura realidade do meu verdadeiro propósito. Eu era uma idiota num sonho, e preciso lembrar que me trouxeram aqui contra minha vontade para morrer numa competição em que nunca sequer entrei.

Um sino toca, me lembrando que haverá tempo para lamentar a morte de Hesperia depois. Um quarto do nosso tempo se passou. É hora de continuar.

Endireitando os ombros, baixo os olhos para as lâminas giratórias, mapeando um caminho. Quando eu estava em Nostraza, foram inúmeras as vezes em que tive que lutar de mãos vazias contra as espadas dos guardas. Anos atrás, houve um incidente em que quatro daqueles cretinos me cercaram, me provocando, balançando suas espadas no alto e rindo. Eles me cortavam enquanto eu desviava e saltava, obrigada a servir de entretenimento. Sobrevivi àquilo e *vou* sobreviver agora.

A multidão já está torcendo de novo, o crescendo cada vez maior enquanto os sons horripilantes do monstro devorando o corpo de Hesperia continuam ressoando. Solto um soluço seco, apertando a barriga e me segurando para não vomitar.

Murmurando uma oração desesperada a Zerra, cerro os punhos e corro. *Corre. Gira. Pula. Gira de novo. Salta. Desvia.* Mil vezes, eu foco no brilho de cada lâmina que vem na minha direção com a precisão da faca de um assassino.

Dor. Vagamente, sinto uma dor na coxa esquerda. Ranjo os dentes e a ignoro. *Foco*, lembro a mim mesma e, nesse momento, estou perto de terminar. *Pula. Salta. Desvie. Gire.* Meu pé é fisgado por uma lâmina pouco antes de eu dar o último salto e caio do outro lado, gemendo.

Por vários segundos, tudo que consigo fazer é ficar deitada nas tábuas aquecidas pelo sol, tentando juntar os resquícios do meu fôlego. Mas a dor trespassa minha perna como se eu estivesse sendo açoitada por fogo. Estou sangrando. Muito. Uma lâmina rasgou minha calça, fazendo um corte fundo no músculo da minha coxa.

Merda. Merda. Merda.

Com os movimentos lentos, rasgo a manga da camisa branca fina por baixo do gibão e enrolo o tecido na perna, amarrando com um nó apertado. Não vai segurar por muito tempo, mas vai ter que bastar.

Felizmente, meus pés parecem estar bem, onde a espada me apanhou na saída. Há um corte no couro da bota, mas parou pouco antes de ferir minha pele. Uma pequena misericórdia, ao menos.

O sino toca, o aviso metálico fazendo uma contagem regressiva, e ao final dela eu exalo. Metade do meu tempo se foi. Tenho que voltar a andar.

Com cautela, levanto, testando a perna machucada. A dor sobe pela coxa, chegando até as costelas e ombros quando dou um passo. Me encolho, contraindo os lábios, o suor escorrendo pela testa. As silhuetas das outras Tributos se movem acima de mim como formigas, correndo de um lado a outro. Me forço a seguir em frente, mancando enquanto subo por uma escada de corda, ficando cara a cara com a viga que fez Hesperia cair para a morte. Ir devagar parece uma estratégia inteligente agora.

Coloco um pé na viga com cuidado, pulando para testar sua força e ignorando a chicotada de dor na minha perna. A viga é sólida e não se mexe sob meu peso. Me concentrando na viga, que tem mais ou menos a largura do meu pé, avanço devagar, os braços estendidos para me equilibrar. Tento ignorar todos os sons. Todas as distrações.

A multidão está ficando bêbada agora, o barulho crescendo como uma bolha que me cerca de todos os lados. Por Zerra, queria que todos calassem a boca. Tento não pensar em Atlas me observando lá debaixo nem em Gabriel com aquele sorriso presunçoso que quero tirar de seu rosto aos tapas.

Mais um passo, e depois outro, enquanto avanço na direção do centro da viga. Gabriel me obrigou a fazer treinos de equilíbrio por horas durante essa semana. Ele sabia de alguma coisa? Ou era o treinamento-padrão para soldados? Seja como for, sou grata, mesmo ele sendo o maior imbecil do mundo.

Bem acima do chão do estádio, o vento desafia minha estabilidade, resfriando minhas bochechas quentes. Minha perna lateja a cada passo, e minha calça justa está encharcada de sangue.

Foco, Lor.

Depois de mais alguns passos, estou a quase dois terços do caminho.

— Lor! — alguém grita meu nome e vacilo, me obrigando a manter o equilíbrio. Ignora. Continua. — Lor! Socorro! — gritam de novo, e a voz é igual a de Willow.

De repente, lembro de Willow chamando por mim enquanto era espancada por um guarda, e cometo um erro fatal: procuro pelo som. Não é ela. É óbvio que não, mas isso basta para quebrar minha concentração, fazendo meu pé escorregar. O outro também desliza, e eu caio, a viga batendo nas minhas pernas com um tremor que reverbera por minha espinha.

Grito de agonia enquanto a dor irradia pelo meu tronco e minhas pernas, que se abrem como um leque. Demoro um momento para registrar que o mundo está inclinado no ângulo errado. Estou escorregando. Lanço o corpo à frente, abraçando a viga e girando para baixo dela. Agora estou pendurada como um bicho-preguiça, as pernas e os braços ao redor da madeira.

Abaixo de mim, o monstro ruge com tanta ferocidade que seu hálito quente e fétido me envolve num casulo de sede de sangue. Hesperia abriu seu apetite, e ele está ansioso por outro petisco.

O ferimento na minha perna lateja como se tivesse seu próprio batimento cardíaco. Estou perdendo sangue, meus braços e pernas estão fracos e trêmulos. Preciso dar a volta. Fechando bem os olhos, respiro fundo algumas vezes, tentando me controlar. Quero chorar e gritar de pavor, mas vou ter tempo para isso depois.

Espero.

Firmando meus membros trêmulos, puxo o corpo para mais perto da viga, e cada músculo protesta. Não há como fazer isso a não ser por pura garra. Então engulo a dor. Com toda a força remanescente que consigo juntar, uso os braços para inclinar o corpo para o lado da viga. Cerrando os dentes, uso as pernas para fazer o mesmo, tentando dar a volta. Minha visão se obscurece por um momento quando mexo a perna machucada, mas me obrigo a me manter acordada. Se eu desmaiar, já era. Tchauzinho, Lor.

Mas não tenho força suficiente. Não sei nem se isso está dentro da minha esfera de possibilidade física. Minha perna escapa e grito antes de tentar me lançar de volta para cima. Com a investida mais forte que consigo fazer, começo a içar o corpo. Não sei como faço isso e, se me perguntassem, eu só conseguiria dizer que senti a mão divina de Zerra encostar nas minhas costas e me dar um empurrãozinho.

Mas lá estou eu, de volta na parte de cima, prestes a chorar de alívio.

Depois que me ajeito, fico agarrada à viga como um caranguejo. Meu peito dói tanto que mal consigo respirar, e minha perna está tão encharcada de sangue que ouço o som úmido que ela faz enquanto escorrego pela madeira. Como uma minhoca, vou rastejando para a frente, primeiro a parte de cima e depois a parte de baixo do corpo. Não me atrevo a ficar parada, com medo de perder o equilíbrio. Os risos vindos das arquibancadas confirmam que pareço ridícula. Olho feio para ninguém e todos ao mesmo tempo, furiosa por estar aqui.

Foda-se essa gente. Foda-se toda essa experiência humilhante.

Por fim, chego à plataforma distante. Me encolho de dor e levanto, encarando o próximo obstáculo. É mais um cilindro que se ergue da plataforma seguinte, equipada com pequenos apoios salientes para uma escalada.

Halo está parada na base, estudando a superfície. Enquanto me aproximo mancando, ela olha para o curativo escarlate improvisado na minha perna e depois para o meu rosto, os lábios fechados em uma expressão de determinação. Ela parece estar em melhor forma do que eu, com apenas alguns cortes e hematomas nas bochechas e nos braços.

— Você está bem? — pergunto, com a voz rouca e uma careta por causa da dor na perna.

— Melhor do que você, acho — ela responde com a voz suave.

— Por que está aí parada?

Vejo a indecisão na expressão de Halo. Quando ela vai falar, o sino toca de novo. Três quartos do nosso tempo já foram.

— Vamos — digo. — Temos que continuar.

Me seguro no apoio mais alto que consigo alcançar e puxo o corpo. Depois de subir um ou dois metros, olho para baixo e vejo Halo, que me observa com uma expressão cautelosa.

— Você vem? — pergunto, sem saber o que ela está esperando.

Ela retorce as mãos e olha para trás como se procurasse alguma coisa. Então vira, e eu franzo a testa. Algo se desanuvia na sua visão, e ela balança a cabeça antes de segurar um apoio e subir na parede.

— Logo atrás de você — ela diz, e eu aceno.

Continuamos a subir, seguindo a linha de apoios para os pés que cercam o pilar. Quando chegamos perto do topo, eles vão se distanciando cada vez mais, testando os limites de nossas capacidades. Halo se mantém o tempo todo perto de mim. A sensação de estar fazendo isso junto com alguém é boa. Toda a experiência das Provas tem me deixado cercada de pessoas a todos os minutos do dia, mas nunca me senti tão sozinha em toda a minha vida.

Falamos pouco, concentradas demais em nossos movimentos, mas há algo na presença silenciosa e constante de Halo que me acalma. Quando chego ao topo, passo por cima da beirada com alívio. Girando, deito na plataforma e estendo a mão para ajudar Halo a subir pelo restante do caminho. Meus dedos estão vermelhos e em carne viva, e meu corpo todo treme. Acho que o sangramento na minha perna estancou, ao menos por enquanto.

— Lor — ela sussurra enquanto sobe, uma expressão indecifrável no rosto. — Preciso de sua ajuda para sair desta competição.

— Quê? — pergunto, certa de que a escutei mal. — Por quê?

Ela balança a cabeça, os olhos escuros se enchendo de lágrimas.

— Não quero mais fazer isso.

— Não estou entendendo.

— Não posso explicar agora. Lor, vou fingir escorregar. Você tenta me pegar, tá? — Ela encara o chão embaixo de nós.

Isso é loucura. Do que ela está falando?

Mas, antes que eu possa questionar o que ela tem na cabeça, Halo faz o que disse e escorrega. Desliza alguns centímetros abaixo da parede, se segurando num apoio mais baixo. Não sei se ela mudou de ideia ou se está apenas fingindo, mas continua escorregando e gritando. Eu não *tento* pegá-la. Eu *realmente* a pego, agarrando seu punho bem quando ela está prestes a despencar.

— Halo! — grito quando ela fica pendurada pela minha mão, e me apoio na plataforma.

Avanço um pouco para a beirada para segurar melhor, me equilibrando contra o balanço do corpo dela, que me puxa para a frente.

— Solta! — ela grita. — Pode fingir que escorreguei. Vou pular para o chão. — Estamos tão alto que ela provavelmente quebraria uma perna, mas ao menos sobreviveria. Mas o poço escuro do monstro está bem abaixo de nós, e a distância é muito grande. Talvez se ela corresse e desse um salto, poderia conseguir. Mas, se eu soltá-la, ela vai cair diretamente naquele buraco.

— Não — digo com os dentes cerrados, a mão dela escorregando, as nossas palmas suadas. — Tá maluca? Você nunca vai sobreviver.

— Lor — ela implora. — Por favor.

Seguro a mão dela com firmeza e olho no fundo de seus olhos.

— Não sei o que está acontecendo nem por que você quer parar, mas não pode fazer isso. Se eu soltar, você morre. É alto demais para você pular. Halo. Por favor. Me ajuda a puxar você para cima.

— O peso dela me arrasta para a frente, ameaçando jogar nós duas. O chão gira, e eu solto um gemido. — Halo!

Seus olhos escuros se enchem de preocupação quando ela finalmente olha para baixo e ao redor. Vejo o momento em que ela parece entender o que estou dizendo. Halo fecha os olhos como se estivesse se resignando a algum destino indesejável que não compreende. Não diz nada enquanto se firma com um pé na parede e toma impulso para subir. Puxo com toda a minha força minguante e a ergo para a plataforma.

Quando nós duas paramos para recuperar o fôlego, ela não olha nos meus olhos. Não a repreendo por sua atitude idiota que quase matou nós duas. Algo me diz que ela já se sente mal o bastante. Quando sinto que consigo levantar, digo:

— Vamos.

O tempo deve estar se esgotando. Como imaginei, o sino toca, sinalizando nossos minutos finais. Felizmente, resta apenas um obstáculo: uma tirolesa. Uma longa corda se estende por cima do estádio, terminando na última ponta, onde consigo distinguir várias silhuetas nos esperando. Vemos roldanas amarradas a uma coluna.

Pego Halo pelo braço e a empurro na direção de uma delas.

— Sobe. — Não vou deixar que ela fique sozinha aqui em cima onde pode tomar outra decisão impulsiva. O sino toca outra vez, temos um minuto. — Rápido! — grito para ela, sem paciência para sua hesitação. Se ela me fizer ser desclassificada tão perto do fim, nunca vou perdoá-la. No que ela está pensando?

Halo faz o que peço, olhando para mim com nervosismo. Assim que está segurando o equipamento, dou um forte empurrão para ela sair da plataforma, e ela sai em alta velocidade, acompanhada pelo zumbido da roldana que escorrega pela corda.

Não perco tempo para preparar a minha. Me seguro às alças e respiro fundo. Meus braços estão tão cansados que só me resta torcer para conseguir me segurar até o final. O sino toca. Trinta segundos. Volto a me segurar na roldana e corro para saltar, me jogando com um grito de guerra que sai do fundo do peito.

Minhas mãos estão latejando e escorregam pelas alças de madeira. Eu aperto tão firme que meus dedos doem. A roldana ganha velocidade, meu coração bate rápido, minhas pernas se agitam no ar. É aterrorizante. Estou indo tão rápido que meu coração sobe pela garganta. O vento enche minha boca, tornando difícil respirar.

A multidão está entoando os segundos finais agora.

Dez! Nove! Oito!

Estou tão perto. Tão perto. O chão se aproxima em alta velocidade.

Sete! Seis! Cinco!

Não vou conseguir. Estou longe demais. Me forço a manter os olhos abertos. Quero testemunhar meu próprio fim.

Quatro!

Três!

Dois!

Meus pés acertam a linha de chegada e cambaleio para a frente, caindo de joelhos e cara no chão bem quando a multidão grita tão alto que faz a terra tremer embaixo de mim.

UUUUUUM!

24
NADIR

Nadir ajustou a lapela do terno preto enquanto caminhava pelo corredor largo em sua ala do Torreão Aurora. Passou a mão pelo cabelo comprido, que chegava nos ombros.

— Mael! — ele chamou.

Onde estava? Era para ter atualizado Nadir vinte minutos antes. Nadir já estava atrasado e levaria uma bronca do pai. Uma criada de uniforme preto se aproximou com uma pilha de toalhas nos braços.

— Você viu o capitão? — Nadir grunhiu, e a criada, trêmula e com os olhos arregalados, usou as toalhas para apontar para uma salinha no fim do corredor.

— Eu o vi entrar ali — ela disse, depois baixou a cabeça e saiu às pressas.

Nadir bufou, indo até a tal sala, abriu a porta com tudo e entrou. Estava praticamente vazia e era usada apenas quando se precisava de espaço extra para entretenimento. Assim como na maior parte do Torreão, o piso era de mármore preto estriado com carmesim, esmeralda, violeta, turquesa e fúcsia. As paredes eram cobertas por seda com brocados, exceto pela mais distante, que exibia uma longa fileira de janelas abertas para o céu noturno.

Nadir parou no meio da sala e soltou um rosnado baixo. Um corpo grande e musculoso segurava Mael contra a parede, e obviamente a última coisa na cabeça deles era a presença de mais alguém ali. Nadir cruzou os braços e pigarreou com exagero.

O acompanhante de Mael deu meia-volta, arregalando os olhos e se atrapalhando para vestir a calça, guardando o pau com a discrição de uma banda de fanfarra numa biblioteca.

— Nadir — Mael cumprimentou com a voz arrastada. — O que o traz aqui? — Ele endireitou a barra da túnica e passou a mão pelo cabelo cacheado, sorrindo como um gato pego em flagrante com a boca cheia de penas.

— Era para você ter me encontrado vinte minutos atrás.

Nadir arqueou a sobrancelha escura quando Mael retorceu o nariz.

— Desculpa por isso. Perdi completamente a noção do tempo quando cruzei com Emmett aqui. — Mael deu uma piscadinha maliciosa para o terceiro Feérico na sala, seguida de um tapa na bunda dele, e estalou a língua. — Pode ir, Emmett. Encontro você depois.

Emmett não disse nada a Mael, apenas olhou para Nadir e fez uma reverência, as bochechas bronzeadas vermelhas como rubis.

—Alteza — ele disse com a voz grave e retumbante, e saiu da sala.

Nadir o observou sair e se voltou para o amigo.

— É apropriado transar com seus próprios soldados?

Mael sorriu e deu de ombros.

— Provavelmente não, mas o que se pode fazer diante de tamanha força bruta e magnetismo animal selvagem?

Nadir apertou a ponte do nariz.

— Eu deveria te mandar para Nostraza por uma semana.

— Talvez — Mael respondeu, se aproximando de Nadir. — Até lá, quer que eu te atualize?

Nadir suspirou e deu meia-volta.

— Venha comigo. Estou atrasado para essa festa ridícula. — Os dois Feéricos saíram da sala e voltaram ao caminho anterior de Nadir.

— As fontes de Amya não revelaram nada digno de nota em Aluvião, Tor nem nos Reinos Arbóreos — Mael disse, a voz baixa e cautelosa.

— E os outros? — Nadir perguntou, mantendo o olhar à frente.

— Ela ainda está esperando a resposta de Celestria. Está com uma mulher nova lá, mas as informações estão demorando a chegar.

— Nenhum indício de uma menina misteriosa?

— Nadica de nada.

Nadir rosnou baixo. O mistério estava ficando cada vez mais confuso. Ele voltara ao escritório do pai mais algumas vezes nas últimas semanas, ainda sem encontrar qualquer informação sobre a prisioneira 3452.

— Alguma coisa em Coração? — Nadir perguntou agora que se aproximavam do salão, de onde dava para ouvir os sons tilintantes de uma festa a todo vapor.

— O de sempre. Mais do mesmo. Tudo está morto, vazio, deserto. Até nos aventuramos pelo castelo, mas continua uma tumba.

Ele hesitou, e os sentidos apurados de Nadir dispararam.

— O que foi? Me conta.

— Tenho certeza que não significa nada, mas encontramos isso aqui. — Mael levou a mão ao bolso e tirou a corola de uma única rosa vermelha, suas pétalas ligeiramente machucadas por ficarem guardadas na calça dele.

Nadir franziu a testa.

— O que é isso?

— Estava crescendo num arbusto na frente do castelo.

— Pensei que você tinha dito que estava tudo morto — Nadir comentou.

Eles agora estavam logo à frente da entrada. Um casal chegou, de braços dados, e Nadir e Mael trocaram cumprimentos com os dois enquanto eles entravam no salão. Nadir puxou Mael de lado.

— Tudo menos isso. — Os dois olharam para a flor por um momento.

— O que quer dizer? — Nadir perguntou.

— Não sei. Provavelmente nada.

Nadir coçou o queixo enquanto observava a flor, os pensamentos se revirando em sua mente como terra recém-arada.

— Tem mais uma coisa — Mael acrescentou, mas então fez uma pausa.

— O quê? Vou ter que arrancar de você?

As sobrancelhas escuras de Mael se uniram.

— Há boatos de que o exército do seu pai visitou os assentamentos recentemente.

Nadir franziu a testa. As cidadezinhas e vilas que existiam nos arredores do reino caído eram algumas das mais desamparadas de Ouranos. Foram feitas tentativas de realocar os cidadãos orfanados, mas eles se mantinham impassíveis em sua convicção de que um dia a rainha de Coração voltaria e os restauraria à sua antiga glória. Não passavam de fanáticos e tolos. Perigosos e descontrolados na pior das hipóteses, iludidos na melhor.

— A troco de quê?

Mael encolheu os ombros.

— Parece que fizeram buscas nas casas. E foram bem... exaustivas, segundo os relatos.

Os dois Feéricos se encararam.

— Então ele está procurando algo — Nadir arriscou.

— Ou alguém.

Uma onda de música e risos veio da direção da festa, e Nadir soltou um suspiro fundo, impregnado de pensamentos que ele ainda não estava pronto para verbalizar.

— Preciso ir.

Mael fez uma reverência rápida enquanto Nadir guardava a rosa no bolso.

— Divirta-se — Mael disse com um sorriso sarcástico, sabendo o quanto o outro Feérico odiava essas coisas.

Nadir bufou e passou pelo amigo, entrando no salão. Observou o lugar e encontrou o pai sentado a uma grande mesa redonda.

Sabendo que era seu dever, ele se preparou para uma noite de bajulação e conversa-fiada, e foi sentar ao lado do rei.

— Nadir — seu pai entoou. — Que gentil da sua parte se juntar a nós. *Finalmente.*

Parte do conselho estava sentada à mesa, com seus cônjuges a tiracolo. Vestidos para uma noite elegante, com joias no pescoço, roupas de tecidos luxuosos nas cores de seus respectivos distritos.

— Perdão, pai — Nadir disse enquanto alguém colocava uma taça de vinho tinto escuro na frente dele. — Tive um contratempo.

Rion não disse nada, apenas tomou um gole do vinho. O burburinho ao redor continuou enquanto Nadir se recostava e observava o salão. Os convidados eram um misto de membros da família Feérica, alguns de parentesco muito distante, outros nobres Feéricos e um pequeno número de mortais de alto escalão que ocupavam cargos de importância dentro de Aurora. Embora os humanos estivessem abaixo na hierarquia dos Nobres-Feéricos, havia aqueles, normalmente de moral duvidosa, que conseguiam chegar aos níveis aristocráticos.

Rion achava prudente reunir as pessoas mais poderosas do reino de vez em quando para os empanturrar de comida, vinho e favores, e lembrá-los de que ele estava sempre de olho no que estavam tramando.

Pai e filho ficaram sentados em silêncio por alguns minutos, quando Rion perguntou com a voz suave:

— Você encontrou o que estava procurando? — Rion tomou um gole de sua taça, focado no salão.

Nadir olhou para o pai.

— Como assim?

— No meu escritório — Rion disse, ainda sem olhar para Nadir. — Você esteve lá... quatro? Cinco vezes? O que anda procurando?

— Não sei do que o senhor está falando — Nadir respondeu, um arrepio gélido descendo por sua coluna.

— Ora — Rion disse, finalmente olhando para Nadir. — Tenho certeza que você não pensou que reviraria meu escritório sem meu conhecimento. Já deve saber isso a essa altura, não?

Nadir engoliu em seco, tentando conter o nervosismo. Como seu pai sempre conseguia fazer com que ele se sentisse ainda um garotinho e não um Nobre-Feérico de trezentos anos que tinha lutado nas linhas de frente da Segunda Guerra de Serce?

— Você mentiu para mim — Rion continuou.

— Sobre o quê? — Nadir perguntou, a tensão pinicando sob sua pele como agulhas.

— Sobre a prisioneira 3452. O ozziller não a matou. — Havia algo frio nos olhos de Rion que Nadir não conseguiu interpretar. — Não gosto de quando você mente para mim, Nadir.

Nadir tensionou o maxilar.

— Ah, sinto muito. Nunca mais vai se repetir — ele respondeu, as palavras secas como o vinho caro que ele estava bebendo.

A expressão de Rion ficou mais séria.

— Por que você mentiu para mim e por que está procurando a ficha? Você achou que eu não juntaria as peças? De repente, morre o segundo diretor da minha prisão em poucos dias, bem na sala de arquivos. Em seguida, meu filho invade o meu escritório repetidas vezes, claramente em busca de algo.

— Quem é ela? — Nadir perguntou.

Rion se recostou como se essa conversa não fosse digna de sua atenção.

— Quero encontrá-la — ele disse, desviando da pergunta.

— Já estou procurando.

— Eu sei — Rion disse. — Não pense que pode fazer algo pelas minhas costas, Nadir. Você deveria saber disso a essa altura.

Nadir olhou feio para Rion por sobre a borda da taça, o ódio silencioso estourando em todas as cavidades de seu coração.

— Quem é ela? — ele perguntou de novo. — Por que ela é importante?

Nadir notou um brilho nos olhos de Rion. Era incompreensível. E desapareceu no mesmo instante.

— Não é ninguém. Uma ponta solta que eu deveria ter resolvido anos atrás — ele disse, e Nadir controlou o acesso de fúria que o fazia querer estrangular o pai.

O rei estava mentindo sobre a relevância dela. Nadir tinha certeza disso. Seria para despistá-lo?

— O que isso quer dizer? — Nadir tentou manter a voz tranquila, fingindo que a resposta era desimportante.

Os dois estavam jogando esse jogo, pelo visto. Mas se Rion já sabia o quanto ele havia buscado por evidências do passado dela, já devia estar ciente também do quanto Nadir estava interessado.

— Quer dizer que, por mais que você reclame, ainda governo este reino. Na próxima vez que mentir para mim, Nadir, vou tirar algo, ou *alguém*, importante de você. Aquele seu capitão tem sido bastante irritante nos últimos tempos.

A expressão de Rion era tão fria quanto os ventos nos cumes de Aurora, nem uma centelha de sentimento ou emoção em seu rosto. Nadir tinha passado séculos tentando aperfeiçoar aquela mesma fachada, mas sempre havia algo selvagem e indomado que corria em suas veias, se recusando a ser enjaulado. Nadir era emocional demais. Refém demais dos sentimentos para construir o mesmo tipo de fortaleza pétrea de pele e osso.

Era isso o que tornava Rion um pai tão ruim. Ser indiferente a tudo e todos exigia um nível de egocentrismo capaz de virar a pessoa do avesso.

— O que eu deveria fazer se a encontrar? — Nadir perguntou, fingindo ignorar a ameaça do pai, mas, se Rion ferisse Mael, ele arrancaria membro por membro do rei assobiando uma alegre melodia. E estaria pouco se fodendo para as consequências.

— Elimine-a — Rion disse. — Por mais que eu já tenha desejado o contrário, ela não serve de nada, nem a mim, nem a ninguém.

Nadir aguardou, na esperança de que o pai pudesse revelar mais alguma coisa, mas Rion ficou em silêncio. Dando um gole de vinho, Rion observou o salão com um olhar frio.

— Preciso que você vá a Afélio no meu lugar para aquele baile ridículo das Provas da Rainha Sol — Rion disse, e Nadir soltou um resmungo de desprezo.

— Nem fodendo.

Rion virou a cabeça devagar e encarou Nadir com frieza.

— Não foi um pedido.

Nadir bufou, sabendo que não teria escolha. Ele desfilaria com os governantes de outras cortes, mantendo essa farsa enquanto Atlas e seu Espelho condenavam alguma jovem inocente à servidão eterna. A única forma de o rei de Afélio convencer alguém a se unir a ele era fazendo parecer que se tratava de uma grande honra. Patético.

Mais uma vez, pai e filho ficaram em silêncio enquanto Nadir planejava a melhor forma de sair do salão mais cedo.

Entretanto, o convite chegou em boa hora, uma vez que Amya ainda não havia conseguido colocar um espião dentro do Palácio Sol. Era o último lugar onde ele pretendia olhar, mas, se não havia vindo de outras cortes, teria que engolir essa.

— Tá — Nadir murmurou finalmente. — Vou levar Amya.

Rion soltou uma gargalhada arrepiante, tão fria que parecia estalar como rachaduras sobre um lago congelado.

— Sim, leve sua irmãzinha, Nadir. Sei que você não consegue fazer nada sem ela. Talvez deva pedir a ajuda dela na próxima vez que invadir meu escritório. Vou levar semanas para arrumar a confusão que você deixou em meus escudos.

Seus olhares se encontraram, e agora foi a vez de Nadir sorrir. Esse era o único ponto fraco do rei, que parecia não se importar com ninguém além de si mesmo. O fato de a filha preciosa de Rion tê-lo rejeitado e escolhido se aliar a Nadir nessa batalha de alianças familiares.

Não era muita coisa, mas Nadir se apoiava com todas as forças na lealdade dela e nessa única vantagem sobre o pai. Ele sempre se perguntava se o ódio de Amya pelo pai era o único arrependimento da vida longa e miserável de Rion.

25
LOR

Engasgo com a terra que enche minha boca enquanto viro de costas, a luz do sol fazendo meus olhos arderem. A multidão ainda está aos gritos, celebrando as Tributos que sobreviveram. Sinto mãos em mim, alguém puxando minha perna com delicadeza, e reclamo como se uma chama percorresse meu corpo. Não consigo sentir nada além de dor, meus pés dormentes e minha respiração tensa.

Os dois curandeiros Feéricos pairam sobre mim, tratando o corte na perna. Eles trabalham com eficiência, limpando, depois enfaixando o ferimento. Atlas tinha dito que eles só podiam nos curar para impedir nossa morte, então estão fazendo o possível para conter a perda de sangue. Minha cabeça gira, e minha visão fica turva.

Enquanto cuidam de mim, escuto a multidão celebrando, desejando sentir a mesma energia.

Levo alguns minutos para reconstituir tudo que acabou de acontecer. *Halo*. O que deu nela? Estou tão furiosa que um nó duro de raiva queima minhas entranhas. Ela quase fez com que nós duas caíssemos naquele poço. Mesmo se tivesse conseguido saltar para além do buraco, por que desistir da competição? Ela estava prestes a jogar tudo isso fora. Se for eliminada das Provas, fica presa a um trabalho meia-boca para o resto da vida como dama de companhia, mas não consigo sentir um pingo de compaixão, sabendo que, se fosse eu quem tivesse caído no chão do estádio, não haveria um lugar de honra em Afélio para mim.

Um curandeiro coloca a mão nas minhas costas e me ajuda a sentar, oferecendo dois comprimidos pequenos. Engulo a seco. O efeito é imediato, anestesiando a dor lancinante na perna. Estou cercada por várias pessoas, incluindo Halo, Tesni, Aprícia, Gabriel e Atlas, bem como um trio de escrivães que anotam freneticamente.

O rei se agacha na minha frente, tocando meu rosto com sua mão grande.

— Como está se sentindo? — ele pergunta com preocupação em seus olhos azuis. — Foi uma chegada e tanto. — Ele sorri ao dizer isso, e, embora eu esteja exausta, furiosa e machucada, há um orgulho tão evidente naquele sorriso que não consigo evitar retribuir.

Gabriel agora está agachado ao lado de Atlas e revira os olhos.

— Vamos levar você de volta ao palácio. — Ele estende a mão para me ajudar a levantar, segurando um braço enquanto Atlas segura o outro.

— Majestade — um guardião diz —, eu posso fazer isso.

Atlas o dispensa com um gesto.

— Lor — Halo entra na nossa frente. — Des... — Ela perde a voz, sem querer revelar suas ações na frente do rei.

Desistir da competição era o equivalente a trair Afélio, e as consequências seriam muito piores do que ser simplesmente cortada das Provas. Mas não tenho o menor desejo de castigá-la nesse nível, então não digo nada, fulminando-a com um olhar que espero transmitir o grau do meu descontentamento.

— Depois a gente conversa — digo, enfaticamente, e ela franze os lábios, concordando.

Apoio os braços no pescoço de cada um deles. Os dois são tão altos que precisam se agachar bastante para que eu os alcance. Atlas solta um gemido de frustração e me pega nos braços. Surpreendida, levanto a cabeça, os olhos arregalados.

Ele sorri.

— Olá.

— Oi — digo.

— Coloque os braços ao redor do meu pescoço — ele ordena, e obedeço.

O movimento provoca uma nova onda de tontura, e pressiono a testa no pescoço dele, esperando que passe. Ele começa a caminhar, e abro os olhos devagar, olhando para trás. Apricia me observa nos braços do rei. Sua bochecha está manchada de sangue, e seu olhar é cortante. É então que lembro de alguém gritando meu nome enquanto eu atravessava a estreita trave de equilíbrio.

Eu tive certeza que era Willow. Em meio à névoa de estresse, achei que fosse minha mente me pregando peças. Entendo de repente o que aconteceu e lanço a ela um olhar fulminante. Ela me fez escorregar e quase cair no poço. Apricia sorri em resposta, os olhos brilhando com seu momento de quase triunfo. Vou matá-la também.

Gabriel entra atrás de Atlas, bloqueando minha visão, e fecho a cara. Ele retribui arqueando a sobrancelha com um ar imperioso.

— Quantas sobreviveram? — pergunto, finalmente, meus pensamentos se acalmando devagar.

Ergo os olhos para Atlas, sua expressão ficando sombria.

— Perdemos uma para o poço — ele diz com a voz baixa, e sinto um aperto no peito. Vejo o fulgor do cabelo ruivo e escuto o thogrul quebrando os ossos e mastigando a vitalidade dela. — Griane e Ostara foram desclassificadas.

Fecho os olhos.

— Então só restam quatro de nós — falo com um vazio na voz, como se minhas entranhas tivessem sido arrancadas.

Restam mais dois desafios e apenas quatro de nós. Lamento a perda de Hesperia, embora ela nunca tenha sido gentil comigo. É difícil não pensar que estou ainda mais perto do meu objetivo. E se eu sobreviver e ficar diante do Espelho Sol? O que ele vai fazer comigo?

Chegamos aos portões do palácio, graças ao ritmo acelerado de Atlas. Ele me guia através dos corredores enquanto dezenas de pessoas se oferecem para me tirar dos seus braços e são ignoradas. Chegamos a meu quarto e encontramos Mag já à espera, com as mãos unidas, balançando na ponta dos pés.

Ela faz vozinha ao me ver, se aproximando como uma mãe coruja desesperada.

— Ah, você está horrenda! Leve-a para o banheiro. Deixei a banheira pronta. Precisamos limpá-la.

Mag morde o lábio, preocupada, enquanto Atlas me coloca com delicadeza no banco estofado que ela indica. Ela se ajoelha imediatamente e começa a desafivelar minhas botas.

Recosto na parede, deixando que ela cuide de mim. É uma sensação boa ter alguém que se preocupa com meu bem-estar, por mais que seja paga para isso. Quando termina de tirar minhas botas, ela leva a mão aos laços do meu gibão e olha para o rei, pigarreando.

— Majestade, não seria apropriado ficar aqui enquanto cuido da Tributo — ela diz, enfática, e solto uma risada cansada.

Atlas já viu tudo que havia para ver, mas acho que estamos fingindo que nos comportamos perfeitamente bem. Ele inclina a cabeça para Mag e para mim.

— Claro. Volto depois para ver como você está.

Antes de sair, ele se abaixa e dá um beijo suave na minha têmpora antes de inspirar fundo.

— Você foi incrível hoje — diz com a voz suave, e sorrio para ele, um rio de calor atravessando meu peito.

— Obrigada.

Ele me faz uma reverência rápida e sai logo em seguida, dando um tapinha no ombro de Gabriel, que está parado no batente, com a cara fechada.

Mag gesticula para ele se aproximar.

— Me ajuda a tirar isso. — Ela aponta para a calça encharcada de sangue, ou o que restou dela depois de os curandeiros a rasgarem quase inteira para chegar a meu ferimento.

— Ei — digo. — Por que ele pode ficar aqui? Não quero que *ele* me veja pelada.

Gabriel sorri com sarcasmo e tira uma adaga do cinto.

— Nada que eu já não tenha visto, Tributo.

— Não é essa a questão — digo, entre dentes, a dor aumentando quando Mag me ajeita para tirar meu gibão e a camisa fina por baixo.

Cruzo os braços, olhando feio para Gabriel, que me encara com um distanciamento frio.

— Confie em mim, não estou interessado nas partes íntimas de humanas bocas-sujas.

Ele aproxima a adaga de mim, e solto um gritinho agudo, tentando me afastar, mas minha perna lateja de repente. Os comprimidos dos curandeiros ajudaram, mas não tiraram toda a dor.

Gabriel enfia os dedos na cintura de minha calça e me puxa, pouco se preocupando com os meus machucados.

— Fique sentada — ele grunhe, e começa a cortar o couro com habilidade.

— Mag — digo em um silvo. — Pode pegar alguma coisa para me cobrir?

— Ah! Claro — ela diz, pegando uma toalha e a jogando sobre mim.

Gabriel arranca o resto da minha calça, mas não antes de dar uma boa olhada nas partes íntimas em que ele *diz* não ter interesse.

Minhas bochechas coram, e ele sorri com perversidade, claramente se deliciando com meu desconforto.

— Me ajude a carregá-la até a banheira — Mag diz, levantando, e não consigo acreditar em como ela não liga de Gabriel me ver nua dessa forma. — Os curandeiros deram curativos à prova d'água, então ela já pode entrar direto.

— Não. — Ergo a mão quando ele se abaixa para me pegar. — Eu consigo andar.

Ele ergue as mãos, neutro, e me preparo para levantar, mas minha perna trava, então, assim que tento andar, quase caio no chão. Gabriel me segura, suas mãos grandes encontrando minha pele nua. Ele coloca um braço ao redor de meus ombros, outro sob meus joelhos e revira os olhos.

— Cuidado onde toca — digo, ríspida, e ele ri.

Mag continua gesticulando para ele como se não fosse completamente óbvio onde fica a banheira enorme no meio do banheiro. Gabriel sobe os três degraus, então para no alto. Ele abre um sorriso cruel, e fico preocupada de repente.

— Bom banho, Tributo.

Então ele me solta, me jogando sem cerimônia na banheira. Grito quando caio e bato a bunda no mármore duro com um baque, a dor subindo do cóccix até a espinha. Me debato na água, a toalha agora molhada escorregando dos meus seios e da minha barriga. Encontrando as bordas da banheira, puxo o corpo para cima e sento, a perna gritando.

Gabriel está rindo tanto que joga a cabeça para trás, e consigo ver cada um de seus dentes. Suas asas vibram como se também estivessem rindo da piada.

— Filho da puta! — grito. Ele desce os degraus de costas, ainda gargalhando. — Eu te odeio!

Quando ele vira para sair, grito para suas costas, mas não antes de ele inclinar a ponta de um chapéu imaginário com ar zombeteiro. Vou *acabar* com ele.

Quando ele sai, Mag começa a esfregar minha pele e ensopar meu cabelo em água quente e ensaboada.

— Posso solicitar um novo guardião? — pergunto. — Ele é escroto assim com todo mundo?

Mag morde os lábios.

— Ele parece mesmo ter uma forte antipatia por você. Não agiu assim da última vez. — Ao dizer isso, ela arregala os olhos e desvia o olhar rapidamente.

— Última vez? Como assim, última vez?

Ela gesticula com a mão, distraída.

— Quê? Ah. Eu não disse nada.

— Disse, sim. — Mag não responde, lavando meus braços com a esponja macia. Pego seu punho, forçando-a a olhar para mim. — O que você não está me contando?

A preocupação parece se infiltrar nas rugas do rosto dela.

— É proibido — ela murmura, olhando ao redor como se alguém estivesse lá, escutando.

— É melhor me contar logo, porque não vou parar até você falar. Ou vou perguntar a Atlas.

Mag me lança um olhar sinistro, mas deu certo, porque ela diz:

— Você não ouviu isso de mim.

— Certo — concordo. — Um passarinho me contou.

Ela me olha feio.

— Estou começando a ver por que o capitão gosta tão pouco de você.

— Fala logo — digo, ignorando o comentário.

Ela mergulha a esponja na água e esfrega minhas costas.

— As últimas Provas da Rainha Sol não foram quinhentos anos atrás — ela diz. — Foram há dois anos.

Algo se aperta no meu peito.

— Como assim, dois anos atrás? O que aconteceu?

Mag para de esfregar e apoia os braços na borda da banheira.

— Não deveríamos falar sobre isso.

Um rosnado escapa da minha garganta.

— Mas você vai me contar.

Mag me encara.

— Todas morreram.

O frio na minha barriga cresce ainda mais.

— Como assim?

Ela faz que não.

— Foi durante um dos desafios. — Ela derruba a esponja na banheira e espreme um pouco de xampu roxo na mão. Parando atrás de mim, começa a lavar meu cabelo como se não tivesse coragem de olhar na minha cara. — Não sei o que aconteceu: mantiveram os detalhes em sigilo, mas as Tributos entraram e não saíram. Apenas o rei, os guardiões e madame Odell. As Provas foram canceladas, e nunca mais se falou delas até algumas semanas atrás, quando o rei anunciou que seriam realizadas novamente.

Ela está esfregando minha cabeça com vigor agora, descontando o nervosismo no meu couro cabeludo. Deixo que continue, desfrutando da sensação. Ficamos em silêncio, acompanhadas apenas pelo chiado da espuma sendo esfregada.

Um detalhe sobre o que Mag falou me incomoda como uma coceira num ponto em que não consigo alcançar. Se as últimas Provas foram dois anos atrás, outra Tributo da Aurora deve ter sido escolhida. Quebro a cabeça, tentando lembrar se alguma outra jovem de Nostraza saiu da prisão. Ninguém me vem à mente. Em sua maioria, os detentos de Nostraza são homens, e eu notaria se uma mulher por volta da minha idade desaparecesse. A não ser que o Rei Aurora a tenha escolhido de outro lugar. Ainda não entendo por que ele me deixou sair depois de tudo que aconteceu.

Quando termina de lavar meu cabelo, Mag liga o chuveirinho e enxagua minha cabeça com uma corrente de água aquecida. Viro para ela.

— Você não faz ideia de como todas morreram?

— Ouvi boatos. Os criados falam.

— Que boatos?

— Tenho certeza de que não são verdade. — Ela espreme um pouco de condicionador na mão, sem me olhar nos olhos.

— Que boatos?

— Que o rei não estava contente com as candidatas e, por isso, finalizou as Provas... prematuramente.

Lanço um olhar para ela, que fica pálida.

— É verdade? — Penso no rei. Em sua gentileza. Em como ele é tão bondoso comigo. É impossível que o mesmo Feérico fizesse algo assim. Certo?

— Não — Mag diz com firmeza, mas tenho a impressão de que ela está tentando convencer a si mesma. — É claro que não é verdade. As pessoas dizem todo tipo de coisas terríveis, não dizem? — Sua voz muda de tom, ficando mais aguda enquanto ela começa a falar que as pessoas adoram inventar mentiras e que o rei não faria esse tipo de coisa.

Quanto mais ela nega, mais cética fico.

Se for verdade, será que poderia acontecer de novo? Restam apenas quatro de nós e dois desafios. Será que alguma vai conseguir chegar ao fim? Por que aquelas Tributos não estavam à altura? Atlas deu a entender mais de uma vez que gostaria que eu vencesse, mas será que só escutei o que queria?

Mag deve ter se enganado. São apenas boatos cruéis espalhados por Feéricos entediados que não têm nada melhor para fazer do que inventar mentiras horríveis.

Ela enxagua o condicionador e coloca uma toalha na minha cabeça para torcer o resto da água.

— Pronto — diz. — Muito melhor. Você consegue andar ou devo chamar o capitão para ajudar? — Ela faz menção de sair do quarto e chamo seu nome, erguendo a mão.

— Não. Não se atreva a chamá-lo. Consigo sair sozinha.

Gabriel provavelmente me jogaria para fora da sacada por "acidente" desta vez. Mag segura meus braços enquanto me levanto devagar, me encolhendo de dor. Depois de sentar, me arrasto pelos degraus até Mag me enrolar num roupão felpudo.

Respiro fundo e levanto com dificuldade, meu braço ao redor dos ombros de Mag. Ela é meio palmo mais baixa do que eu e da altura perfeita para ser minha muleta.

— É melhor descansar um pouco — ela diz, preocupada.

Me ajuda a deitar e me cobre. De repente, minhas pálpebras ficam tão pesadas que mal consigo mantê-las abertas. Não respondo, apenas afundo nos lençóis e travesseiros macios e pego no sono.

Não sei por quanto tempo dormi, mas, quando acordo, o céu está escuro e as luzes no meu quarto pouco iluminam. Estico os braços para cima, me contorcendo com a dor profunda na perna. Alguém deixou um copo d'água e mais dois analgésicos na mesa de cabeceira. Levo a mão até eles quando escuto sussurros furiosos vindos do banheiro.

A porta está entreaberta, e distingo as vozes sussurradas de Gabriel e do rei.

— Quem é ela, Atlas? O que ela está fazendo aqui e por que você está tão interessado nela? Não confio nisso — Gabriel diz com raiva.

Atlas responde, mas só ouço o som abafado de sua voz. Fico completamente imóvel, não quero que saibam que estou acordada. Tenho todo o direito de ouvir o que Gabriel está falando pelas minhas costas.

— Você poderia ter qualquer uma daquelas meninas. Elas seriam uma escolha muito melhor. Livre-se dela.

Ao ouvir isso, arregalo os olhos e fico completamente imóvel. *Quê?* Se livrar de mim?

— Você está sendo ridículo — Atlas diz, mais alto desta vez. A exasperação em sua voz dissipa parte da minha tensão. — Não há motivo para se preocupar. Confie em mim. Ela é a pessoa certa. Tenho certeza disso.

— Atlas... — Gabriel diz em tom de alerta.

— Eu disse chega. Você é responsável pela segurança dela e por garantir que ela passe nas Provas. Zerra sabe que eu fiz minha parte.

— É o que tenho feito — Gabriel diz, e praticamente consigo ouvi-lo ranger os dentes.

Franzo a testa enquanto várias peças se encaixam. Atlas me dando o livro na biblioteca e a dica sobre a roupa. O monstro sirênico me perseguindo até parar de repente. Gabriel me treinando na trave de equilíbrio. Aquela mão mágica que pareceu ter me salvado de cair do corredor da morte.

— Se alguma coisa acontecer com ela, você vai responder por isso. Fui claro? — Atlas diz em seguida.

Há uma longa pausa, e os imagino num impasse. Estou segura perto de Gabriel? Se Atlas está mesmo preocupado, não deveriam me dar outro guardião? E por que estão me ajudando? O que Atlas quer?

O *Rei Aurora* me escolheu para isso, *não* Atlas. Certo? De repente, essa distinção parece muito importante. Penso na rebelião que Gabriel disse não ter acontecido naquela noite em que me tirou de Nostraza e me pergunto se tudo o que me disseram aqui é verdade.

Finalmente, escuto a resposta de Gabriel:

— Sim, majestade. Perfeitamente claro.

— Que bom — Atlas retruca. — E não questione meu bom senso de novo. Nossa amizade tem limites. Ainda sou seu rei, e você ainda é meu servo.

Não sei se Gabriel responde ou se apenas assente porque, um segundo depois, a porta se abre e fecho os olhos, fingido dormir. Escuto passos na direção da cama e tento regular a respiração e relaxar o rosto. Um momento depois, sinto um toque suave na minha bochecha e um polegar roçando no meu lábio.

— Volto mais tarde para ver como você está — Atlas diz com a voz branda. Em seguida, escuto o movimento rápido de seus passos. — Venha — Atlas ordena, e então os passos de Gabriel.

Espero a porta fechar para abrir os olhos e sentar, sem saber o que pensar a respeito do que acabei de ouvir.

26

Passo os dias seguintes me recuperando na cama, os curandeiros cuidando de mim duas vezes por dia com curativos novos e um abastecimento constante de analgésicos. Dizem que foi um corte simples e que está cicatrizando bem. Me disseram mais de uma vez que Halo veio me visitar, mas me recuso a vê-la, nem um pouco interessada em ouvir o que ela tem a dizer. Ainda estou furiosa por quase ter me feito sair da competição. Pensei que ela fosse minha amiga. Esperava esse comportamento de Apricia, não dela.

Também não consigo esquecer a conversa que escutei entre Atlas e Gabriel. Qual é o problema de Gabriel comigo? Até onde ele sabe, sou uma prisioneira de Nostraza e não faria mal a uma mosca nem se tentasse. Também tenho que considerar as verdadeiras intenções de Atlas, sabendo que ele andou trapaceando a meu favor. Me pergunto se ele tem feito o mesmo por alguma das outras Tributos.

Também não consigo parar de pensar nas Provas da Rainha Sol anteriores.

A quem posso pedir mais informações?

Mag me ignora completamente toda vez que falo disso, apenas muda de assunto e pronto. A única outra pessoa que vem até o meu quarto é Atlas, mas, depois que Mag disse que falar disso é proibido, essa não parece ser a melhor jogada. Também tem Gabriel, que está doido para se livrar de mim. Para ele com certeza não posso perguntar.

Me ocorre, então, que as outras Tributos devem saber. Dois anos atrás, todas já tinham nascido e moravam em Afélio. Talvez eu possa procurar Halo, nem que seja para perguntar sobre isso. Ela está me devendo uma.

Decido então dar uma volta, me sentindo mais forte e enlouquecendo de tanto ficar deitada. Saio da cama e pego algumas roupas confortáveis. Uma túnica amarela, uma calça justa de camurça, bege e macia, e sandálias douradas também confortáveis. Confiro se o medalhão está no meu pescoço com um aperto reconfortante, pensando em Willow e Tristan. O que eles estão fazendo agora? Faz semanas que estou longe... será que estão vivos? Ninguém me disse o que realmente aconteceu com eles.

Meu cabelo continuou a crescer, graças à magia de Callias, e já passa dos ombros. Penteio com os dedos e balanço a cabeça, adorando a sensação dele roçando na minha nuca.

Ao sair do quarto, escolho uma direção ao acaso e sigo pelos corredores. Como sempre, o palácio está repleto de atividades, festas a todo vapor com Feéricos e mortais bebendo, comendo e farreando em estados variados de nudez. Será que todas as cortes são tão liberais em seus prazeres carnais ou essa é uma característica específica de Afélio?

Embora eu entenda que quase todos os Feéricos são entusiastas das coisas que ocorrem entre quatro paredes, não consigo imaginar ninguém em Aurora se divertindo tanto. É muito escuro e sombrio. O Torreão Aurora parece mais apropriado a funerais e a ressuscitar os mortos.

Com um sorriso, sou contagiada pela alegria das pessoas. Deve ser uma vida maravilhosa, simplesmente existir para o prazer. É essa a realidade que me aguarda se eu me tornar a rainha de

Afélio? Isso me satisfaria? Não é esse o tipo de rainha que eu me imagino sendo.

Por mais alegres e calorosas que as festas pareçam, não estou a fim de encarar uma multidão hoje, muito menos quando avisto Griane e Apricia tomando espumante. Me pergunto por que Apricia não é submetida às aulas infinitas com madame Odell, mas acho que sei a resposta.

As duas me avistam. Griane abre um sorriso tímido para mim agora que não está mais na competição. O que ela realmente me deve é um agradecimento por ajudá-la a sobreviver ao corredor da morte, mas não vou gastar minha saliva. O olhar sério de Apricia é o mesmo de sempre. Estremeço só de pensar em me tornar uma das damas de companhia dela e considero se voltar a Nostraza não é uma opção mais agradável.

Sem deixar que ela estrague meu humor, sigo em frente e encontro duas portas de vidro que dão para um jardim tranquilo. Há fileiras e mais fileiras de arbustos cheios de rosas douradas cintilantes. Elas florescem em todas as direções, o reflexo do sol as enchendo de vida. O efeito é hipnotizante. Passando os dedos ao longo das pétalas suaves, vou passeando tranquilamente pelas trilhas.

As rosas são tão macias que parecem almofadas envoltas em veludo. Me abaixo para sentir o cheiro de uma delas, o aroma forte e exuberante me transporta de volta a Nostraza e àquela lasquinha minúscula de sabonete que tinha um vestígio do cheiro desses botões inebriantes. Aquela barra de sabonete inútil que me botou na Depressão e me trouxe aqui a este jardim, me jogando aos caminhos imprevisíveis do destino.

Torcendo para que ninguém se importe, colho uma das flores para levar comigo, girando o caule entre o indicador e o polegar.

O som do oceano brame ao longe, e vou até uma mureta de pedra do outro lado do jardim que dá para o mar.

— Lor — uma voz me chama, interrompendo meu devaneio.

Halo está ao lado de Marici, ambas me observando com expressões desconfiadas.

— Oi — digo, com um tom cortante.

— Como está se sentindo? — Halo pergunta, se aproximando.

— Estou... bem. Eu acho.

— Fui ver você. Várias vezes.

— Eu sei — digo.

— Eu queria explicar. — Halo aperta a saia e lança um olhar inseguro para Marici.

A outra Feérica vai até ela, pega seu braço e assente.

— Pode contar — Marici sussurra. — Ela merece saber.

Franzo a testa, sem entender o que está acontecendo. Existe algum lugar neste reino em que eu consiga escapar de todos esses segredos?

— Eu e Marici — Halo diz, e então para.

Marici aperta o braço de Halo, e elas trocam um olhar cheio de tanta ternura e emoção que quase perco o fôlego.

— Vocês estão apaixonadas — digo, e os rostos das duas se transformam com surpresa e alívio.

— Sim — Halo diz, mas sua expressão se dissolve em pânico logo em seguida, os olhos se arregalando. — Mas você não pode contar para ninguém.

Ergo as mãos.

— Tudo bem. Não vou abrir a boca.

O olhar dela se torna sombrio.

— É traição *estar* com qualquer pessoa além do rei depois que se entra para as Provas.

Passo a mão pelo rosto enquanto várias peças se encaixam.

— É por isso que você queria desistir do desafio.

Halo faz que sim, pressionando os lábios.

— Qual é o plano? Morarem juntas como damas de companhia e... — Perco a voz enquanto a ideia paira entre nós. Desencosto da mureta e balanço a cabeça. — É perigoso. Vocês podem ser presas, enforcadas ou seja lá o que fazem com traidores em Afélio.

Halo baixa os olhos.

— Podemos — diz, baixinho antes de voltar a erguer os olhos para mim. — Mas somos amigas há tanto tempo...

— Nossas famílias não fazem ideia — Marici acrescenta. — Eles tinham esperança de que uma de nós se unisse ao rei. Não tivemos escolha a não ser entrar nas Provas.

— Desculpa por quase ter feito você cair no corredor. Você tem todo o direito de ficar furiosa — Halo diz.

Ela quase me matou, e fiquei mesmo furiosa, mas minha raiva já se dissipou ao notar a tristeza e a esperança hesitante na postura delas.

— Vocês vão ter que guardar segredo — digo.

— A menos que o rei decida que não pertencemos mais a ele nesse sentido — Halo diz, um rubor subindo por suas bochechas. — As Tributos damas de companhia nunca podem se unir a um parceiro, mas algumas, que não despertavam o interesse do rei, já tiveram relacionamentos. Com a bênção dele.

Fecho a cara. Afélio precisa rever como trata suas mulheres. E depois dizem que *eu* sou incivilizada.

Marici está apoiada em Halo como uma florzinha buscando abrigo sob uma árvore.

— Se você vencer... — Halo diz, sem completar o pensamento.

— Não vou vencer — digo, e tenho certeza que apesar do que ouvi entre Atlas e Gabriel, as chances de eu realmente chegar à frente do Espelho Sol são infinitesimais.

— Mas se vencer... — Marici diz.

Eu a encaro com um olhar cortante.

— Não vou vencer — repito.

Atlas pode ter proibido Gabriel de me machucar, mas isso não significa que estou em segurança. Seria fácil fazer qualquer coisa parecer um acidente durante um desafio.

Marici assente, os olhos baixos, e me sinto culpada pela rispidez, mas não quero que ela crie muitas esperanças. Nem eu, aliás. Solto um suspiro e passo a mão no rosto.

— *Se* eu vencer, vou ver o que posso fazer. Confiem em mim, *se* eu vencer, não vou aceitar que meu companheiro receba ninguém na cama além de mim.

As duas se animam, sorrindo, mas minhas palavras transmitem uma bravata que não posso sustentar. Se eu vencer, é claro que ainda estarei abaixo do Feérico que detém o verdadeiro poder neste reino. Eu teria como impedi-lo? Ele dá satisfações a alguém?

— Obrigada, Lor — Halo diz, pegando minhas mãos. — Obrigada.

— Não me agradeça. Ainda não fiz nada.

— Claro — Marici diz. — Obrigada mesmo assim.

Suspiro de novo, o peso do mundo caindo sobre meus ombros como um teto de pedra.

Tristan. Willow. Halo. Marici.

A lista de pessoas que dependem da minha vitória nas Provas da Rainha Sol está cada vez maior.

27

APRICIA, TESNI, HALO E EU ESTAMOS em uma fileira de frente para a madame Odell, que nos observa como uma avaliadora numa loja de diamantes. Ela franze o nariz como se tivesse encontrado uma pedra com defeitos incontáveis.

— Parabéns por serem as últimas quatro. Embora eu não esteja surpresa por ver algumas de vocês aqui, estou absolutamente perplexa por uma em particular.

Se acontecer um milagre e eu me tornar a rainha de Afélio, madame Odell vai estar na lista das pessoas que vou castigar, junto com o Rei Aurora.

Reviro os olhos, resistindo ao impulso de dar língua para ela. Seria infantil, e eu sou... bem, não exatamente uma dama, mas estou cansada de permitir que ela me diminua. Ganhei de outras seis Tributos e cheguei muito longe, mesmo que não inteiramente por mérito próprio. Olho para Apricia. Provavelmente não sou a única que Atlas está ajudando. Ele disse que tinha suas favoritas. No plural.

Seja como for, nunca vou conquistar o respeito da madame Odell — isso está claro —, mas ela não é melhor do que eu.

Noto que Halo abre a boca, prestes a me defender, mas coloco a mão em seu braço. Não vale a pena e não vai fazer nenhuma diferença. Madame Odell vai pensar o que quiser. Halo acena para mim, relutante. Tenho a impressão de que acha que deve alguma coisa a mim porque estou guardando o segredo dela, mas não. Eu jamais contaria ou faria nada que causasse problemas a elas.

— O próximo desafio vai acontecer no baile das Provas da Rainha Sol daqui a três dias — madame Odell diz. — É uma tradição e um evento importante de Afélio. Os governantes de todas as cortes comparecem para ver a possível futura Rainha Sol. — Ela sorri para Apricia como se já estivesse decidido, e solto um resmungo de desprezo que ela ignora.

Mas aquelas palavras me deixam abalada. Todos os governantes.

Quer dizer que vou ver o Rei Aurora de novo. Depois de todos esses anos. Sinto um embrulho no estômago.

Ele está aqui para ver como vai sua refém? Será que sabe ou se importa que eu ainda esteja viva? Qual era a intenção dele ao me enviar aqui? Faz parte de algum plano maior? Faz tantos anos, tenho certeza que ele se esqueceu de mim logo depois que tentou acabar comigo. Faz muito tempo que não vejo o rosto do Feérico Imperial que prometi destruir um dia.

Não sei se estou pronta.

— É um baile de máscaras — madame Odell continua. — Vocês vão se camuflar entre os outros convidados, não como Tributos, mas como convidadas comuns. Sua missão será interagir, encantar e seduzir. Alguns convidados serão escolhidos para participar do desafio, mas eles só saberão que estavam participando do jogo quando acabar. Cada um estará com um objeto de grande valor sentimental. Um anel ou broche, por exemplo. Uma hora depois do começo do baile, seu guardião será informado do objeto específico que vocês devem pegar. Falem com ele para descobrir qual será seu alvo.

"Sua meta é convencer o dono do item a entregá-lo a vocês. Vocês podem usar todo e qualquer meio necessário, exceto dizer quem são e o que estão fazendo. Quem pegar a joia por último será eliminada. As outras três vão avançar para o quarto e último desafio."

Madame Odell para seu andar lento de um lado para o outro e entrelaça as mãos na frente do corpo.

— Minhas instruções foram claras?

Todas nós fazemos que sim. Essa avaliação parece um tanto simples se comparada com as outras, mas tenho certeza que deve ter uma pegadinha. Ao menos, não parece que a morte é um desfecho provável desta vez, mas pensei a mesma coisa sobre o teste de perguntas e respostas.

— Excelente — madame Odell diz. — Não vejo a hora de ver vocês usarem sua sagacidade e suas artimanhas.

Como sempre, ela olha para mim com uma expressão que sugere que todas essas características me ignoraram e passaram reto. Ela deve ter razão. Não sei encantar ninguém. Com sorte, vou ter alguém maleável como alvo.

— Vocês estão dispensadas — ela diz. — Boa sorte, Tributos.

Callias entra no meu quarto com estrépito, empurrando o carrinho cheio de pentes e poções, e me olha de cima a baixo. Estou tomando uma taça de espumante e terminando o almoço que Mag me trouxe mais cedo. É o dia do baile da Rainha Sol, e, pelo visto, vou levar horas para ficar pronta.

— Ah, que bom! — Mag diz, batendo palminhas — Você finalmente chegou.

Callias arqueia a sobrancelha de forma irônica.

— Sim, bem, tive que fugir da criada daquela insuportável da Apricia. — Ele curva os lábios. — Zerra tenha piedade do rei se ela vencer. E de toda Afélio, na verdade. Sabiam que ela gritou comigo durante vinte minutos porque as luzes que ela pediu não eram *lustrosas* o bastante? — Ele bufa, tirando as coisas do carrinho e colocando na penteadeira. — Como se eu fosse responsável pela falta de brilho natural do cabelo dela. Não sou o cabeleireiro dela. Não sei que porcaria ela está usando para lavar e condicionar, e juro…

— Callias — Mag interrompe. — Foco, por favor. Não temos muito tempo.

Estou prestes a argumentar que, na verdade, temos horas, mas Mag me silencia com um olhar.

Callias solta um resmungo estressado e põe a mão no quadril.

— Sim, certo. — Ele me examina, inclina a cabeça e sorri. — Estou vendo que minhas pílulas estão dando certo. — Mexe os ombros, fazendo uma dancinha presunçosa antes de voltar a tirar os instrumentos do carrinho.

— Deram, sim — respondo.

Meu cabelo está no meio das costas agora e, graças ao xampu que Mag insiste que eu use, está tão macio e brilhante que parece seda. Não deve ser tão lustroso quanto o de Apricia, liso e cheio, mas, comparado às mechas destroçadas com que cheguei, é uma melhora impressionante.

Callias se aproxima com um pente na mão e dá uma volta atrás da cadeira da mesa de jantar onde estou sentada.

— O que vamos fazer hoje? — ele considera.

Não acho que esteja falando comigo, então não respondo, mas sirvo outra taça de espumante para mim. A garrafa está vazia agora, e a ergo como um sinal a Mag.

— Pode buscar outra?

Ela faz que sim e vai buscar. Estou tão nervosa por causa da noite de hoje que preciso de um pouco de coragem líquida. A ideia de rever o Rei Aurora está desenterrando minhas memórias cuidadosamente escondidas como se fossem corpos inchados que saem do lodo para a superfície.

Ainda me rodeando, Callias para e me cerca por outro lado. Solta vários *hums* e *ahs*, e estou começando a me sentir como um cavalo num leilão.

— Já acabou? — pergunto. — Sou um caso tão perdido que precisa de uma hora para descobrir o que fazer comigo?

Callias para e dá uma piscadinha, nem um pouco incomodado com a minha irritação. Ele tira a taça da minha mão, e eu reclamo, mas sou ignorada.

— Vem, vem. Você pode ficar bêbada aqui.

Ele coloca a taça na penteadeira e faz sinal para eu sentar.

— Tá — digo, sentando na cadeira.

Callias me analisa de mais alguns ângulos e finalmente começa a mexer no meu cabelo, escovando-o e me olhando pelo espelho.

— Está se divertindo? — ele pergunta com a voz casual, e eu reclamo.

— Se acha que ser ferida e quase morrer mais de uma vez é divertido, então com certeza.

Callias sorri enquanto penteia minhas madeixas e depois pega um bobe azul aquecido. Sopra por um momento e enrola uma mecha.

— Dizem os boatos que o rei está bastante interessado em você — Callias diz, com a expressão maliciosa. — Eu disse que você deixaria as coisas mais interessantes, não disse? Consegue imaginar? A Tributo Final como uma das favoritas? Soube que estão loucos na Umbra. Você é uma inspiração e tanto, Lor.

Não respondo, e ele continua a trabalhar, enrolando mais mechas de cabelo em bobes de tamanhos variados. A Umbra. Acho estranho "vir" de um lugar que nunca nem vi. Eles se tocaram que ninguém lá sabe quem eu sou? Ou a Umbra é tão carente que eles nem se reconhecem? Mas não faço parte deles, lembro a mim mesma. Sou de Nostraza e, quando perder, é para lá que vou voltar.

— Você está muito quieta — Callias diz. — Beba um pouco mais. Vai animar. — Pega minha taça e volta a enchê-la com a garrafa que Mag acabou de trazer.

Sorrio, pegando a taça e virando o líquido com um gole longo.

— Você o beijou? — Callias pergunta, e vejo Mag se enrijecer enquanto cumpre suas tarefas, arrumando a cama e organizando tudo. — Não vou contar para ninguém.

Encontro o olhar dele pelo espelho e vejo apenas curiosidade sem julgamento.

— Sim — eu me pego admitindo. — Beijei.

Callias reage como se estivesse esperando por isso.

— Bem, quanto a mim, eu adoraria ver a Tributo Final vencer. É vergonhoso como emperiquitam uma pobre rata da Umbra, toda magrela, desgrenhada e patética, botam a coitada num vestido de seda e esperam que compita com as jovens mais talentosas de Afélio.

Franzo a testa, e ele parece perceber o que disse.

— Ah, não você, meu bem. Eu não estava falando de você. Você se virou muito bem, não foi? É a prova viva de que qualquer pessoa consegue mudar seu destino na vida, exatamente como dizem. — Ele sorri e continua a aplicar bobes.

Quando todo o meu cabelo está enrolado, ele volta a encher minha taça e bebo mais um pouco, torcendo para que, se continuar assim, o nó no estômago relaxe. Enfrentei monstros, grandes alturas e jogadas de cabelo de Apricia, mas o Rei Aurora é meu fundo do poço particular. Ninguém me fez sofrer como ele.

Faço menção de encher minha taça de novo, mas Callias segura meu pulso.

— Talvez seja bom diminuir um pouco o ritmo, não? Você não vai conseguir chegar ao fim da noite se continuar assim.

— Estou bem — digo, me desvencilhando antes de continuar a me servir.

Ele dá de ombros e começa a tirar os bobes um por um, revelando uma cascata de cachos brilhantes.

— Algum boato sobre o rei gostar de outra? — pergunto, tentando inutilmente parecer desinteressada.

Callias ergue a sobrancelha e morde o lábio.

— Dizem que ele também foi visto na companhia de uma certa víbora de cabelo escuro.

— Cujas luzes douradas não têm brilho? — Dou um gole de espumante, as bolhas dançando na minha língua.

— Humm. — A resposta de Callias é evasiva.

— Tudo bem — digo. — Não ligo. Ele tem que conviver com as outras.

Callias prende a metade superior do meu cabelo enquanto observo todos os seus movimentos pelo espelho. Ele assente.

— É claro que não liga.

Estreito os olhos diante do seu tom condescendente.

— Você acha que ele é o tipo de Feérico que vai convocar as damas de companhia em seu quarto depois que a rainha for escolhida?

Callias solta uma risada irônica.

— Ah, todos os Feéricos são assim, meu bem. Não somos bons em manter nada dentro da calça. Está na cara que você não passou tempo suficiente perto de nós.

— Todos? — pergunto, franzindo a testa.

— Nem todos. Alguns são fiéis. Os que têm a sorte de encontrar sua alma gêmea e tal. — Ele faz um gesto dando a entender que não acredita nisso. — Mas é tão raro que é praticamente uma lenda, e, mesmo assim, os Feéricos são criaturas volúveis de modo geral.

Não quero me importar. Digo a mim mesma que sinto apenas um afeto passageiro pelo rei. Ele foi gentil e generoso, e fez com que eu me sentisse bem comigo mesma como ninguém nunca antes. Mas tenho que continuar focada no meu objetivo. No que realmente estou aqui para fazer. Tristan e Willow. Seus nomes ecoam pela minha cabeça como um coro de tambores. Tenho que vencer e tenho que tirá-los de lá. Halo e Marici também estão contando comigo. Atlas pode foder com quem quiser. Não faz diferença para mim. Não é para isso que estou aqui.

Viro mais uma taça de espumante com um floreio intencional, erguendo o queixo e engolindo tudo.

— Isso mesmo — Callias diz com uma voz reconfortante, dando tapinhas no meu ombro. — Afogue seus sentimentos na taça. Vai tornar tudo melhor.

— Cala a boca — digo, e ele ri. — Estou afogando meu nervosismo, não meus sentimentos.

— Bem, de qualquer forma... você está pronta.

Callias me transformou numa obra-prima digna de um retrato sobre qualquer lareira. Meu cabelo brilha como se tivesse sido beijado pelo sol. Um topete sutil de cachos e mechas soltas emolduram meu rosto. Ele se abaixa, com o rosto perto do meu, e coloca as mãos nos meus ombros.

— Ouso dizer que você parece uma rainha, não?

Enquanto sorrio, um arroto baixo escapa, e cubro a boca. Callias curva o lábio de repulsa e levanta.

— Você pode tirar a menina da Umbra, mas não pode tirar a... — ele murmura, guardando suas coisas.

Ainda cobrindo a boca, dou risada da cara que ele faz.

Ele entreabre um sorriso e balança a cabeça.

— Tente não ser morta, hein? — Ele aperta a ponta do meu nariz com delicadeza em um gesto estranhamente paternal.

— Hora do vestido! — Mag declara, me empurrando para trás do biombo.

Ela tira meu robe e segura o vestido aberto para eu passar os pés. É dourado, obviamente, e coberto por milhares de cristais cintilantes.

O corpete ajustado passa por cima de um dos ombros, cobrindo a marca de ferro quente de Nostraza e deixando o outro à mostra. A saia ondula até o chão em dobras delicadas, o material tão leve que me sinto vestindo uma nuvem.

Mag me faz sentar e começa a polvilhar minhas pálpebras e bochechas com ouro. Ela também pega um pincel fino e um pote de tinta dourada e traça uma longa vinha floral pelo meu braço. As linhas cintilantes se destacam lindamente em contaste com minha pele marrom-clara.

Quando ela termina, perco o fôlego ao me ver no espelho. Parece impossível que eu possa ter esta aparência se seis semanas atrás estava usando minha túnica surrada, deitada no fundo de um buraco de terra, tão debilitada que meus ossos estavam quase perfurando minha pele fina como papel.

Eu me *sinto* uma rainha, ainda que ainda esteja muito longe de ser. Meus olhos ardem em uma confusão de emoções emaranhadas que não tenho a liberdade de examinar agora, e apenas as contenho. Este definitivamente não é o momento para refletir sobre o futuro que eu poderia ter se meu passado tivesse sido diferente.

Mag completa meu visual com uma máscara dourada delicada, forrada de seda e contas douradas ao redor, com uma pena amarelo--clara presa no canto. Ela a coloca sobre meus olhos e amarra a fita atrás da minha cabeça.

— Ela está pronta? — Gabriel chama do outro lado do biombo, e contenho um resmungo.

Tenho tentado me manter longe desde que ouvi sua conversa com Atlas, mas, como ele ainda me obriga a treinar todos os dias, não tem sido fácil. Passo quase o tempo todo de boca fechada perto dele, sem paciência para seus insultos enquanto ele me treina até que eu fique destruída e trêmula diariamente. Como ele quer que eu desapareça, não sei nem por que se dá a esse trabalho.

— Está — Mag diz, cantarolando e me puxando para fora do biombo.

Por um momento constrangedor, Gabriel e eu nos encaramos. Cerro os dentes, à espera da farpa inevitável. Do lembrete de que podem me colocar em todos os vestidos bonitos que quiserem, mas isso nunca vai apagar quem eu sou.

Ele está glorioso com um paletó dourado justo que vai até pouco abaixo do quadril, num corte que cai muito bem nos seus ombros largos e braços musculosos. A calça marrom envolve os músculos fortes da perna até a borda de suas botas marrons de cano alto, polidas a ponto de brilhar. Seu cabelo loiro-escuro está penteado para trás e solto, caindo sobre os ombros e formando ondas sobre sua tatuagem de sol no pescoço. A espada está presa ao quadril, como sempre, mas há algo de despojado e luxuoso nessa versão de Gabriel.

Ele me olha da cabeça aos pés, os ombros ficando tensos e as asas cor de neve se flexionando. Então bufa, um som evasivo que quase poderia ser confundido com aprovação.

— Vem. — Ele dá meia-volta e se dirige à porta, parando na saída e esperando que eu vá atrás, me analisando outra vez quando passo.

Andamos lado a lado pelos corredores, que pela primeira vez estão em silêncio. Imagino que todos estejam no baile hoje.

— Cadê sua máscara? — pergunto, correndo para acompanhar suas passadas longas. Ele me olha com condescendência. — Não é um baile de máscaras? — digo com a voz estridente porque sei que isso o irrita.

A inspiração profunda, suas narinas se inflando e a encarada dele dizem que consegui. Contenho meu sorriso de triunfo.

— Os governantes das outras cortes estão aqui — ele diz, com a voz baixa.

— Sim, madame Odell nos disse... incluindo o Rei Aurora. — Minha língua tropeça nessas palavras.

— Não, Rion lamentou não poder vir. O príncipe está vindo no lugar dele.

O príncipe. Não o rei. Um peso se desfaz no meu peito, embora ainda esteja cheio de pensamentos conflitantes.

— O príncipe sabe sobre mim?

Gabriel me lança um olhar de esguelha cheio de veneno.

— Não. *Você* é uma cidadã de Afélio. Continue assim. Entendeu?

Faço que sim enquanto viramos num corredor em que portas revelam as danças e os risos do baile já a pleno vapor.

— Pronta, Tributo Final?

Aliso a frente do vestido e estufo o peito, me preparando para conquistar mais um desafio na escada do meu destino.

— Não me chame assim.

Gabriel olha para mim intensamente outra vez e dá um passo para o lado, fazendo sinal para eu entrar.

— Vejo você em uma hora, Lor. Tente não arranjar encrenca.

28
NADIR

Dando um gole de vinho, Nadir se recostou num dos pilares de mármore e observou a festa. Ele tinha voado de Aurora sem comitiva e sem qualquer intenção de permanecer em Afélio se pudesse evitar. Amya havia se recusado a ir no fim das contas, o deixando sozinho para encarar essa noite.

Olhou de canto de olho para a mesa principal, onde os outros governantes de Ouranos conversavam tranquilamente como se não se odiassem. Onde estava Atlas e por que seu pai não poderia ter simplesmente vindo? Todos os outros reis e rainhas haviam dado um jeito. A resposta, pensou ele, era que nenhum tinha herdeiros a quem dar ordens.

Nadir tentou diferenciar as Tributos dos demais convidados, por falta do que fazer. Elas só seriam reveladas quando o "jogo" terminasse, aparentemente. Ninguém tinha dito aos convidados o que aconteceria, apenas que as meninas apareceriam na multidão até o fim do evento. Nadir balançou a cabeça, dando mais um gole da taça, espiando uma jovem cor de ébano e com o cabelo prateado andar sozinha entre a multidão, torcendo as mãos. Parecia nervosa, olhando ansiosamente de um lado para o outro.

Nadir resmungou. Essas pobres coitadas eram muito fáceis de identificar. Quem mais estaria circulando sozinha nesse lugar? Ele espiou outra menina jogando o cabelo escuro e longo por sobre o ombro. Ela examinou a multidão até encontrar um dos guardas do Rei Sol, e o homem acenou de forma quase imperceptível para ela. O guardião, então, pensou Nadir.

Um momento depois, avistou outra mulher entrando no salão. O vestido dourado cintilante esvoaçava como fios de fumaça adocicada ao redor, então ela parou e apertou o corrimão com força, os nós dos dedos ficando brancos.

Embora os olhos dela estivessem cobertos por uma máscara dourada, ele notou seu brilho curioso e avaliador observando os dançarinos. Ela parecia ao mesmo tempo deslumbrada pelo ambiente e completamente resoluta. Determinada, a julgar pela firmeza de seu maxilar.

Nadir estreitou os olhos enquanto dava outro gole, mas encontrou a taça vazia, apenas com algumas gotas restantes. A mulher agora estava falando com um homem alto de cabelo castanho ondulado. Nadir revirou os olhos para a tentativa patética de Atlas de parecer mais um na multidão. Ele achava mesmo que estava enganando alguém? Tão arrogante que provavelmente gostava de ver todos fingindo que não sabiam quem ele era.

Ele guiou a mulher escada abaixo até a pista de dança, mantendo-a perto com possessividade, como se já a considerasse seu dono, independentemente do resultado das Provas. Nadir curvou o lábio. Que vergonhoso se unir a alguém que só estava lá por uma coroa. Quando ele se unisse a sua rainha, não se contentaria com ninguém menos do que uma pessoa que fizesse seu sangue pegar fogo.

— Por que está se escondendo aqui nas sombras, *alteza*? — disse uma voz ao lado dele, e Nadir deu de cara com Gabriel, olhando fixamente para a frente, as mãos às costas.

— É onde me sinto mais à vontade — Nadir disse, e Gabriel abriu um sorriso irônico.

— Você é sempre a alma da festa, não é, Nadir?

Nadir sorriu, voltando o olhar para a multidão.

— Até agora ninguém reclamou.

Gabriel riu baixo antes de um silêncio cair sobre os dois Feéricos.

— Você acha que ele vai escolher uma desta vez? — Nadir perguntou. — Não vai ter mais sangue inocente em suas mãos?

Gabriel franziu os lábios, tenso.

— Aquilo foi... desagradável.

— Você continua sendo o cachorrinho de Atlas, pelo visto.

Gabriel lançou um olhar cortante para Nadir.

— Não é bem assim.

— Não é da minha conta. — Nadir deu sua taça a um criado que passou, pegando uma cheia da bandeja na mão dele. — Posso perguntar uma coisa? Fica aqui entre nós?

— O quê?

— Você soube de alguma pessoa aparecendo em Afélio mas que não deveria estar aqui?

Gabriel ergueu as sobrancelhas.

— Que não deveria estar aqui? Você perdeu alguém, Nadir?

— Pode-se dizer que sim. Uma menina da Aurora.

Ele percebeu Gabriel ficando imóvel e olhando por todo o salão.

— Não. Não soube de ninguém — o guarda respondeu um momento depois.

Nadir estreitou os olhos, certo de que Gabriel estava mentindo.

— Você pretende anunciar sua presença? — Gabriel perguntou, mudando de assunto e apontando para onde Atlas ainda dançava com a Tributo.

Nadir soltou um suspiro profundo.

— Acho que é melhor eu fazer isso, para que ninguém pense que Aurora não leva seus compromissos de enganar e assassinar jovens Feéricas a sério.

— O Espelho... — Gabriel disse, antes de Nadir interrompê-lo.

— O Espelho é conversa para boi dormir.

— Fala baixo — Gabriel disse, entre dentes, as costas eretas.

— Você não se cansa disso tudo? — Nadir apontou para a mesa principal onde os outros governantes estavam sentados.

— É meu dever — Gabriel respondeu, com o tom de alguém que havia memorizado e repetido as palavras até perderam todo e qualquer ardor ou propósito.

— Claro. Dever. — Nadir virou a cara.

— Você sabe que não tenho escolha — Gabriel disse, tão baixo que Nadir poderia fingir não ter ouvido.

Ele voltou a atenção para Atlas, que sorria para a Tributo em seus braços. Quando o Rei Sol notou o olhar de Nadir, porém, o sorriso se fechou.

Nadir riu. Tinha acabado de anunciar sua presença, pensou.

— Acho que é melhor eu ser diplomático — ele disse, lançando mais um olhar de esguelha para Gabriel. — Se vir ou ficar sabendo de algo estranho sobre uma menina de Aurora...

Gabriel assentiu.

— Claro.

Nadir apertou o ombro do capitão da Guarda de Afélio, puxou a barra do paletó escuro e saiu andando.

29
LOR

NADA PODERIA TER ME PREPARADO para o esplendor do salão de baile. É enorme, o pé-direito altíssimo com dezenas de candelabros pendurados cheios de pérolas e cristais dourados. As paredes curvas, cobertas por seda com brocados dourados, rodeiam centenas de Feéricos bem-vestidos como o abraço de uma deusa.

Pensei que meu vestido cintilante fosse o auge da extravagância, mas é apenas mais um num mar de centenas de conjuntos cobertos por ouro, joias e riquezas. Todos estão vestidos em seus melhores trajes, com cabelos laqueados, maquiagens perfeitas e olhos brilhantes. Percebo nesse momento que Callias deixou minhas orelhas cobertas para não entregar minha humilde condição mortal.

Olho ao redor do salão, me perguntando se alguma das outras Tributos já chegou. Estou um pouco zonza, e coloco um pé na frente do outro com cautela, me aproximando do corrimão dourado que cerca a beira do salão. Talvez eu não devesse ter tomado aquela última taça de espumante.

Degraus curtos e largos, espaçados em intervalos regulares, descem até a pista de dança rebaixada. Uma pequena orquestra toca no canto, e casais rodopiam ao som da música como folhas de outono girando em uma rajada de vento. A atmosfera é animada e enérgica, todos os convidados estão sorridentes. Engulo meu nervosismo em seco. Como vim parar aqui? Como esta se tornou minha vida?

— Pode me conceder essa dança? — uma voz grave pergunta, e vejo um Feérico muito alto olhando para mim quando me viro.

Ele usa um paletó dourado justo decorado com flores. Uma máscara cobre seu rosto, muito parecida com a minha, mas sem a pena ou os adornos. Seu cabelo castanho-acobreado brilha tanto que parece ter sido realçado por fios de fogo.

— Atlas — digo, olhando ao redor e me perguntando se é alguém pregando uma peça.

Ele leva o dedo à boca e faz um *shh*.

— Sou apenas um convidado anônimo num baile de máscaras, milady. — Ele se curva em uma reverência, entreabrindo um sorriso.

Dou risada. Mesmo de máscara, é impossível ter dúvidas de quem é esse Feérico. Seu magnetismo é inegável. Olhares o seguem aonde quer que ele vá, nos prendendo sob seu feitiço.

Ele estende a mão, e ergo a sobrancelha, fazendo uma reverência antes de segurá-la. Lembro de como fiquei com medo de fazer isso quando encontrei Gabriel pela primeira vez tantas semanas atrás. Talvez as aulas de madame Odell tenham mesmo servido para alguma coisa, afinal.

— Muito bem. Seria uma honra.

Ele sorri e me leva pelos degraus até a pista de dança coberta de mármore amarelo-claro com veios dourados.

— Nunca fiz isso fora das aulas — sussurro, sabendo que os ouvidos Feéricos mais aguçados conseguem escutar minhas palavras.

— Não se preocupe, eu ajudo você.

Ele desliza a mão por minha lombar e me puxa, grudando meu corpo no dele. Não há nenhuma distância decorosa entre nós aqui. Ele pega minha mão e começa a me guiar na dança.

— Você está linda — Atlas diz, a voz baixa enquanto se inclina para falar diretamente no meu ouvido. — Talvez, depois da festa, você possa me visitar?

Franzo os lábios, olhando no fundo de seus olhos azuis brilhantes. Eu deveria recusar. Penso no que Callias me contou sobre Apricia. Atlas está nos jogando uma contra a outra? Tudo isso importa se o Espelho Sol tem a palavra final? Ele diria que o Espelho considera a preferência do rei. Lembro a mim mesma que estou aqui para vencer essa competição. Que tenho muita coisa em jogo. Não tenho como resgatar Tristan e Willow se não vencer, e definitivamente não tenho como me vingar do Rei Aurora sem os recursos de uma rainha. Apricia pode querer vencer para morar num palácio e ficar pendurada no braço desse lindo Feérico, mas, para mim, é uma questão de vida ou morte, e muito mais. Minha causa é, sem dúvida, mais nobre.

Já usei meu corpo como arma e como moeda de troca por doze longos anos com os piores tipos de homens que conheci. Por que deveria parar agora, quando há muito mais em jogo? Além disso, com Atlas nunca me senti nada além de bem, bonita e desejada. Não há motivo para resistir. Não há motivo para eu me segurar, ainda mais se isso me der alguma vantagem.

Já decidi que não me importo se Atlas tem me ajudado. Não preciso vencer isso de forma "justa". Nada na minha vida foi justo.

Ele está me observando com expectativa, como se realmente achasse que eu poderia dizer não a seu convite. Por fim, digo:

— Sim, eu adoraria.

Seu sorriso é radiante, e ele me gira pelo salão. Sou atraída para a plataforma elevada na ponta oposta, onde uma longa mesa posta com uma toalha dourada está diante de nove cadeiras magníficas. No centro, tem um grande trono dourado que suponho ser para o Feérico com quem estou dançando.

De um lado está um trono preto ligeiramente menor, o encosto acolchoado com veludo esmeralda. Do lado do trono preto há duas cadeiras de madeira cobertas por vinhas curvas onde dois Feéricos de pele escura estão sentados. O primeiro é um homem com o cabelo castanho esvoaçante que usa uma túnica verde elegante. Ao lado dele, está uma mulher deslumbrante, também com o cabelo castanho comprido, num intricado vestido verde-sálvia. Os dois exibem asas marrons como couro nas costas.

— O Rei e a Rainha Arbóreos — Atlas diz, notando meu olhar. — Cedar e Elswyth. Eu e Cedar somos amigos há séculos. Ele é um bom Feérico, apesar do resto da *família*.

Estranho a amargura em sua voz e observo Cedar sussurrar algo no ouvido da parceira, que sorri. Amor irradia dos olhos dela como arco-íris em forma de coração quando os dois se olham, e algo aperta em meu peito.

— Ela foi escolhida da mesma forma? Por uma prova?

— Mais ou menos — Atlas diz, me girando pela pista. — Cada reino tem sua própria versão de ascensão de Feéricos Imperiais.

— Você vai me contar sobre elas? — pergunto, voltando a olhar para o casal que parece estar tão apaixonado que tudo ao redor deles deixou de existir.

— Claro. Você vai precisar saber dessas coisas se acabar governando Afélio.

Ergo os olhos para ele, que sorri.

— E os outros?

Ao lado do Rei e da Rainha Arbóreos, está um trono azul translúcido feito do que parece vidro. Um homem bonito está sentado, a postura relaxada e tranquila enquanto toma seu vinho e observa o salão. Sua pele é tão pálida que quase chega a ser azul. Combina com a cabeleira índigo, tão comprida que desaparece atrás da mesa. Maçãs do rosto altas, um maxilar forte e olhos azul-escuros só aumentam sua beleza.

— O Rei Aluvião — Atlas diz. — Governantes do oceano. Cyan é um filho da mãe arrogante, mas tem um bom coração. Ele ainda não encontrou alguém com quem se unir, embora esteja buscando há muito tempo.

Do outro lado do assento do Rei Sol está um par de tronos de pedra com mais duas Feéricas. São as mulheres mais lindas que já vi na vida, com a pele marrom e o cabelo prateado comprido. Elas também têm asas, cobertas de penas cinza cintilantes.

— Aquelas são as rainhas de Tor. Bronte e Yael. Embora não sejamos aliados, Afélio e Tor tiveram seus momentos de cooperação.

Há outro trono de um material sedoso que parece quase líquido. Nele está uma mulher com a pele pálida como alabastro, o cabelo uma cascata de branco puro. Com uma curiosidade astuta nos olhos pretos, ela contempla a multidão.

— D'Arcy, a rainha de Celestria — Atlas diz, os olhos ficando sombrios. — A bruxa mais fria de toda Afélio.

Observo os seres etéreos conversando educadamente. A maioria só parece entediada, exceto pelo Rei e pela Rainha Arbóreos, que não conseguem parar de se tocar.

— Você não deveria estar lá para recebê-los? — pergunto, e Atlas sorri.

— Eles vão ficar bem por uma dança.

Outra música começa, mas Atlas não me solta, e é então que crio coragem para perguntar:

— Onde está o Príncipe Aurora?

Atlas sacode a cabeça.

— Atrasado, imagino. Típico da Aurora. Eles não respeitam nada nem ninguém além da própria autoridade. O príncipe é violento e cruel.

— Assim como o pai — sussurro, sem conseguir impedir.

Atlas curva os ombros, os olhos cheios de preocupação.

— Sim. Assim como o pai. — Ele passa os olhos pelo salão. — Talvez tenhamos sorte e ele não venha. Só convidei Aurora por diplomacia. Prefiro que eles se mantenham o mais distante possível de minha corte.

Com as palavras engasgadas na garganta, faço que sim. O espumante que tomei mais cedo me deixou zonza. Eu deveria ter dado ouvidos a Callias.

— Quem senta na ponta? — pergunto, olhando para o último assento.

É um pequeno trono preto com uma única joia vermelha cravada no encosto alto.

— É o espaço honorário que mantemos para a Rainha Coração.

— Como assim? Pensei que a última Rainha Coração tinha morrido há séculos.

— E sem deixar herdeiros — ele acrescenta, um agudo estranho na voz, como se fossem palavras em que ele não acredita.

— Sim. Mas Coração já foi o reino mais poderoso de Ouranos. Convém manter um lugar em homenagem a ela. Quem sabe, talvez a Coroa Coração seja encontrada algum dia e uma nova rainha ascenda.

Atlas me encara com um olhar penetrante, me segurando com mais firmeza.

Minha cabeça fica zonza e fecho os olhos, levando a mão ao medalhão no pescoço e apertando com força.

Através dos buracos na máscara de Atlas, noto quando ele olha para a minha boca. Quando baixa a cabeça, seus lábios roçam na minha orelha.

— Quero você de novo, Lor. Não consigo parar de pensar no nosso jantar na praia.

Minha pele fica retesada, e um calor desce da minha barriga até o ponto entre minhas pernas.

— Também pensei naquilo — admito. — Muito.

Ele solta um riso grave que sinto em meus ossos.

— Tente encontrar sua joia rápido — ele diz, segurando meu queixo. — Por mim?

— Claro. — Eu concordaria com qualquer coisa quando ele olha para mim dessa forma.

A música termina, e, para minha decepção, ele me solta e faz uma reverência rápida.

— Eu adoraria dançar com você a noite toda, mas devo, como você disse, receber meus convidados. — Ele beija minha mão. — Até mais tarde.

Com isso, dá meia-volta e sai andando. Fico sozinha, contemplando tudo que ele acabou de explicar. Passo os olhos pelos reis e rainhas de novo, observando um de cada vez. Encaro o lugar vazio destinado ao Príncipe Aurora, desejando poder ter visto a cara dele. Se eu não puder me vingar do rei, talvez possa me vingar do príncipe.

Olhando para o relógio grande suspenso na ponta do salão, percebo que faz quase uma hora que o baile começou. Preciso encontrar Gabriel. Rodeando os convidados, avisto Halo, que acena para mim do outro lado da multidão. Vejo Apricia pendurada no pescoço de um Feérico, jogando o cabelo para trás, e me pergunto o que Atlas pensa disso ou se notou. Tesni não parece estar em lugar nenhum, e espero que esteja bem. Embora este desafio pareça menos perigoso do que os outros, sei que é melhor não baixar a guarda.

Alguns dos outros guardiões rondam a pista de dança, todos vestidos de dourado, como um batalhão de guerreiros angelicais. Nada de Gabriel, porém.

Ficando irritada, continuo procurando, me perguntando se ele pretende se livrar de mim de uma vez por todas por meio de sabotagem. Ele desapareceu com minha pista? Uma fileira de arcos altos abre uma passagem do salão de baile, e passo por um deles, entrando num longo corredor cercado por pequenas câmaras.

Há pessoas ali também, bebendo e conversando nos sofás acolchoados. Olho para cada uma delas, tentando avistar a cabeleira loiro-escura de Gabriel e suas asas brancas cor de neve, mas sem tirar o olho do relógio. Está quase dando a hora e, se eu não encontrá-lo a tempo, isso vai comprometer minhas chances de persuadir meu alvo antes das outras. Eu vou matá-lo.

Ao fim do corredor está outro cômodo, a porta parcialmente aberta. Coloco a cabeça para dentro. Não há luzes, apenas uma janela onde o luar atravessa a escuridão. Escuto um gemido e sinto minhas bochechas corarem, percebendo que devo ter invadido um encontro sexual. Mas, um momento depois, meus olhos se ajustam à escuridão, e vejo um homem alado de paletó cor de ouro ajoelhado na frente de um sofá, o cabelo loiro-escuro solto, cobrindo a lateral do rosto.

Gabriel. Filho da puta. Ele deveria estar me *ajudando*, não fazendo... isso. Paralisada, eu observo. Um homem está sentado no sofá, as pernas compridas abertas e a cabeça jogada para trás. Não consigo distinguir nenhum outro detalhe com o luar iluminando apenas a parte de trás da cabeça de Gabriel, que sobe e desce. Ouço outro gemido masculino, e não consigo identificar quem é a pessoa satisfeita.

Hipnotizada pelo som, não consigo me afastar. Eu deveria avisar que estou aqui. Ou sair. Mas preciso da pista.

— O que você quer, Lor? — Gabriel diz com a voz entediada, me pegando tão de surpresa que dou um salto.

Com o coração acelerado, levo a mão ao peito.

— Eu estava procurando você. — Minha voz sai esbaforida e aguda, e não sei ao certo por que acho que deveria ser eu a me envergonhar.

Ele olha para mim com irritação. Seu corpo e suas asas escondem a maior parte do seu companheiro. O homem em questão ergue a cabeça, mas não consigo identificar seus traços, apenas o brilho de seus olhos na escuridão. Ele baixa a cabeça como se fosse esperar pacientemente até Gabriel fazê-lo gozar.

— E me encontrou. Parabéns.

Puta que pariu. Ele sabe por que preciso dele.

— Preciso da minha pista. Está na hora.

— Ainda tenho dois minutos. Sai daqui. — Seu sorriso se torna ferino. — Vou terminar rapidinho.

Abro e fecho a boca, sem conseguir acreditar naquilo.

— Sai daqui — ele rosna.

Morta de vergonha, não espero que ele me mande embora de novo. Ele não parece nem um pouco preocupado por ter sido flagrado chupando o pau de outro homem no meio de uma festa com centenas de pessoas.

— Beleza — digo, e saio batendo a porta.

Estou prestes a ir embora quando percebo que não posso. Ainda preciso dele.

Furiosa, recosto na porta, fazendo questão de ser barulhenta para ele saber que estou aqui. Cruzando os braços de raiva, xingo baixinho os Feéricos escrotos e suas necessidades primitivas.

30

A hora passa, e Gabriel ainda não saiu. Vejo Tesni conversando com seu guardião, bem de perto antes de recuarem e observarem o salão, procurando pelo alvo dela.

Halo e Apricia também consultam seus guardiões e logo começam a se mover pela multidão. Solto um suspiro frustrado. Agora já estou atrasada. Gabriel é um imbecil. Está lá transando enquanto estou aqui parada que nem uma idiota. Ouço risadas lá dentro e ranjo os dentes.

Mais um minuto se passa e observo Tesni abordar uma mulher linda de cabelo preto liso e olhos oblíquos escuros. Está usando um grande broche prateado preso na gola. Em outro canto, Apricia conversa com um Feérico alto de cabelo castanho curto. Ele tem um diamante de tamanho ostensivo cintilando numa das orelhas pontudas.

Merda. Vou ser a última a encontrar minha joia.

Esmurro a porta, sem dar a mínima para o que estou interrompendo.

— Gabriel! Vem logo, seu cagado de merda! — Continuo batendo e chamando ele, até, alguns segundos depois, a porta finalmente se abrir e eu cambalear, dando de cara com meu guardião.

Ele não faz nada para impedir minha queda, só me olha caída no chão feito uma pilha de roupa suja.

— Cagado de merda? — Ele vira a cabeça e ergue a sobrancelha. — É sério que não conseguiu pensar em nada melhor, Tributo?

Rosnando, levanto e aliso a saia.

— Cala essa boca.

— Tão eloquente hoje. — Ele aperta meu braço e me tira do quarto, batendo a porta.

— Quem estava lá dentro com você? Era para estar me ajudando, não chupando uma pica aleatória! É para isso que você é pago?

Ele não responde, apenas continua me puxando até estarmos do outro lado do salão.

— Você está me machucando.

Ele me aperta com tanta força que sinto que meu braço pode quebrar. Finalmente, paramos e ele me coloca de frente para o baile.

O salão está rodopiando, a música tocando, os dançarinos girando como sementes de dente-de-leão sobre um prado dourado. Levo a mão à testa, muito arrependida daquelas duas garrafas de espumante. Gabriel se inclina para baixo e sussurra no meu ouvido:

— Seu alvo é ele.

Sigo seu olhar até a mesa na frente, onde estão sentados os reis e rainhas de Ouranos. Atlas está em pé, de frente para um homem com o cabelo escuro ondulado abaixo dos ombros. Nem todos são reis e rainhas, então.

Seu terno preto como a noite é uma mancha no brilho dourado do palácio. Ele é poucos centímetros mais alto do que Atlas, largo e musculoso, embora mais esguio. Mesmo assim, é um guerreiro em todos os aspectos, usando o traje elegante de um príncipe Feérico das trevas.

— Quem? — pergunto, certa de que Gabriel não se refere a quem estou pensando.

— O anel na mão dele. — Olho para o príncipe.

Um anel prateado com uma pedra preta brilha em seu indicador. Preta, não. Quando ele mexe a mão de leve, vejo as estriações que a percorrem. Carmesim, esmeralda, verde-água e violeta. Como ondas num céu escuro e cheio de estrelas. A única fonte de beleza na minha vida por doze longos anos.

— O Príncipe Aurora — sussurro, o ar ao meu redor mudando como se abrisse espaço para as sílabas de seu nome.

Não é o rei, mas seu filho é tão próximo do alvo do meu ódio que algo cortante e familiar se revira no meu estômago. Tudo o que Aurora representa foi destilado na minha raiva reprimida com uma potência que me fez sobreviver a cada momento de angústia que meus irmãos e eu sofremos.

E agora o Príncipe Aurora está aqui, neste salão.

— O nome dele é Nadir — Gabriel diz, e há uma sensação inexplicável de que, neste momento, tudo acaba de mudar para sempre.

Deixo a sensação estranha de lado, o salão voltando a girar ao meu redor. Eu não deveria *mesmo* ter tomado aquela segunda garrafa.

— E se ele me reconhecer? — Olho para Gabriel, que está tão perto que consigo sentir seu corpo nas minhas costas.

— Por que a reconheceria? Você não passava de uma rata de prisão. E, mesmo que já tivessem se visto, você não parece nem um pouco a prisioneira que tirei daquele buraco.

Respiro fundo, admitindo que ele tem razão.

— Mas por que ele? As outras estão com convidados normais. — Olho ao redor do salão e vejo Halo sentada ao lado de uma Feérica idosa com uma tiara cintilante no cabelo grisalho.

O riso de Gabriel é baixo e definitivamente um pouco ameaçador. Pensei que ele estaria com um humor melhor depois do que acabei de flagrar.

— Está com medo de um pequeno desafio, Tributo Final?

Olho para ele com a cara fechada. Seu sorriso presunçoso me desafia a desistir do teste. Ele me quer fora da competição, mas estou determinada a vencer e nunca dar a ele essa satisfação. Engulo em seco a insegurança e ajeito meu vestido. Eu consigo. Engolindo meu amargor contra o Rei Aurora e tudo que ele preza, jogo o cabelo e dou um passo hesitante antes de lançar um olhar para meu guardião atrás de mim.

— Algum problema? — Gabriel pergunta, inclinando a cabeça.

— Por Zerra, você é um filho da puta insuportável — digo, e é a pura verdade.

Primeiro, ele me atrasou e, agora, está claramente curtindo isso. Viro de volta para o salão e fico surpresa. O Príncipe Aurora não está mais lá.

Atlas está sentado no trono, conversando com o Rei Arbóreo. Eles olham, indignados, para a lateral do salão, onde encontro o príncipe atravessando a multidão. Ele está indo embora? *Merda*.

Sem parar para pensar, ergo a barra do vestido e abro caminho rapidamente pela multidão, apertando o passo enquanto subo a escada curta para interceptá-lo. Um garçom passa com uma bandeja de taças cheias de espumante, e apanho uma sem pestanejar antes de seguir em linha reta na direção do príncipe.

Bem quando ele está prestes a passar por um grupo de convidados, viro o rosto para o outro lado e, como quem não quer nada, entro na frente dele. Nos trombamos, e sinto o mundo girar. A taça na minha mão sai voando, entornando todo o líquido, enquanto tropeço e caio nos braços do príncipe.

31
NADIR

O instinto fez Nadir segurar a menina. Ele a envolveu pela cintura e agarrou o braço dela. Estava coberto de espumante, e seu terno provavelmente já era. Soltou um grunhido baixo e gutural quando a levantou, encontrando o olhar por trás da máscara dela.

Nadir estreitou os olhos, notando ali o estranho misto de fúria e medo por um segundo antes de ela exclamar:

— Por Zerra! — As bochechas marrons e macias dela ficaram coradas. — *Mil* desculpas! — Ela olhou ao redor e puxou um garçom que passava, arrancando guardanapo da bandeja dele e usando-o para secar o paletó de Nadir. — Dei um banho de espumante em você. Desculpa. Ah, sou tão atrapalhada.

Ela continuou falando, mantendo um palavreado constante que Nadir podia jurar que soava forçado, como se a garota fosse uma atriz de segunda categoria numa peça.

— Está tudo bem — ele respondeu, estreitando os olhos e com a voz áspera enquanto gesticulava, indicando que não precisava daquilo tudo.

— Não, não está — ela disse, erguendo os grandes olhos escuros para o homem.

Eles eram infinitos. Como os poços mais profundos escavados na terra. Nadir nunca tinha visto olhos assim. Sacudiu a cabeça, tentando expulsar o pensamento errático.

Foi então que ele a reconheceu: a Tributo dançando com Atlas mais cedo.

— Por favor, me permita compensar você — ela disse em tom de súplica, o guardanapo já descartado. — Que tal uma dança?

Nadir hesitou, olhando-a de cima a baixo. Pelo que podia ver, ela era linda, com a pele marrom lisa, exceto pela ponta de uma cicatriz que subia pela bochecha e desaparecia embaixo da máscara. Era raro ver alguém numa corte Feérica com uma cicatriz. Vaidade, más línguas e olhares de julgamento poderiam subjugar até os mais fortes dos Feéricos. Mas ela parecia carregar a cicatriz com orgulho, ainda que, agora, parecesse à beira do desespero.

— Não, obrigado — Nadir disse, finalmente voltando a si. — Eu já estava de saída.

Ele passou por ela, mas a garota segurou seu braço.

— Não. Por favor, não vá.

Nadir parou e virou devagar, se perguntando por que o toque dela era tão enérgico mesmo através das roupas.

— Por favor, alteza. — Ela sussurrou a última palavra como se só agora tivesse percebido que cometera um erro fatal em agarrar um Feérico da realeza. Baixou as mãos e fez uma reverência singela antes de olhar de canto de olho para o grande relógio dourado sobre o salão de baile. — Só uma dança.

Nadir olhou ao redor. Deveria ir embora. Como sempre, tinha entrado numa discussão com Atlas e abusado de sua hospitalidade. Não que tivesse chegado a ser bem-vindo ali em algum momento.

A menina se aproximou. Menina, não. Era uma jovem mulher. Muito atraente, por sinal. Ela ergueu os olhos expressivos e colocou a mão com delicadeza no meio do peito dele. Era uma maneira estranhamente ousada de tocá-lo, mas o coração de Nadir bateu mais forte. Ele franziu a testa, olhando fixamente para a mão da jovem e depois para seu rosto, sem entender a própria reação.

— Por favor — ela pediu de novo, e, dessa vez, Nadir se pegou assentindo como se seu corpo estivesse funcionando alheio aos comandos dele.

O sorriso que ela abriu pareceu forçado, embora os ombros tivessem relaxado de alívio. Nadir não conseguia entender qual era a dela.

Quando se deu conta de que a moça estava esperando para ser levada à pista, se repreendeu. *Recomponha-se, Nadir.* Estendeu a mão, e ela aceitou. Sentiu os dedos pequenos mas firmes. Um choque atravessou seu corpo com o toque, e ela parou, olhando para ele com uma expressão curiosa. Será que também havia sentido?

Por um momento, nenhum dos dois se mexeu.

— Vamos? — Ela indicou a pista de dança, e Nadir fez que sim.

Eles desceram os degraus e assumiram seu lugar no meio da multidão. Com delicadeza, Nadir colocou a mão na lombar dela, e aquela mesma sensação desorientadora ameaçou derrubá-lo. Ela apoiou a mão no ombro dele, e os dois começaram a dançar devagar, seus passos entrando em sincronia sem dificuldade.

Nadir não conseguia desviar os olhos dela, o resto do salão se dissolvendo numa névoa de barulho e luzes que se fundiam ao fundo. A jovem olhou para as mãos deles entrelaçadas e franziu a testa.

— Que anel lindo — disse, e olhou mais uma vez para o relógio gigante sobre eles.

— Está atrasada para alguma coisa? — ele perguntou, e as bochechas dela ficaram rosadas.

— Não. — Ela soltou um riso nervoso. — Não estou atrasada.

Nadir e a jovem continuaram dançando, esbarrando em outros casais, mas ele não viu ninguém, inteiramente focado nela.

— Uma herança de família? — ela perguntou, apontando para o anel de novo.

Nadir franziu a testa, perplexo pelo interesse na bijuteria.

— Só algo que comprei no Distrito Violeta da Aurora.

Ela ficou séria, o lindo rosto expressando confusão.

— Não é precioso para você? Não é uma herança valiosa?

Nadir balançou a cabeça.

— Não. Por que você está me fazendo tantas perguntas sobre meu anel?

Ela parou de se mexer, baixando as mãos e dando um passo para trás como se ele tivesse se tornado contagioso. Arrancou a máscara e o encarou, seu olhar escuro tão penetrante que Nadir teve a sensação incômoda de que estava caindo em um poço sem fundo. Ela estava tremendo. De raiva, ele percebeu, pelos punhos cerrados e os dentes rangendo.

— Eu fiz alguma coisa? — Nadir perguntou, dando um passo na direção dela, querendo reparar o que quer que fosse e decidindo não analisar por que se sentia dessa forma.

— Lor! — alguém gritou, e a menina olhou.

Atlas estava indo a passos duros na direção deles, fúria incandescente em seu rosto. Gabriel surgiu de repente pela multidão, vindo do sentido oposto. Tentou agarrar a jovem, que pulou para trás.

— Você me enganou! Ele não é meu alvo! — ela disse, furiosa, para Gabriel, que deu duas passadas longas e a pegou pelos ombros.

— Me solta, seu *cuzão*! — Ela se debateu, mas sua força não era páreo para um dos guardiões do rei.

Gabriel a virou de costas para si, um braço ao redor da cintura dela e a outra mão ainda segurando o ombro enquanto ela tentava se soltar.

Tudo aconteceu num instante.

Bem quando Nadir estava se preparando para intervir por ela, a veste sobre o ombro da jovem escapou, expondo um pedaço da pele lisa.

Em um segundo, o tecido foi colocado de volta, mas Nadir tinha visto.

A tatuagem preta de três linhas onduladas sobre um círculo.

A marca inconfundível gravada em todos os prisioneiros que já foram mandados para Nostraza.

32
LOR

Eu me debato contra as mãos de Gabriel.

— Que merda você está fazendo? — grito para ele. — Por que mentiu para mim?

É então que várias coisas acontecem ao mesmo tempo. Atlas irrompe por entre a multidão, fúria em seus olhos ardentes. Me pega pelo braço e me puxa.

— Tirem-no daqui — Atlas diz, apontando para o Príncipe Aurora, e vários guardas se materializam ao redor dele. — Agora.

— Por quê? — o príncipe questiona.

A voz de Atlas é fria.

— Você não é bem-vindo em Afélio, Nadir. Se eu o vir dentro do meu reino de novo, vai levar uma flecha de ferro no coração na mesma hora. Fui claro?

— Você não pode fazer isso, seu filho da puta presunçoso.

— Você está no meu território. Eu com certeza posso.

Os dois Feéricos se defrontam, hostilidade irradiando de ambos. Não sei quem venceria essa briga, mas agora estou bem no meio deles e torcendo para que ela não aconteça. O príncipe olha para mim, com uma expressão impossível de interpretar antes de dar um passo para trás e ajeitar as mangas do paletó, agindo como se fosse perda de tempo brigar com Atlas.

Nadir rosna para os guardas que o cercam.

— Segure seus cachorros, Atlas. Eu sei onde fica a saída. — Ao dizer isso, o príncipe me encara com um olhar que dá a entender que ainda tem contas a acertar comigo, dá meia-volta e sai andando.

Meu coração está batendo tão rápido que sinto que vai explodir. Assim que o príncipe sai do salão, Atlas me solta e me vira.

— O que você fez? Por que estava dançando com ele? — Atlas está tremendo de raiva, os olhos pegando fogo.

Ele está apertando meus braços com tanta força que belisca minha pele.

— Atlas, você está me machucando.

— Por que estava dançando com ele? — ele brada, e me encolho.

— Gabriel disse que ele era meu alvo — digo, com a voz trêmula. O salão inteiro ficou em silêncio, e todos estão nos encarando. — Disse que eu tinha que pegar o anel dele.

A expressão de Atlas se obscurece quando ele finalmente me solta e se volta para Gabriel.

— O que você fez?

Gabriel ajeita a postura, levando a mão à espada.

— Eu estava tentando proteger você, como é meu dever.

— Você não tinha esse direito! — o Rei Sol brada tão alto que faz o salão inteiro tremer e exclamar.

Ele está respirando com tanta dificuldade que chega a arfar, com os olhos febris. Dou um passo para trás, sentindo que todos atrás de mim estão fazendo o mesmo.

— Este desafio acabou — Atlas declara. — Todas vão competir na rodada final.

Os convidados se agitam de novo, desta vez confusos, e olho ao redor do salão, me perguntando onde Tesni, Halo e Apricia foram parar. Será que enganaram seus alvos? Não importa mais.

Atlas se volta para os guardas.

— Confirmem que Nadir partiu e instalem medidas de segurança extras para garantir que ninguém mais da Aurora entre em Afélio. Todos os guardas estão de plantão até as Provas chegarem ao fim. Fui claro?

Gabriel faz menção de ir cumprir as ordens de Atlas.

— Você, não — Atlas diz a ele, e aponta para o guarda que protegia Solana antes de ela cair morta na primeira prova. — Rhyle, você foi promovido a Capitão da Guarda. Trate de botar esse traidor na masmorra até eu conseguir dar um jeito nele. — Atlas aponta para Gabriel. Os outros guardiões trocam olhares receosos, claramente hesitantes em encostar nele.

— Agora! — Atlas brada, e Rhyle finalmente entra em ação, fazendo sinal para outro guarda acompanhá-lo.

Gabriel não resiste enquanto cada um pega um braço e o leva da pista de dança. Antes de subirem os degraus, Gabriel vira e diz para Atlas:

— Eu estava fazendo isso por você. Você está cometendo um erro.

— Saiam — Atlas rosna. E os guardas vão embora com Gabriel. — A festa acabou! — Atlas grita para a multidão em choque.

Então, me encara de novo, fúria se misturando com algo mais desesperado e cheio de desejo.

Apesar de tudo, sinto esse olhar arder na minha pele e me cobrir da cabeça aos pés.

Ele pega minha mão.

— Lor. Você vem comigo.

33

Atlas me puxa pelo círculo amplo de convidados, que abrem caminho para nós. Ele não diminui o passo quando saímos do salão, me puxando para perto e me agarrando pela cintura.

Não digo nada enquanto atravessamos corredores sem fim e tento acompanhar suas passadas longas e furiosas. Repasso os acontecimentos da noite repetidas vezes na minha cabeça. O príncipe não era meu alvo, mas Gabriel me mandou atrás dele mesmo assim. Por quê? Gabriel disse que o príncipe não sabia quem eu era e que eu deveria manter isso assim, mas será que Gabriel estava procurando alguma forma de revelar ao príncipe? E para quê? Talvez *esse* fosse o plano para se livrar de mim. Mas por que eu não poderia falar de onde vim?

Meus pensamentos correm em círculos enquanto nossos passos ecoam pelos corredores silenciosos. Finalmente, chegamos às portas duplas imensas gravadas com a insígnia do Rei Sol. Dois guardas estão a postos, olhando para a frente. Atlas abre a porta e me leva para dentro. Não está me machucando, mas também não está sendo gentil.

— Atlas, me desculpa — digo, sem entender com quem ele está bravo. Pareceu furioso por eu estar dançando com o Príncipe Aurora, mas não tenho culpa se Gabriel mentiu. — Eu não sabia.

Ele finalmente me solta e começa a andar de um lado para o

outro do aposento, olhando para o chão, coçando o queixo e passando a mão pelo cabelo.

— Sobre o que vocês conversaram? — ele pergunta, finalmente se voltando para mim. — O que você disse a ele?

Abro a boca e balanço a cabeça.

— Nada. Eu estava perguntando sobre o anel dele.

— Anel?

— Pensei que tinha que convencê-lo a dar aquele anel para mim, mas então ele disse que era só uma bijuteria que tinha comprado e que não significava nada e... — Perco a voz sob o olhar atento de Atlas, uma chama azul queimando em seus olhos.

— Só isso?

Faço que sim, sem dizer nada.

— Ele mal disse uma palavra. O tempo quase todo fui eu tentando convencê-lo a dançar comigo para perguntar sobre o anel. Juro. — Não sei pelo que estou jurando ou por que ele está tão preocupado com o que eu teria dito. — Não falei para ele que era de Nostraza. Gabriel disse que eu tinha que continuar fingindo que era de Afélio.

Uma ruga se forma entre as sobrancelhas de Atlas.

— Disse?

— Sim — sussurro.

Finalmente, a ira em sua expressão começa a se esvair e seus ombros relaxam.

— Você está me contando a verdade? Não revelou a ele de onde veio?

— Não... mas qual é o motivo disso tudo?

O comportamento de Atlas muda com a pergunta, a raiva sendo substituída por preocupação. A mudança é tão abrupta que dou um passo para trás. Mas ele se aproxima, envolvendo meus ombros com suas mãos grandes e analisando meu rosto.

— Quando vi você dançando com ele... Desculpa... Só perdi a cabeça.

Ele me abraça forte e beija minha cabeça, murmurando:

— Você é minha. Você vai ser minha, e, juntos, vamos ser imbatíveis. — Sua voz é distante, como se essa fosse uma história que ele recitasse muitas vezes para si mesmo.

Recuo e o encaro.

— Vamos? Por que você tem tanta certeza disso?

Ele faz que sim, sério, envolvendo meu rosto com as mãos, traçando a cicatriz com o polegar.

— Porque sinto isso, Lor. Você deve sentir essa atração também quando estamos juntos, não?

Faço que sim devagar porque realmente sinto algo. Sou atraída por esse Feérico sempre que ele está no ambiente. Ele é uma flor, e eu sou uma abelha em busca de néctar. Já me questionei se era apenas *ele* ou se qualquer Feérico Imperial causaria isso em mim.

Penso em quando dancei com o príncipe. Quando nossos olhares se cruzaram, houve um tipo de atração diferente ali. Não a mesma que sinto perto de Atlas, algo mais amplo e profundo. A diferença entre ser lançada num furacão e ser levada por uma única onda. Mas isso é ridículo. Dançamos por menos de dois minutos e, na maior parte do tempo, ele só ficou me encarando. Mal abriu a boca. O homem nem é um Feérico Imperial ainda, então talvez a questão sejam os Feéricos, mas convivi com dezenas deles nas últimas semanas e não senti nada parecido em nenhum momento.

— Sinto — digo, porque não é mentira, mas também não sei ao certo qual é o verdadeiro significado disso.

Atlas sorri quando digo isso, e aquele calor com que me acostumei volta à tona. Ele solta um suspiro de alívio.

— Desculpa se te assustei. É só que... não posso te perder.

A voz de Atlas é apaixonada. Seguro as mãos dele e faço que sim.

— Mais duas semanas para a rodada final, e o Espelho vai decidir — digo, mais certa do que nunca de que preciso vencer isso.

— Certo. — Atlas franze a testa. — Mais duas semanas. — Ele fica introspectivo e parece se fechar.

— Atlas?

— Nada. Sim. Em breve, nada vai poder nos separar, Lor. Nada — ele repete, como se tentasse se convencer e, neste momento, me puxa e me beija.

Sinto imediatamente o calor de seu toque se fundir ao meu corpo. Estava com saudade de como ele me abraça e me faz flutuar. Como se eu estivesse em outra vida e em outro mundo onde contos de fada são reais.

Ele segura minha nuca e puxa minha cabeça para trás, intensificando o beijo com um gemido. Quando sua língua desliza para dentro da minha boca, arrepios brotam por todo o meu corpo.

— Preciso de você — ele diz. — Preciso sentir seu gosto e tocar em você. — Ele me dá outro beijo, tão intenso e frenético que me deixa sem ar. Agarra minha bunda e aperta o quadril contra o meu. — Quero te foder até você não conseguir mais andar direito — ele grunhe contra meu pescoço antes de morder suavemente.

Meu gemido é uma resposta ininteligível quando ele pressiona o pau duro na minha barriga.

Não sei se é uma boa ideia, mas estou achando difícil me importar quando ele me pega nos braços como um cavaleiro me resgatando das garras de uma bruxa. Não li muitos livros na vida, mas meus favoritos sempre foram os romances com finais felizes e heróis bonitos, e parece impossível que essa seja minha realidade agora. Ele baixa a cabeça, encostando a testa na minha, e sussurra meu nome.

Atravessamos seu aposento grandioso, passando por um corredor largo até um par de portas no final. Ele abre uma delas com o ombro e entramos num quarto palaciano. É imenso, pelo menos duas vezes maior do que o refeitório de Nostraza. Em uma parede estão janelas largas com vista para o mar enluarado. A maior cama que já vi na vida está encostada em outra parede, coberta por lençóis e travesseiros dourados, bem como um dossel de camadas infinitas de seda dourada e amarela. Na outra ponta está uma lareira de mármore imensa ardendo com brasas.

Isso é tudo que consigo avaliar antes de Atlas fechar a porta e me colocar no chão, de costas para a parede, sua boca e sua língua já me devorando. Fica óbvio que desta vez ele não vai me impedir de tocá-lo, então aproveito para desfrutar enquanto abro os botões de seu paletó dourado, querendo sentir aqueles quilômetros de pele musculosa e dourada.

Com um som gutural, ele me ajuda a tirar o próprio paletó e, então, arranca a camisa. Respiro fundo enquanto ele se desnuda na minha frente; as linhas e curvas de seu corpo glorioso são maravilhosas de contemplar. Passo as mãos por seus ombros e desço até a curva de seu peito e sua barriga enquanto ele solta um gemido.

Atlas agarra meus punhos e devora minha boca, me pressionando contra a parede e roçando o quadril no meu. Sobe as mãos pelas minhas costas e começa a puxar os cordões do meu vestido. Soltando os laços, ele desce o corpete até meu quadril. Por um momento, hesito, sem saber se deveria prosseguir. Acho que quero isso, mas, por mais que Atlas afirme que deseja ficar comigo, parte de mim ainda se pergunta se ele só está me dizendo o que quero ouvir. Ele pode estar desfiando as mesmas palavras para qualquer uma das outras Tributos. Pode estar tentando me usar. Talvez isso não importe. Afinal, também estou usando ele, porque *preciso* ficar à frente do Espelho Sol.

Suas palavras parecem reais, e seus beijos, também. Nunca me apaixonei, então não sei qual é a sensação. Não acho que isso seja amor, mas existe fascínio, tesão e desejo. E por enquanto é o que me basta.

— Lor — ele diz, com a voz rouca. — Não para. Por favor. Preciso de você.

Ele puxa meu vestido para baixo, me deixando apenas de calcinha e sutiã. Me observa inteira, como um predador, e meu sangue se aquece, um calor crescendo entre minhas pernas.

Seus olhos ficam transtornados, e sua respiração, mais agitada. Ele se inclina para me beijar de novo, suas mãos grandes deslizando pelas minhas pernas antes de me erguer e colocá-las ao redor de sua cintura. Com um gemido, ele roça seu membro grosso e duro no meu ventre ardente.

— Atlas — digo, mal conseguindo colocar as palavras para fora. — Talvez seja melhor pararmos. Você disse que deveríamos esperar até depois das Provas. — Ele está deslizando a boca por minha pele, descendo por meu pescoço e passando por meu colo, e parte de mim está se perguntando por que estou tentando impedi-lo.

Atlas solta um suspiro de frustração, desabando sobre mim.

— Você está certa — ele diz, envolvendo meu rosto com as mãos. — Desculpa. Eu estava me deixando levar.

— Tem certeza? — pergunto com hesitação, conhecendo até demais as consequências de dizer "não" a um homem que não sabe lidar com rejeição.

— Sim, é claro que não tem problema. — O olhar dele se suaviza. — Desculpa por meu comportamento hoje. Não sou essa pessoa. É só que está tão perto do final e quero ter você para mim. Não quero que nada nem ninguém nos impeça.

Solto a respiração nervosa, passando os braços ao redor dele e olhando para cima.

— Obrigada. E sou sua... se o Espelho Sol me quiser.

— Ele vai querer — Atlas diz, me apertando com mais firmeza, como se eu pudesse me dissolver numa nuvem de cinzas. — Ele vai querer.

Seu olhar encontra o meu, seus olhos azuis ardendo. Seu rosto está corado, o cabelo, desgrenhado, e ele nunca esteve tão bonito. Se o espelho me escolher, eu posso me tornar a mulher mais sortuda de todo Ouranos.

— Mas você vai passar a noite aqui? Só para dormir ao meu lado.
— Sim — respondo com entusiasmo. — Eu adoraria.

Ele pega minha mão e me leva até a cama, puxando as cobertas para eu me deitar. Tira o resto de suas roupas, ficando apenas de cueca antes de se deitar ao meu lado, me envolvendo no seu corpo quente.

Ele passa as mãos pelo meu quadril e pelas minhas costas, causando um arrepio delicioso na minha espinha.

— Lor — diz, baixinho. — Lor, você é incrível. — Ele leva a boca ao meu pescoço, chupando a pele antes de subir e me beijar intensamente. Com a testa encostada na minha, diz: — Sinto tantas coisas quando estou com você.

— Ah, Atlas — respondo, me sentindo tímida e insegura.

Nunca ninguém falou dessa forma comigo antes. É uma sensação tão intensa e avassaladora, e quero que isso tudo seja meu para sempre, tanto que já consigo sentir o gostinho.

Nesta noite, Atlas me faz acreditar que consigo vencer as Provas. Ele me faz acreditar que talvez eu seja digna de amor. Que posso me tornar a Rainha Sol, tirar Tristan e Willow de Nostraza, e encontrar alguma versão de felizes para sempre que nunca foi destinada a nós.

Quero tudo.

Quero amor e paixão.

Quero minha vingança.

Quero a magia e o poder que me foram negados.

Ainda não sei o que o Espelho Sol vai fazer quando eu ficar de frente para ele, mas tenho que vencer para descobrir.

Atlas ainda está me beijando, dando mordidinhas no meu ombro, na minha bochecha e na minha clavícula, subindo as mãos por minhas costelas e descendo por meu quadril.

— Você é tão linda — ele diz repetidas vezes até nós dois pegarmos no sono, entrelaçando braços e pernas, exaustos.

34
NADIR

Nadir pisou na sacada de seu escritório, e as asas luminescentes se fecharam atrás dele. Depois de abrir a porta, entrou a passos firmes, seguindo diretamente para o carrinho de bar no lado oposto do cômodo.

Abriu um decanter, encheu um copo com o triplo da quantidade habitual e o virou garganta abaixo. Por fim, bateu o copo com tanta força que o estilhaçou, cacos afiados voando em todas as direções.

— Merda.

Ele mal olhou para a bagunça enquanto pegava outro e o enchia ainda mais.

Suas duas cadelas do gelo levantaram, os rabos brancos e grossos balançando ao ver seu tutor, e foram sentar a seu lado, as línguas rosa para fora.

— As coisas correram bem, imagino — Mael disse com a voz arrastada, sentado no sofá com a perna cruzada.

Amya estava sentada ao lado dele, as pernas dobradas embaixo do corpo.

— Vocês não têm seus próprios aposentos em algum lugar? — Nadir perguntou, enquanto se agachava para dar um pouco de atenção a Morana e depois a Khione. — Por que vivem aqui dentro?

Mael inclinou a cabeça, fingindo mágoa.

— Assim nos ofende, meu príncipe. O que vossa alteza faria sem nós?

— Ela está lá. — Nadir se levantou e deu meia-volta.

Mael e Amya ficaram completamente imóveis, os olhos arregalados.

— Está? Você a viu? — Amya perguntou, desdobrando as pernas e se inclinando para a frente.

Nadir deu mais um gole longo, franzindo o rosto ao engolir.

— Vi. Vi a marca de Nostraza. Atlas a botou para competir naquelas Provas de merda.

Amya arregalou os olhos.

— Como assim? Por que ele botaria uma prisioneira de Nostraza para competir nas Provas?

Nadir avançou até o centro do cômodo, sua magia cintilando de agitação, se recusando a ser contida enquanto formava uma aura iridescente. Ele andou de um lado a outro do carpete escuro, a cabeça girando.

Detalhou seu encontro com a menina para Amya e Mael. Como ela havia pedido para dançar com ele. Implorado, na verdade, até ele finalmente aceitar. Mas guardou para si que tinha ficado completamente entorpecido, sem entender ao certo o que isso significava.

— Ela não parava de me perguntar sobre meu anel — ele disse.

— Seu anel? Por quê?

— Não sei.

Ele bebeu mais, o álcool finalmente agindo enquanto aquecia seu sangue e esfriava sua cabeça.

— E Atlas perdeu as estribeiras quando me viu com ela. Arrancou a menina de mim, me mandou sair de Afélio e proibiu que eu ou qualquer outra pessoa da Aurora voltasse.

Mael soltou uma risada desdenhosa.

— Queria ser uma mosquinha para ouvir você contar para Rion

que fez com que ele fosse proibido de voltar à corte do Rei Sol. Imagino que Cyan e Cedar vão fazer a mesma coisa.

Nadir lançou um olhar frio para o amigo.

— Você não está ajudando, Mael.

Mael deu de ombros e colocou as mãos atrás da cabeça.

— Não sou eu quem não consegue ir a uma porra de uma festa sem causar um incidente continental.

Nadir voltou a andar de um lado para o outro.

— Eu estava dançando com ela. Nada mais do que isso.

— Por que ele ficou com tanta raiva, então? — Amya perguntou.

— Não sei, mas está claro que ele a sequestrou por algum motivo. Ele quer que ela *ascenda* a Feérica Imperial e se una a ele por algum motivo.

Nadir lembrou da Depressão tantas semanas antes, quando foi investigar, e se deu conta de que o cheiro que havia sentido era, ao menos em parte, de Gabriel. Como havia demorado tanto para perceber? Fazia anos que não o via, e a memória tinha ficado enterrada.

Mas Nadir tinha certeza de que Gabriel a havia agarrado daquele jeito de propósito. Ele descera a alça do vestido dela para que a tatuagem aparecesse logo depois de ter dito a Nadir que não sabia de nenhuma menina de Nostraza em Afélio. Isso só poderia significar que Atlas havia proibido Gabriel de falar a qualquer pessoa sobre as origens dela. Os laços que prendiam Gabriel tornavam impossível para ele desobedecer a uma ordem direta do rei, mas havia formas de contornar esse vínculo.

— Nadir — Mael disse, se levantando enquanto observava o príncipe andar de um lado para o outro. — Seu pai não parecia tão preocupado assim com o desaparecimento dela. Por que você está esquentando tanto a cabeça com isso?

Nadir fechou a cara.

— Tenho certeza que ele não queria que eu soubesse sobre ela e está agindo dessa forma para fazer parecer que não é nada. Ou talvez seja tão arrogante que não ache que ela seja uma ameaça. Talvez ela não *seja* uma ameaça e Atlas acredite em algo que não é verdade. *Ou* Atlas sabe de algo que ninguém mais sabe. — Nadir olhou para a única rosa vermelha sobre a cornija, agora escurecida e morta pelo tempo.

— Nadir — Amya disse, atraindo a atenção dele com um tom de alerta.

Era algo que sempre fazia quando o irmão estava obcecado e perdendo a cabeça.

— Não. — Nadir deu as costas para ela. — Não quero seus sermões. Tinha alguma coisa... — Ele se deteve, olhou para os dois e voltou a andar sem parar.

Foi virar o copo de novo, mas o encontrou vazio. Soltou um grunhido, e Mael tirou o copo dele antes que voasse na parede.

— Deixa que eu pego outro — Mael disse com cautela.

Nadir inspirou fundo, ignorando Mael enquanto ia até a lareira e apoiava as mãos na cornija, a rosa invadindo seus pensamentos mais uma vez.

O príncipe sentiu a presença de Amya, que se aproximou por trás dele e colocou a mão em seu ombro com gentileza. Ele não se desvencilhou.

— Tinha alguma coisa... o que, Nadir? O que aconteceu?

Ele virou para ela, seus olhos escuros brilhando em tons de violeta e carmesim.

— Não sei. Só sei que senti... alguma coisa.

Amya franziu a testa de preocupação e levou a mão hesitante até uma mecha de cabelo de Nadir que havia se soltado, tirando-a do rosto dele.

— Tem certeza que não está só procurando por... alguma coisa?

Nadir soltou um grunhido gutural.

— Eu sei o que senti.

— E o que foi?

Ele não queria falar sobre isso. Queria descobrir a verdade. Queria saber o que seu pai e agora Atlas estavam escondendo.

— Nada. — Nadir se endireitou e se virou, pegando o copo que Mael estendeu para ele.

— Então, o que quer fazer? — Mael perguntou, talvez sentindo que não tinha como dissuadir Nadir.

— Vamos tirá-la de lá. — Ele deu um gole, notando os olhares preocupados que Amya e Mael trocaram.

— E depois? — Mael perguntou.

— Trazê-la para cá e descobrir o que ela está escondendo — Nadir disse.

— E se não for nada? — Amya perguntou, parando ao lado de Mael.

— Então não vai ser nada. Nos livramos dela e seguimos com a vida.

— E você vai deixar isso para lá? — Amya perguntou.

Nadir a encarou.

— Vou deixar isso para lá.

Amya esperou, mas o que quer que estivesse no rosto dele a faz assentir e responder:

— Está bem. Então vamos ajudar você. — Ela olhou para Mael, que estava com uma expressão cética. — Certo? — perguntou, cutucando as costelas dele.

Mael ergueu as sobrancelhas, olhando para os dois irmãos.

— Certo. Claro.

— Não podemos deixar que ele se una a ela — Nadir disse. — Temos duas semanas até a rodada final para tirá-la de lá.

— Por que ele não pode se unir a ela? — Mael perguntou.

— Porque seja lá o que ele esteja planejando deve depender de ela vencer as Provas. Por que mais ele a levaria para a competição?

Amya mordeu os lábios, com uma expressão pensativa.

— O que uma prisioneira mortal de Nostraza poderia oferecer que uma Feérica não?

Nadir olhou para a irmã, ponderando os pensamentos impossíveis em sua cabeça.

— Você tem um palpite — ela sussurrou, enquanto a atmosfera da sala mudava.

— Talvez. — Nadir olhou para a chama enquanto tomava outro gole. — E, se eu estiver certo, tudo pode mudar.

35
LOR

Estou com muito frio. Meus olhos estão fechados, e sinto um calafrio quando uma rajada de vento sopra por minhas roupas. Me encolho, abraçando meu próprio corpo. O chão é duro, e algo cortante se crava no meu quadril, braço e ombro, me fazendo sentir como se eu estivesse sendo atacada por uma saraivada de pelotas. Ouço o vento uivar e sinto um calafrio sob sua rajada gélida.

A última coisa que lembro é de cair no sono na cama de Atlas com o corpo quente dele ao redor de mim. É um sonho terrível. Mas é terrivelmente realista. Outro ataque de vento ártico me faz bater os dentes, e me ajeito, o ardor áspero do cascalho atravessando minha túnica e minha calça fina. Algo definitivamente não está certo. Devagar, abro os olhos, minhas pálpebras pesadas como âncoras.

Uma tela preta se materializa diante de mim, manchada apenas por tons de branco e cinza. Minhas bochechas estão em carne viva, o vento frio queimando como urtiga quando tento me mexer, rolando para o lado e descendo a perna para me levantar. Penso que vou encontrar terra firme, mas não toco em nada além de ar. Então, grito, me segurando à rocha embaixo de mim quando fica claro que estou prestes a cair de um penhasco íngreme. Grito de novo e me arrasto para trás até esbarrar em algo duro e quente. Outro corpo.

Passando por cima dele, grito de novo, o terror esmagando meu coração enquanto a superfície inclinada continua me puxando para baixo na direção da borda. Minha visão se enche de uma névoa branca até minhas costas finalmente acertarem uma parede fria.

Halo, Tesni e Apricia estão despertando do sono, todas acordando diante da mesma visão monstruosa. Estamos numa caverna pequena entalhada no que parece a encosta de uma montanha. Com apenas uns três metros de profundidade, a ponta dá para um penhasco infinito. À nossa frente se assomam mais montanhas, cinza e impossivelmente altas, cobertas de neve e geada.

Com um arquejo, Halo também recua, rastejando no chão de pedra fria até o meu lado. Estou encolhida, as mãos embaixo do braço para aquecer. Não estamos vestindo nada além de túnicas marrons finas e calças com botas marrons e macias. São confortáveis, mas não oferecem nenhuma proteção contra o frio cortante.

— Onde estamos? — Halo pergunta, batendo os dentes.

Balanço a cabeça, com frio demais para falar. Tesni engatinha e para do meu outro lado, também tremendo dos pés à cabeça.

— Essa é a próxima prova? — ela pergunta, soprando e esfregando as mãos.

Halo faz que não, as mechas escuras balançando.

— É só daqui a duas semanas. O baile foi ontem à noite... não?

Trocamos um olhar inseguro.

— Vocês estavam vestindo isso quando foram dormir ontem à noite? — Tesni pergunta, e sinto minhas bochechas arderem quando penso em onde e como adormeci.

Levo a mão à boca, meus lábios ainda inchados pelos beijos febris de Atlas, confirmando que o que aconteceu não foi um sonho. E não pode ter sido duas semanas atrás. Ergo a mão, encontrando o medalhão de metal gelado, e o aperto como se fosse uma tábua de salvação.

— Não — Halo responde. — Eu estava de camisola.

Apricia está nos observando com seu desdém de sempre, encolhida contra a parede da caverna.

— Por que não vem para cá? — pergunto. — Podemos tentar aquecer umas às outras.

Ela resmunga e joga aquele cabelo idiota, observando o cenário branco e cinza que serve como nossa única paisagem.

— Como quiser. — Reviro os olhos.

— Então, ontem à noite, o rei interrompeu a terceira prova — Halo diz, como se tentasse se lembrar. Ela olha para mim. — O que aconteceu? Por que ele ficou tão bravo ao ver você dançando com o Príncipe Aurora?

Hesito, sem saber ao certo como responder.

— Não sei. — E então, para impedir que alguém pergunte aonde ele me levou depois que saímos do salão de baile, continuo falando: — E todas pegamos no sono e acordamos aqui? Com roupas diferentes?

— *Só pode* ser o quarto desafio — Tesni diz.

Ela engatinha até a beira da nossa pequena caverna e deita de barriga para baixo para olhar lá embaixo. Querendo ver com meus próprios olhos, vou atrás, rastejando com todo o cuidado do mundo. O ar frio formou uma crosta de gelo na beira, tornando-a ainda mais traiçoeira.

O efeito estonteante da inclinação do chão parece me puxar para a frente como um demônio sugando os dentes. Ficar em pé aqui seria impossível. Tesni ainda está olhando para baixo quando paro ao lado dela. Não há nada além de pedra, neve e um penhasco infinito tão fundo que nem consigo ver onde termina. Estamos completamente fodidas.

Olho para Tesni, e seus olhos escuros estão cheios de preocupação.

— O que precisamos fazer? — ela pergunta, e balanço a cabeça.

É mais frio aqui fora do que no fundo da caverna, então recuo devagar, voltando para o lado de Halo. Dando o braço a ela, grudamos uma na outra, tentando gerar um mínimo de calor.

— Não gosto de altura — ela diz, com a voz fraca e o rosto nauseado.

— Fica longe da beira. — É um alerta desnecessário, mas sinto que preciso dizer qualquer coisa.

Tesni voltou e agora está segurando meu outro braço.

— Não tem comida nem água — Apricia finalmente diz. — Eles devem querer que saiamos daqui rápido. — Ela diz isso com tanta confiança que quase acredito nela.

— Por quê? Eles tomaram cuidado com nossa segurança antes disso? — retruco.

Não sei como, mas ela conseguiu passar por todos os desafios sem nenhum arranhão. Não consigo deixar de me perguntar se isso teve o dedo de Atlas.

Apricia arqueia a sobrancelha como se já fosse a rainha da porra toda. Eu nunca quis tanto bater em alguém em toda a minha vida. Me forçando a ignorá-la, estudo a caverna atrás de alguma variação nas rochas que possa indicar o objetivo disto aqui.

— Será que temos que explorar as paredes? Talvez tenha alguma tranca ou coisa assim escondida.

Tesni e Halo seguem meu olhar, a dúvida estampada em seus rostos.

— Claro — Tesni diz, soltando meu braço e agachando para tatear o ponto atrás de nós.

Devagar, ela vai subindo a mão até esticar os braços o máximo possível, mas não tem como subir mais sem se levantar. Ela hesita, e entendo sua dificuldade.

— Espera aí — digo, sentando atrás das pernas dela para ajudá-la a se equilibrar no chão desnivelado.

Ela agradece com um aceno e segue em frente. A caverna não é alta, e Tesni, com alguns centímetros a mais que eu, consegue alcançar o teto.

Ela explora devagar cada pedacinho com suas mãos marrons e finas, atravessando a caverna, enquanto Halo e eu fazemos barreira para ela não cair.

— Você poderia ajudar, sabe? — digo a Apricia, que está sentada na parede oposta, nos observando como se estivéssemos aqui para o entretenimento dela.

Ela apenas encolhe os ombros. Tesni e Halo fecham a cara, e eu solto um suspiro exasperado. Enquanto sirvo de apoio, começo a testar o chão, na esperança de achar talvez uma escada? Um alçapão? Sinto um calafrio.

Não sei ao certo quanto tempo demoramos para explorar a caverna, mas o céu está escuro quando terminamos. Pelo visto vamos passar a noite aqui.

— É melhor ficarmos amontoadas para nos aquecer — digo. — E podemos revezar, cada hora uma fica por fora.

Encaro Apricia, e ela abre a boca para protestar.

— Não seja idiota — digo. — Se não vier, você vai morrer de frio. Não tenha medo. Ninguém vai esquecer nem por um momento que você é superior.

Ela estreita os olhos, mas se aproxima, relutante, ainda conseguindo manter o nariz empinado. Está pálida e com as mãos em carne viva. Entra entre mim e Tesni, se deitando de lado, e todas nos esprememos o máximo possível. O chão é duro e áspero, e consigo sentir a rajada cortante de vento frio através da roupa. É horrível.

A noite passa devagar, e dou breves cochilos, incapaz de dormir de verdade. Mas devo ter adormecido em algum momento porque o céu já começa a clarear, recebendo mais um dia. Engulo em seco, minha garganta ressequida e meu estômago dolorido, roncando. As semanas de comida farta e suntuosa transformaram a fome, antes tão familiar, em apenas uma lembrança, mas que agora volta com uma clareza cortante, jogando na minha cara de novo tudo que tenho a perder.

— Estou faminta — Apricia choraminga. — Eles não poderiam ter nos dado *alguma coisa*?

Pestanejando, eu sento e olho lá para fora. O ar parece um pouco mais quente, o que é uma bênção, e noto que está caindo uma chuva fina. Engatinho até a beira e estendo a mão, deixando que um pouco de água se acumule. Então saboreio o gosto doce e fresco da água. Assim como naquelas noites que passei na Depressão, a chuva mais uma vez se torna uma aliada traiçoeira. Não sei qual opção é a pior agora.

As três Feéricas seguem meu exemplo, absorvendo o máximo de água possível.

Enquanto elas bebem, olho para o espaço desolado, me perguntando o que nós quatro vamos fazer. Deve haver alguma pista vital que estamos deixando escapar.

Algo chama minha atenção pelo canto do olho — uma centelha de luz, tão fina que seria fácil não notar, mas, quanto mais a encaro, mais aparente ela fica contra o pano de fundo monótono de neve e rocha. Aparece e desaparece, brilhando forte e depois se apagando como uma estrela tentando emitir um sinal.

— Vocês estão vendo aquilo? — pergunto, apontando ao longe.
— O quê? — Tesni pergunta, estreitando os olhos.

Observo o espaço de novo, procurando pela luz, mas sumiu. Depois de mais alguns segundos de espera, balanço a cabeça.

— Deixa pra lá. Pensei que tivesse visto alguma coisa.

Continuamos a dar goles de água até a chuva parar, nos abandonando por enquanto. O vento bate mais forte de novo, e a gente volta a se amontoar no fundo da caverna rasa. Desta vez até Apricia, a ponta de seus cabelos ficando branca pela geada.

— O que fazemos? — Halo pergunta, de olhos fechados e bochechas molhadas, sua respiração formando nuvens opacas de ar. — O que eles querem de nós?

Tem algum truque, algum quebra-cabeça, que não estamos enxergando. Eles não podem ter simplesmente nos abandonado aqui para morrer... mas então sinto um frio na barriga que faz vibrar até a ponta dos meus dedos congelados. Penso no que Mag deixou escapar sobre as Provas da Rainha Sol terem sido interrompidas na última vez. Acabei não descobrindo o que aconteceu. Acho que agora não é o momento para comentar isso.

Será que Atlas fez isso de novo? Nos largou para morrer aqui? Mas ele parecia tão certo de que eu venceria e seria sua rainha. Se bem que não sei se posso confiar nas palavras dele.

Por mais um dia e uma noite, ficamos tremendo no rochedo, vasculhando a caverna sem parar, na esperança de que algo útil se materialize. Mas não há nada além de rocha impermeável que insiste em esconder os segredos guardados ali.

Está de dia de novo, o ar de um cinza turvo tão denso que parece possível pegar um punhado como algodão. Olho o horizonte fixamente, querendo que o cenário mude. Meu desejo é nunca mais voltar a ver nada branco nem cinza.

Meus nervos estão frágeis e congelados, capazes de se romper sob a mais leve pressão, e me forço a não chorar. Se eu começar, talvez nunca consiga parar. Cheguei tão perto de finalmente conseguir tudo que queria, e agora tudo escorre pelos meus dedos como fios de névoa sobre um lago congelado.

Halo está encolhida no chão, completamente imóvel, apenas os lábios se mexendo numa oração sussurrada. Passo a mão nas suas costas num gesto reconfortante, mas ela nem nota. Tesni e Apricia não estão muito melhores, ambas falando pouco e mal conseguindo abrir os olhos.

Pela primeira vez desde que cheguei a Afélio, sinto pena delas. Essas pobres Feéricas nunca passaram por esse tipo de sofrimento. Não foram feitas para isso. Talvez eu devesse ser grata por Nostraza ter me deixado tão dura e inflexível quanto uma pedra, mas provavelmente isso só significa que vou ser a última sobrevivente, largada para sofrer aqui sozinha.

Algo chama minha atenção, e vejo aquele mesmo clarão de luz de ontem. Tremeluz mais forte desta vez. Mais nítido e mais definido.

É então que lembro da noite em que Atlas me mostrou sua magia durante nosso primeiro jantar. O oceano falso que ele criou estava salpicado por pontos de brilho semelhantes. Fico de queixo caído conforme as peças vão se encaixando.

— É uma ilusão — digo, e Apricia e Tesni levantam a cabeça, exaustas e confusas. — Não é real. É a magia de Atlas.

Tomando impulso para levantar, dou passos cuidadosos até a beira, o vento me açoitando e ameaçando me desequilibrar. Olho para baixo e recuo rapidamente quando minha cabeça fica zonza pela altura vertiginosa do penhasco.

Tenho certeza que é isso, mas ainda parece muito real.

— Uma ilusão? — Apricia ri, parte da sua ironia retornando só pela necessidade de discordar de mim. — Não faz sentido.

— Vocês conseguem ver? — Aponto para o brilho, e outros pontos estão visíveis agora. Estão mais fortes hoje, graças a qualquer que seja a visão falsa que Atlas criou. Talvez ele tenha feito de propósito porque não estávamos descobrindo por conta própria. — Lá. Olha. Não é real.

— Como você saberia isso? — Apricia pergunta, cruzando os braços.

Descrevo o que Atlas me mostrou. A princípio, dá para ver que elas não acreditam, e não deixo de notar que Apricia não diz se Atlas fez uma demonstração parecida para ela. Embora eu esteja ficando cada vez mais desesperada, ainda estamos em uma competição, e acabaram de nos dar uma tábua de salvação.

— Então, o que vamos fazer? — Tesni pergunta, abraçando os joelhos.

Olho para ela e aperto bem os lábios, sabendo que ninguém vai gostar da minha resposta.

— Vamos pular.

— Quê?! — Apricia exclama, voltando ao seu jeito de sempre. — Não seja ridícula. Vamos morrer.

— Não vamos. Esse é o teste. É isso que devemos fazer. — Encho a voz de uma confiança que não sinto.

— E se der errado?

Dando de ombros, digo a Apricia:

— Nesse caso, acho que vamos morrer. De um jeito ou de outro, não vamos sobreviver por muito mais tempo aqui.

Como se concordasse comigo, o vento sopra com tanta força que me joga para trás, e sinto quase como um empurrão no meu peito. Halo levanta e me olha com desconfiança. Estendo a mão para ela.

— Vem comigo.

— Lor — ela sussurra. — Não sei.

— Confia em mim.

Nossos olhares se encontram. Ela não queria estar aqui. Queria ter saído das Provas, e eu, sem entender, a impedi. Se a tivesse deixado cair, Halo estaria quentinha e segura com Marici, onde queria estar.

Não, lembro a mim mesma. Ela não teria conseguido dar aquele salto. Não passaria de ossos e carne dilacerada por aquele monstro no poço. Ela está presa aqui, e preciso que sobreviva, mesmo que ela não queira vencer.

— O que temos a perder? — pergunto, implorando a todas agora.

O vento uiva de novo para nós com sua melodia provocadora, nos desafiando a permanecer aqui, mas ela ainda hesita.

— Vamos — digo de novo, pegando sua mão. — Se continuarmos aqui com certeza vamos morrer.

Olho para seus rostos ansiosos.

— Você vem? — pergunto a Apricia.

Ela joga o cabelo, e eu resisto ao impulso avassalador de ir até lá e enforcá-la com ele.

— Você só pode estar brincando comigo. Eu não vou pular desse precipício.

Tesni alterna o olhar entre mim e Apricia, sem saber com quem concordar.

— Tudo bem. Eu vou primeiro.

Halo solta a minha mão e fecha a sua junto ao peito, os olhos desvairados de medo.

— Não quero.

— Tudo bem, vou pular. Você vai ver. Vou sair da ilusão. Se for seguro, você vai depois de mim.

Ela faz que sim, mas consigo ver que ainda não acredita em mim.

Porra, tomara que eu esteja certa.

Mas não tem mais nada aqui, e essa é nossa única opção. Se tiverem nos largado para morrer, é melhor eu acabar logo com isso. Pelo menos vai doer menos.

Guardo esse último pensamento para mim.

Tenho que estar certa e, se não estiver... bem, vamos só torcer para que eu esteja.

Respirando fundo para me acalmar, o que não funciona nem um pouco, levanto, encostada à parede, no fundo da caverna. Apertando meu medalhão, crio coragem e faço uma oração a Zerra, torcendo para que, pela primeira vez na minha vida, ela esteja escutando.

Talvez eu sempre tenha sido imprudente demais para meu próprio bem. Talvez eu devesse pensar melhor nisso. Talvez esse seja o último ato de *agir primeiro, pensar depois*. Mas não existe outra opção para nós agora.

— Lá vamos nós — digo, três pares de olhos me observando com um misto de esperança e medo.

Não me dou ao luxo de ponderar mais antes de correr e pular no vazio.

36

Estou caindo. Meu estômago parece subir pela garganta. Caio tão rápido que vejo apenas uma mancha turva de pedra, neve, branco e cinza passando. Meu cabelo se enrosca nos meus olhos, na minha boca e nas minhas orelhas enquanto vou descendo.

Eu estava errada.

Era para eu ter passado pela ilusão, mas essa queda é muito, *muito* real. Acabei de selar minha própria morte. Um grito escapa da minha garganta, e eu só caio cada vez mais rápido, o vento soprando minhas roupas e meus olhos lacrimejando, gotas escorrendo por minhas bochechas. Sou uma pedra caindo no fundo de um lago. Um pássaro cujas asas foram cortadas. Um anjo rebelde expulso do céu.

Mas então o ar muda, um calor vem de baixo e me envolve antes de eu cair contra uma superfície dura mas maleável. Saio rolando até parar.

Deitada de costas, olho para cima e vejo um céu azul cristalino. Espero o mundo parar de girar. Meu peito estremece com minha respiração tensa, um terror abjeto ainda bombeando adrenalina pelas minhas veias.

Imóvel, permito que os sons e as sensações do novo ambiente sejam assimilados. É quente e úmido. Há aves cantando e folhas farfalhando ao sopro inconfundível de uma brisa. Com os braços abertos, sinto a grama macia fazer cócegas na palma das minhas mãos. E o sol, ah, o sol glorioso, brilha com raios acolhedores de prazer derretido. Meus dedos das mãos e dos pés ardem ao descongelar, o zumbido da agonia e da felicidade. Pela primeira vez em dias, mexo as articulações sem a restrição cortante da geada.

É isso. Nunca vou sair nem me mover deste lugar. Será que estou finalmente morta? É o mesmo que senti quando acordei no Palácio Sol depois que Gabriel me tirou da Depressão.

Meu estômago ronca e revira dolorosamente, sugerindo que ainda devo estar viva, e que essa é a parte seguinte do desafio.

Relutante, eu me forço a levantar e observo meus arredores. Estou numa clareira relvada cercada por arbustos altos bem aparados, todos frondosos com folhas verde-esmeralda e cobertos por pequenas flores amarelas. Árvores grandes estão espalhadas pela clareira, cheias de flores de maçã, seus troncos largos e suas raízes grossas pela idade. Ainda piscando pelo ataque da luz do sol, procuro as centelhas indicativas para confirmar se essa é mais uma realidade falsa criada por Atlas.

Mas um aroma de madressilva chama minha atenção na brisa. É doce e delicioso, e traz uma memória antiga de uma cozinha quente e aconchegante numa casinha na floresta, onde eu ficava em um banquinho ajudando a sovar a massa de pão doce, preparando-as para o forno.

Dando meia-volta, contemplo a visão incompreensível diante de mim.

Uma mesa longa e imensa está cercada em três lados por arbustos altos, coberta de comida. Há travessas de sobremesa de vários andares, cobertas por iguarias tão brilhantes e coloridas quanto pedras preciosas. Terrinas de frango com molhos cremosos. Suco rosa vívido em jarros de cristal e fatias grossas de frutas orvalhadas empilhadas em pratos dourados.

Saio correndo na direção do banquete na mesma hora, meu estômago protestando dolorosamente por dias sem consumir nada além de gotas de chuva roubadas.

Paro de repente na frente da mesa, sem saber por onde começar. Tudo parece perfeito. Sei que eu deveria desconfiar. Estamos no meio de uma prova, mas estou com muita fome, e eles não nos envenenariam, certo?

Começo a rir da minha própria ingenuidade. É claro que envenenariam.

Um momento depois, escuto um grito e dou meia-volta. Vejo Apricia correndo na direção da mesa como se estivesse pegando fogo. Tesni e Halo vêm logo atrás, os olhos arregalados de incredulidade. Apricia passa correndo por mim e parte para cima de uma coxa de peru gigante que pinga gordura e sumos. Ela a ergue e abre a boca enquanto grito:

— Espera! Você não sabe se é seguro.

Mas, como era de esperar, ela não me dá ouvidos e já está dando uma segunda mordida, enfiando a outra mão em cheio num bolo alto de chocolate e logo em seguida devorando um pedaço.

Procurando sinais da armadilha, eu a estudo como um espécime sob uma lupa. Quanto tempo demora para um veneno fazer efeito? Ela vai espumar pela boca imediatamente ou vai ser uma morte lenta, como numa forca?

Tesni já está à mesa também, devorando pedaços de queijo branco e um rabo de lagosta pingando de manteiga. Halo e eu trocamos um olhar e, concluindo que parece tudo bem, nos aproximamos da oferenda.

Deixando a precaução de lado, mordo um pedaço macio de pão, as migalhas caindo na minha túnica suja. Viro um copo gigante de limonada cheio de cubos tilintantes de gelo. Minha garganta seca praticamente se racha de alívio antes de eu pegar um segundo copo.

Enfiando um pedaço de rosbife na boca, mastigo pensativamente, um ouvido atento aos arredores. Talvez essa seja a recompensa por solucionar a ilusão. Mesmo assim, parece fácil demais.

Me arrisco a dar mais algumas mordidas. Um pouco de pasta de amendoim. Uma fatia de bolo de baunilha. Um pedaço de frango escalfado. E água. Toda a água que consigo beber. É tão boa que estou em êxtase. Tão distraída pela comida que não noto o calor. O ar está tão denso que minha túnica está grudada ao corpo e meu cabelo, à testa.

Enfio um doce crocante na boca, o recheio de framboesa explodindo na minha língua, quando o chão ribomba como se estivéssemos à deriva no topo de uma baleia faminta. É claro que era bom demais para ser verdade. É então que noto as aberturas nos arbustos, formando túneis que levam para longe. Paro de comer, tentando entender o que está causando o tremor e de onde está vindo.

As outras também notaram, e agora olham de um lado a outro da clareira, mas nada se materializa.

— O que é isso? — Halo pergunta com a voz trêmula.

Algo terrível está vindo em nossa direção. Consigo sentir.

Um movimento na minha visão periférica atrai meu olhar, e vejo um vulto correndo entre os arbustos. Compelida a investigar, sigo para a entrada do labirinto e paro, espiando dentro do corredor escuro de arbustos. O vulto não está mais visível, e diante de mim se estende um espaço vazio. As outras Tributos estão todas me observando, hesitantes.

— Não entra aí — Halo murmura.

Balanço a cabeça, entendendo que não existe outra opção.

— Temos que entrar. É esse o desafio.

Dou mais um passo, as sombras dos arbustos altos recaindo sobre mim, o ar ficando mais fresco. Outro movimento chama minha atenção. Alguém está parado do outro lado do túnel agora, seus traços obscurecidos ao longe. Entro mais, os gritos apavorados de Halo me seguindo e implorando para eu voltar.

Mas não posso.

Este é o desafio final, e estou tão perto de ter tudo que quero. Tão perto de conseguir minha coroa e minha magia depois de todos esses anos. Tão perto de ter Tristan e Willow de volta. *Tão perto* de me vingar do Rei Aurora.

Apertando o passo, corro devagar, o suor já escorrendo da minha testa. O vento frio e seco foi substituído por um calor tão enjoativo que está grudando no céu da minha boca. Quando respiro, é como se tentasse inspirar por uma parede de tijolos, mas sigo em frente, sabendo que é o caminho que devo percorrer na corda bamba do meu futuro.

Quanto mais eu corro, mais comprido parece ser o corredor de arbustos, embora eu esteja prestes a alcançar o vulto que aguarda no fim. Desta distância, parece um homem. Alto e esguio, com cabelo preto. Ele usa uma túnica de uma cor que não consigo identificar. Cinza ou marrom, talvez. Estreito os olhos, sem saber se estão me enganando. Não pode ser. Minha mente está me pregando peças.

O vulto vira em uma curva e desparece pelas folhas. Sem querer perdê-lo de vista, aperto o passo e corro até o lugar onde acho que ele desapareceu. Vejo suas costas mais uma vez e recomeço a correr.

Rondamos por curvas e trilhas estreitas até eu ter dado tantas voltas que não faço ideia de qual direção segui. Tudo que consigo ver é uma extensão de paredes verdes para todos os lados e uma faixa de céu azul no alto. Parando um momento para recuperar o fôlego, tento ouvir algo, me perguntando para onde as Tributos foram. Eu não conseguiria voltar para elas agora.

Um farfalhar nas folhas chama minha atenção e desato a correr de novo, fazendo uma curva até um pequeno pátio com uma fonte de pedra no centro. Do lado oposto da fonte está o homem que eu estava perseguindo.

Meu coração para, e minha respiração fica presa nos pulmões, meus joelhos ameaçam ceder.

Tristan.

— Tris? — sussurro, a esperança se infiltrando pelas fendas da minha voz.

Nossos olhares se encontram, e o mundo gira em trezentos e sessenta graus. O que ele está fazendo aqui? Meus olhos se enchem de lágrimas. Nunca estive tão feliz em ver alguém ou algo em toda a minha vida. Mas por que ele está parado me encarando? Tem alguma coisa errada. Seus olhos não parecem normais. Estão distantes e fragmentados, e é como se ele não me visse.

— Tristan? — Dou um passo à frente. — Você está bem?

Sem me responder, ele dá meia-volta e sai correndo da clareira, mais uma vez se dissolvendo na escuridão do labirinto.

— Tristan! — Corro até onde ele estava, mas não encontro nenhum vestígio dele. — Volta aqui, Tristan! — grito tão alto que minha voz embarga, desespero transbordando em gotas corrosivas. — Por favor! Volta!

Volto a correr. Não sei em que direção ele foi, mas corro. Gritando o nome dele sem parar, olho para cada abertura e cada caminho, na esperança de encontrar algum rastro. Rios de suor escorrem pelas minhas costas e minhas têmporas, a umidade me envolvendo numa bolha viscosa. Secar a testa com a manga não adianta nada e não ajuda a resfriar o sangue que ferve sob minha pele. Ainda caçando meu irmão, ando cegamente, desesperada por outra aparição.

Um momento depois, estou voando, caindo na grama macia, meus joelhos e mãos deslizando nos grãos ásperos. Ofegante demais para me mexer, inspiro fundo algumas vezes antes de me virar com um grunhido e me sentar. Meus joelhos e a palma das minhas mãos estão manchados de verde. É então que noto o que me fez tropeçar.

Uma espada.

Uma espada prateada reluzente está caída na trilha. É simples, mas elegante, com um cabo dourado e uma única joia cristalina na ponta. Olho ao redor, procurando quem a deixou aqui, mas parece que estou sozinha. O único som é o farfalhar suave das folhas. Pego a espada, testando seu peso sólido na mão. Parte de mim está feliz em ter uma camada a mais de proteção, mas outra parte está se perguntando por que o labirinto me presenteou com isso. Só pode significar que vou precisar.

Um grito chama minha atenção, e saio correndo de novo, tentando ir atrás de sua origem. Mas não é a voz de Tristan. É mais aguda, e meu coração dá um salto de esperança. Talvez seja Willow. Mas ela está gritando, então talvez eu deva tomar cuidado com o que desejo. Passo a mão no rosto coberto de suor, confusa por esse emaranhado conflitante de pensamentos que ameaça partir minha cabeça ao meio.

— Willow? É você?

Os gritos se transformaram em choramingos aflitos e parecem estar vindo de trás do arbusto.

— Willow — chamo várias vezes, tentando fazer com que ela apareça.

Mas não é Willow do outro lado, é Halo. Ajoelhada no chão, o rosto afundado no peito de um corpo. Seus soluços angustiados enchem o ar enquanto me dou conta de que o corpo é de Marici. O vestido amarelo-claro sujo de sangue, a pele branca, fantasmagórica.

Soltando a espada, fico de joelhos e coloco os braços ao redor de Halo.

— Ela morreu — Halo lamenta com a voz baixa e chorosa, apertando a barriga. — O que fizeram com ela? — Ela olha para mim como se eu tivesse a resposta, e faço que não.

— Não sei. Sinto muito, Halo.

Marici está com um olhar vazio para o céu. Estendo a mão e fecho os olhos azul-escuros, sua pele está fria.

— Não quero mais fazer isso — Halo diz. — Nunca quis. Quero desistir.

Ela ergue a cabeça e grita.

— Estão me ouvindo? Não quero ser rainha! Nunca quis! Esta competição é uma barbárie! Vocês são um bando de animais! — Ela levanta, os punhos cerrados, sangue manchando sua túnica e seu rosto. Com o queixo erguido, ela grita: — Me tirem daqui!

— Halo! — Levanto em um pulo, abraçando-a. — Calma.

Ela se debate para escapar de mim, lágrimas escorrendo, e bate no meu peito com os punhos fechados.

— Não! Eu quero desistir! Me matem! Me prendam! Não estou nem aí! Não vou servir ao Rei Sol por mais nem um momento! Ele é um monstro!

Ela dá um grito agudo, apertando a cabeça com as duas mãos, e então fica em silêncio de repente, seu peito subindo e descendo, ofegante. Passo os braços ao redor dela de novo, tentando dar algum apoio. Ela deita a cabeça no meu pescoço, suas lágrimas quentes se misturando ao meu suor.

— Por que não me deixam sair? — Ela aperta minha túnica como se estivesse se afogando, e imagino que é exatamente assim que esteja se sentindo.

— Não sei — sussurro, fazendo carinho no cabelo dela. — Não sei.

Eles me trouxeram aqui para competir por uma honraria neste lindo palácio claro e repleto de luz dourada. Parecia tão diferente de Nostraza, mas, enquanto Halo se agarra a mim e o corpo mutilado de Marici jaz a nossos pés, compreendo que isso também foi uma ilusão. Eles fingiram que eu era das favelas de Afélio. Me exibiram como um exemplo do poderiam alcançar se acreditassem. Se trabalhassem o bastante. Mas por que a Umbra tem que existir enquanto eu durmo numa cama de ouro? Afélio não é diferente de Nostraza. O ambiente poderia ser decorado com rios de ouro que não deixaria de ser uma prisão, do mesmo jeito.

Mas *eu* não posso desistir. Não tenho esse luxo, e ainda preciso vencer. Minha chance de liberdade está tão perto que consigo sentir o gosto.

Se eu for uma rainha, tudo vai ser diferente.

Ouço um barulho enquanto Halo chora baixo no meu peito, e me pergunto se é Tristan. Nesse momento meu sangue gela num ritmo lento. E se fizerem com ele o mesmo que fizeram com Marici? Estão tentando nos destruir?

Tenho que encontrá-lo. Por que ele fugiu de mim? Mas hesito. Também não posso deixar Halo sozinha.

As folhas do outro lado da clareira farfalham de novo, e uma silhueta sai.

Minha visão arde e meu peito pesa como se estivesse cheio de pedras.

Willow.

37

Os olhos castanhos de Willow estão arregalados de insegurança, medo em suas profundezas. Conheço esse olhar como conheço meu próprio batimento cardíaco. Aquele rosto lindo que vi durante cada noite insone que passei em Afélio. Paralisada, estou com medo demais para sair do lugar, com receio de que ela também saia correndo.

— Willow — sussurro, seu nome pairando no ar como uma bandeira branca.

Halo levanta a cabeça do meu peito, nossos olhares se encontrando enquanto finalmente entendemos. Eles colocaram as pessoas mais importantes da nossa vida juntas em perigo. Marici já sucumbiu, e me pergunto o que Tesni e Apricia estão enfrentando dentro do labirinto.

O olhar de Willow me atravessa, como se eu nem estivesse aqui. Lembro desse mesmo olhar estranho nos olhos de Tristan. Eles também são ilusões? Uma aparição poderia capturar a essência dela dessa maneira? Mas, se Atlas realmente pretende machucá-los, não posso correr esse risco.

— Willow — digo mais alto, mas ela não reage, apenas olha ao redor com os olhos arregalados. De repente, sai correndo a pleno vapor pela clareira e mergulha de volta entre os arbustos.
— Willow!

Tenho que ir atrás dela. Tenho que protegê-la. Essa sempre foi minha função. Olho para a espada que deixei no chão.

— Vai — Halo diz. — Vai atrás dela.

— Não posso deixar você aqui.

Halo cai de joelhos cobrindo o corpo de Marici.

— Estou cansada disso. Não vou sair daqui até virem me buscar. — Ela olha para cima. — Salve seus entes queridos e ganhe esta competição, para que Afélio não acabe tendo Apricia como rainha. Você tem que fazer isso, Lor. Sei que é a Tributo Final, mas chegou até aqui, e está na hora de mudar a história e mudar todo este reino.

— Tem certeza? — Olho para onde Willow fugiu, sabendo que ela está ficando cada vez mais longe.

Halo se debruça sobre Marici, pegando a espada pelo cabo e a entregando para mim.

— Vai. Agora. Por favor. Não deixe que a morte dela seja em vão.

Com um aceno firme, saio correndo, seguindo o rastro de Willow. É claro que a perdi, então continuo fugindo, ignorando o tremor nos braços e pernas e contendo uma onda nauseante de tontura. Mal comi nos últimos dias, e o breve banquete na entrada do labirinto parece ter sido horas atrás. Tenho certeza que só estou aqui por todo o treinamento que Gabriel impôs a mim nas últimas semanas. Embora eu ainda não saiba ao certo por que ele tenha se dado a esse trabalho.

— Tristan! — chamo, na esperança de que isso o force a se materializar. — Willow!

Não está dando certo, mas continuo tentando, perdendo a conta dos minutos enquanto vou atrás de cada farfalhar e cada eco de passos que me levam cada vez mais fundo no labirinto. Ao mesmo tempo, tento decifrar as regras do desafio. Salvar seus entes queridos? Por que não nos disseram o que fazer? E por que adiantaram a data?

Ainda correndo, diminuo o passo ao ouvir os sons inconfundíveis de choramingos seguidos por um rosnado. Sabendo que estou prestes a enfrentar mais um teste, mudo a rota, seguindo os sons. Me encontro na entrada do que parece um beco sem saída, a vegetação me cercando por todos os lados, tão alta que criou uma cobertura de vinhas e folhas.

Tesni está protegendo uma jovem negra com o cabelo prateado e comprido preso em tranças, que chora histericamente. Basta um olhar rápido para entender que deve ser a irmã caçula ou alguém que ela ama muito.

As duas estão enfrentando uma criatura de pelo escuro que é duas vezes mais alta do que elas. Parece um cruzamento entre um lobo e um urso, com as costas curvadas e cheia de dentes afiados. Em pé nas patas traseiras, ela tem braços da grossura de troncos de árvore, e o grunhido que sai de sua boca ressoa tão profundamente que faz o chão tremer.

— Fique longe delas! — grito erguendo minha espada trêmula, o cabo escorregadio na minha mão suada.

Com as roupas coladas, é difícil me mexer, cada passo pesado como se eu estivesse presa em cimento.

— Lor, não! — Tesni diz, sem tirar os olhos da fera que então vira a cabeça gigante para mim.

Com olhos escuros como poços sem fundo, ela foca em mim com o brilho confiante de um predador que sabe que sua presa não representa nenhuma ameaça. Não se trata de uma fera raivosa. Há inteligência e astúcia em sua expressão. Ela se enche de satisfação quando me aproximo, como se eu fosse o molho prestes a ser servido sobre uma fatia grossa de rosbife.

— Corram! — grito para Tesni e sua irmã. — Saiam daqui.

Meu comando, porém, não serve de nada porque estamos bloqueadas por um beco sem saída e não tem para onde fugir. A única esperança delas é que eu atraia o monstro para longe.

— Vem me pegar! — grito, dançando. — Seu monstrão feioso. Você não passa de pelo e músculos, não é? Quem abriu sua jaula? Não era para estar de quatro como o cachorro que você é?

O monstro estreita o olhar como se estivesse na dúvida se acabou de ser insultado.

— Vem me pegar — rosno, dando meia-volta e me lançando na direção oposta.

Correndo em alta velocidade, passo pelos arbustos, olhando para trás. O animal mordeu minha isca e está vindo pelo túnel estreito, se movendo mais rápido do que deveria ser possível para uma criatura daquele tamanho. O medo torna meus passos erráticos, meus tornozelos e joelhos tensos, e espero conseguir aguentar por tempo suficiente para escapar dele. Rezo para que Tesni e sua irmã estejam aproveitando essa oportunidade para chegarem o mais longe possível.

Movendo os braços e pernas rapidamente, olho para trás para confirmar que o monstro ainda está me seguindo, quando ele me surpreende e desvia, pegando outro caminho. *Merda*. Paro de repente, me perguntando o que chamou sua atenção. Será Willow ou Tristan? Esse pensamento me faz correr, apavorada com o que vou encontrar.

Entre curvas, sigo o monstro. Mas ele é mais rápido e está se afastando enquanto meu peito fica mais tenso e minhas pernas vão ficando mais pesadas, como se eu tivesse bigornas presas nos tornozelos. Depois de um tempo, eu o perco de vista, mas seu corpo não passa direito pelos túneis estreitos, então sigo o farfalhar das folhas, tentando rastreá-lo pelo labirinto.

Neste momento ouço mais gritos.

Meus olhos ardem com as lágrimas não derramadas, a pressão crescendo na minha cabeça. Esse é o pior desafio até agora. *O que eles querem de nós?*

Faço mais uma curva e depois outra antes de entrar cambaleante em mais um pátio cheio de floreiras baixas, explodindo em cores e cercadas por uma mureta de pedra. É Tesni e a irmã dela de novo, e minha frustração é como uma pelota dura no fundo do meu estômago. Um soluço escapa da minha garganta enquanto a fera lambe os beiços ao encurralar as duas Feéricas, que se abraçam tremendo.

— Deixa as duas em paz! — Tento outra vez. — Vem cá, seu vira-lata gigante. Vem pegar seu osso.

Ele olha para trás e, desta vez, juro que abre um sorriso sarcástico, como se dissesse que não vai cair no meu truque de novo. Vai ficar aqui pela presa fácil.

Antes que eu possa reagir, ele ergue o braço imenso e apanha a irmã de Tesni pela cintura, prendendo-a com sua garra enorme.

— Kyri! — Tesni grita, agarrando o braço dela, tentando puxá-la de volta.

Mas a fera é cem vezes mais forte e solta a menina das mãos de Tesni com facilidade, como se arrancasse a pétala de uma rosa. Kyri está gritando tão alto que meus ouvidos latejam. Ela balança as perninhas, chutando enquanto o monstro dá um passo para trás e a coloca sobre o ombro.

— Não! — grito, partindo para cima dele e brandindo minha espada.

Abro um corte fundo em sua pata traseira.

Sangue vermelho espirra, encharcando seu pelo, e a fera ruge, se virando para mim com saliva pingando das presas. Com a outra mão o bicho me pega pela barriga e me joga para o outro lado da clareira.

A dor dispara pelo meu braço e pela minha cabeça quando bato em uma das muretas de pedra e caio estatelada no chão. Sangue mancha minha visão enquanto viro para o lado com um gemido. Analisando a cena através de uma cortina carmesim, vejo Tesni ainda tentando alcançar a irmã e o monstro brincando com a menina, se movendo para a frente e para trás, uma espécie de riso retumbante escapando de seu focinho.

Levanto devagar, meu maldito ombro gritando de dor. Consigo me erguer de quatro, mas uma pontada cortante de dor atravessa o centro do meu corpo. Chego a engasgar, com ânsia de vômito. Ao olhar para baixo, vejo que minha túnica está encharcada de sangue onde quatro cortes compridos atravessaram o tecido e minha pele. O sangue jorra de mim em uma névoa escarlate, e cambaleio, agachada, me esforçando para não desmaiar.

A fera ruge, e volto a atenção para Tesni ainda tentando libertar a irmã.

— Põe ela no chão! — grito com a voz fraca, mas não adianta.

A fera vira, cravando um último olhar em mim. Depois se afasta e sai correndo, se enfiando entre os arbustos sob os gritos apavorados de Tesni. Ela segue o monstro e me deixa caída no chão, respirando com dificuldade e tentando reunir forças. Não posso parar. Tenho que encontrar Willow e Tristan, se já não estiverem mortos.

O tempo passa em um piscar de olhos, e desejo que minha consciência fique mais clara. Então sinto mãos suaves me tocando e escuto o som de tecido sendo rasgado. Tesni está enrolando um pedaço de sua túnica na minha barriga, seu rosto pingando de ranho e lágrimas.

— Sua irmã — sussurro.

— Ela se foi — Tesni responde, a voz endurecida enquanto limpa o nariz com o que sobrou da manga. — O monstro era rápido demais. Ela se foi. Eu a perdi.

Sua voz embarga nas duas últimas palavras, e praticamente escuto seu coração se partindo. Ela rasga uma das minhas mangas e continua a me enfaixar com curativos improvisados.

— Os cortes não parecem fundos — ela diz. — Mas acho que você pode ter batido a cabeça. — Ela toca minha têmpora com delicadeza, e me encolho.

É por isso que sinto que não consigo formar nenhum pensamento coerente?

— Lor! — alguém grita ao longe, e é disso que preciso para me fazer voltar da beira do abismo. — Lor!

— Willow? — Sento devagar, o mundo girando e a dor retinindo pelo meu corpo.

— Lor! — a voz grita de novo, e, desta vez, não tenho dúvidas.

Aperto o braço de Tesni.

— Tenho que encontrá-la.

Tesni concorda e me ajuda a levantar.

— Talvez não seja tarde demais para você.

Ela me dá a espada que saiu voando quando a fera me arremessou e aperta minha mão.

— Encontre seus irmãos, Lor. Proteja os dois. Acho que esse é o jogo.

— Lor!

Balanço a cabeça, uma determinação sombria se consolidando no meu sangue. É a única coisa que importa. Dane-se a competição. Dane-se minha vingança. A única coisa que *sempre* importou foi Tristan e Willow. Se algo acontecer a eles, tudo isso vai ter sido em vão.

Dou um passo para a frente, a dor atravessando minha barriga, mas inspiro fundo para suportá-la, lançando mão da coragem que corre nas minhas veias. Consigo ignorar essa dor. Passei metade da vida à beira da agonia. Mergulhada num tormento tão profundo que quase me aniquilou. A dor definiu a dureza da minha existência por muitos anos, e essas memórias nunca vão desaparecer, por mais que eu tente arrancá-las da cabeça.

A dor é uma língua que conheço. Um texto que escrevi mil vezes.

Foco apenas na minha necessidade de encontrar Tristan e Willow e sigo em frente, apertando o passo quando Willow chama meu nome de novo.

— Estou indo! — grito. — Estou indo!

Não posso deixar que nada aconteça a ela. Correndo o mais rápido que meus ferimentos permitem, dou voltas em torno da sua voz, a vegetação passando em alta velocidade por minha visão.

Cercada por túneis verdejantes, faço curvas em disparada, tentando acompanhar o ritmo da minha irmã, rezando a Zerra para não perdê-la. Viro em mais um longo corredor, que se estende na escuridão, onde uma silhueta se move ao longe.

Cabelo escuro e corpo esguio, usando uma túnica cinza tão esfarrapada que é apenas uma memória da cor que já teve. Corro mais rápido, e os cortes na minha costela ardem, meus curativos ficam vermelhos. Ela está se afastando tão depressa que é como se algo a estivesse perseguindo. Ao mesmo tempo, tento ficar de olho no meu entorno, prevendo um ataque a qualquer momento. Não confio em nada.

— Willow! — grito, sabendo que ela não vai escutar.

Mas então ela diminui o passo e olha para trás, como se buscasse minha voz.

— Willow! — Lanço seu nome no espaço entre nós como uma bomba, na esperança de que consiga atravessar a barreira que nos separa.

Mas ela não para, virando para a frente e acelerando o passo de novo.

— Willow.

É então que finalmente cedo, minha alma se partindo ao meio e se despedaçando. Lágrimas, que segurei por tanto tempo, molham meu rosto enquanto corro desesperadamente atrás dela. Nada vai importar se ela morrer. Nada disso terá importado se eu não conseguir salvá-la. Nós duas estamos correndo, a distância entre nós imutável. Por que ela se recusa a parar?

— Willow! Por favor, para. — Estou ficando mais fraca, o sangue atravessando meus curativos, minha têmpora latejando, minha garganta seca e minha barriga com cãibra. — Willow. Volta aqui.

Corremos sem parar, e me aproximo dela lentamente. A distância entre nós diminui e grito seu nome, mas ela ainda não vira. À frente se assoma uma porta de madeira arqueada no meio do nada. Não há paredes nem edificação, apenas mais arbustos verdes se afunilando em todas as direções.

Willow continua correndo como se o Senhor do Submundo a estivesse perseguindo. Aos tropeços, tento acompanhar o ritmo. Ela chega à porta, entra e fecha.

— Willow! — Eu a perdi. A inércia me joga na porta, e bato nela antes de tentar virar a maçaneta. Trancada. Esmurro, gritando com todas as forças. Corto a parede com a espada, tentando atravessar. — Me deixa entrar! Willow! Me deixa entrar!

Olho ao redor, sentindo meu rio salgado de lágrimas. Parece igual do outro lado — apenas um batente para o nada.

Jogo todo o meu peso contra a porta, me engasgando com a dor que atravessa meu ombro e minha barriga. Mal estou conseguindo raciocinar enquanto bato na porta repetidas vezes.

De repente, ela cede e abre. Eu a atravesso, tropeçando e caindo de cara, escorregando por uma superfície lisa enquanto a agonia me dilacera.

Ofegando com os olhos bem fechados, espero a dor passar, me

esforçando para não desmaiar quando, de repente, aplausos estrondosos começam, sincronizados com centenas de vozes comemorando, gritos e berros me atingindo como granizo.

Confusão, completa e absoluta confusão, força meus olhos a se abrirem, turvos de sangue, suor e lágrimas. Detrás da névoa, sou recebida pela imagem de mármore dourado e um teto de vidro alto aberto para um céu azul cristalino. Ergo a cabeça. Estou caída na sala do trono, e Atlas está em pé diante de mim com um sorriso radiante em seu rosto lindo.

38

Ele se agacha e coloca a mão na minha cabeça delicadamente, ajeitando um fio do meu cabelo agora repulsivo.
— Você conseguiu — ele diz, ainda sorrindo. — Estou muito orgulhoso.
— Onde está Willow? — pergunto, minha garganta seca e rachada. — E Tristan? Onde eles estão? Eles estão bem?
A expressão de Atlas se transforma numa careta de preocupação enquanto alguém me ajuda a virar de costas devagar. Curandeiros me cercam, dando toques relaxantes na minha cabeça e barriga. Uma luz forte se acende na minha visão, e prendo a respiração quando as feridas se fecham.
— Por que estão me curando?
Os aplausos diminuem, a multidão já observando, sussurrando entre si.
— Atlas? O que está acontecendo?
Ele me abre um sorriso benevolente, mas os contornos estão borrados, como se ele fosse uma pintura úmida que alguém manchou com a mão.
— Você passou no último desafio — ele diz, tocando minha face de leve e me ajudando a levantar, seus dedos parando sob meu queixo antes de ele virar meu rosto em sua direção. — Você vai ficar diante do Espelho Sol.

— Como assim? — Estou tão desorientada que não consigo entender nada. — Onde estão Tristan e Willow?

Atlas franze os lábios.

— Desculpa, Lor, mas eles não estão aqui.

— Como assim? Não, eu vi! Onde eles estão? Se você tiver machucado eles...

Atlas coloca a mão pesada no meu ombro.

— Eles eram uma ilusão. Não estavam aqui de verdade. — Algo pútrido e fétido se revira no meu estômago quando uma compreensão repulsiva cai dentro de mim. — Seu desafio era proteger seus entes queridos até que eles conseguissem atravessar a porta. Apenas uma outra Tributo conseguiu. — Ele aponta para o outro lado do salão, onde está Apricia, com uma cara tão exausta e ensanguentada quanto a minha deve estar.

Não vejo aquele seu sorriso presunçoso. Ela está sentada sobre os degraus da plataforma com a cabeça entre as mãos.

— E Marici e a irmã de Tesni? — pergunto.

— Estão ótimas — Atlas diz com a voz gentil, como se isso deixasse tudo bem.

— Mas Halo e Tesni. Elas estavam apavoradas. — Raiva borbulha no meu peito como um caldeirão cozinhando sobre a chama de uma bruxa. — Eu estava apavorada com a ideia de Tristan e Willow morrerem!

— Desculpa, Lor. Mas esse foi o desafio final.

Largo a mão dele, recuando. Os curandeiros terminam o trabalho, fechando minhas feridas, deixando apenas meu corpo dolorido.

— Elas acharam que tinham perdido alguém! — digo, minha voz ficando mais alta. — Qual é o seu problema? Pensei que Willow estivesse em perigo!

— Lor — Atlas diz, levantando e chegando mais perto, a mão estendida. — Se acalme.

— Não vou me acalmar! Você é um monstro! Onde estão Tesni e Halo? Onde estão elas?

Atlas ergue as mãos em um gesto apaziguador.

— Elas estão bem, Lor, estão com as outras Tributos caídas.

— Quer dizer, as que você não matou!

Perco o controle. Estou tremendo. Estou tão furiosa que as camadas de minha raiva se rompem, ameaçando me desmontar, me picotando em finas tiras.

Finalmente, levanto com as pernas trêmulas e olho para a cara de todos na sala do trono. Está cheia de Feéricos bem-vestidos, todos boquiabertos.

— Vocês são todos uns monstros também! — grito, e eles se encolhem ao mesmo tempo, como se eu tivesse acabado de estapeá-los. Quem me dera!

Estou arfando, minha respiração não acompanha minha fúria crescente. Mesmo depois de curada, a tensão dos dias presa naquele penhasco e das horas correndo pelo labirinto me partiu ao meio. Aperto o peito, tossindo tanto que as feridas recém-cicatrizadas na minha barriga se abrem.

— Lor — Atlas murmura, colocando a mão nas minhas costas e fazendo movimentos suaves. — Entendo que foi desagradável, mas são as regras das Provas.

Ainda curvada, observo uma lágrima cair na minha bota e escorrer até a ponta, deixando um rastro bem definido na terra. Ainda estou chorando e odeio que tantas pessoas estejam aqui para me ver desmoronar.

— Pensei que Tristan e Willow estivessem aqui — digo entre soluços. — Pensei que estivessem em perigo.

Atlas se curva e leva a boca perto da minha orelha.

— Eles ainda estão em Nostraza — sussurra tão baixo que só eu consigo escutar. — E em breve você vai poder tirar os dois de lá. O Espelho Sol está esperando.

Fecho os olhos e inspiro fundo, rangendo os dentes.

— Se acha que ainda quero me unir a você depois de tudo isso, está delirando.

— Lor — ele diz, linhas de tensão se formando ao redor dos olhos.

— Pode se unir a Apricia. Ela faz muito mais sentido. E me manda para casa, Atlas. Não quero fazer parte desta corte. Quero voltar.

— O que você está dizendo? Você prefere voltar para aquele buraco a se unir a mim?

Estufo o peito para que todos possam me ouvir e o encaro com o olhar mais hostil que minha alma exausta consegue lançar. Aquela paciência gentil nos seus olhos se desfaz, substituída pela chama azul e fria. *Ah, é essa a verdade.* Algo sempre me pareceu estranho em suas palavras e seu afeto, mas eu não conseguia identificar exatamente o quê. Deslumbrada por sua beleza, encantada com toda essa existência, tão diferente da minha vida em Nostraza, que fiquei cega.

Queria acreditar que ele me desejava por quem *eu* era e não pelo que poderia fazer por ele. Mas deveria ter entendido desde o começo. Fui muito idiota por não enxergar isso.

— Bem, foda-se, Lor — Atlas sussurra, uma ameaça mortal na voz. — Raptei você do Rei Aurora, e você é *minha*.

Antes que eu tenha tempo para processar essas palavras, ele endireita os ombros, ajeitando a barra do paletó dourado.

— Está na hora de o Espelho escolher — anuncia para o salão.

— Não vou — digo, levantando.

Quero cair estatelada de exaustão, mas me mantenho firme e de cabeça erguida ao encarar Atlas, que se assoma sobre mim como uma estrela dourada prestes a implodir em um clarão ofuscante.

— Você não tem escolha.

Em resposta, cuspo. Ele fecha os olhos quando a saliva atinge suas maçãs do rosto perfeitamente altas, e o salão todo solta um arquejo de horror.

— Não vou — digo, furiosa.

— Majestade — um guarda diz, me fulminando com o olhar. — Vou levá-la para a masmorra. — Dois guardas aparecem ao meu lado.

— Não — Atlas diz, erguendo a mão, sem tirar os olhos de mim. — Ela vai ficar diante do Espelho. Gabriel, leve-a.

Gabriel se materializa diante de mim, e rosno quando ele me encara com seu olhar reprovador de sempre. Pelo visto Atlas o soltou.

— Não torne as coisas mais difíceis do que precisam ser, Lor.

— Por que você liga para isso? Você me queria morta!

Ele franze os olhos — o único sinal de que o surpreendi.

— Gabriel! — Atlas diz. — Leve-a agora.

Gabriel estende a mão para mim, e começo a gritar e espernear.

— Não! Me deixa em paz! Quero ir para casa!

Gabriel e vários outros guardas me rodeiam, segurando meus braços e minhas pernas. Ele está atrás de mim agora, prendendo meus braços para trás e apertando meus punhos com força. Tento me desvencilhar, mas ele puxa meus braços com tanta força que meus ombros protestam.

— Fique quieta — ele diz, furioso.

— Não! — grito.

— Tem certeza, majestade? — Gabriel pergunta a Atlas, tenso. — Posso fazer o que ela está pedindo.

— De jeito nenhum. Ela vai para o Espelho.

— Mas por quê? O que ela poderia oferecer a você, Atlas? — A voz de Gabriel está à beira do desespero, sua máscara normal de tranquilidade caindo.

Atlas para diante de nós dois, encarando Gabriel. Estendo o pé para chutar Atlas, mas Gabriel me puxa para trás com um rosnado.

— Sou seu rei e ordeno que você a leve ao Espelho. Não me faça me arrepender de te tirar da masmorra, Gabriel. Você ainda está por um fio.

Há uma pausa, a multidão no salão tão silenciosa que daria para ouvir um alfinete caindo. Sinto Gabriel assentir.

— Sim, majestade — ele diz com uma voz imparcial.

Me empurra, e guardas me rodeiam. Gabriel continua segurando meus punhos, e eu continuo resistindo e chutando com toda a determinação. Sou arrastada à força até ficar ao lado de Apricia, que me olha de canto de olho com uma expressão desconfiada. Sangue mancha sua testa, e seu cabelo normalmente perfeito está desgrenhado.

Nossos olhares se encontram, e está na cara que nenhuma de nós vai ganhar hoje. Atlas deixou claro que me quer aqui, apesar da disposição de Apricia para se unir a ele. Mas ele não a quer, e agora sou a única neste salão que realmente sabe o porquê.

O que não entendo é como Atlas pode ter descoberto esse segredo.

Ainda segurando meus punhos, Gabriel me empurra à frente.

O Espelho é enorme, três vezes mais alto do que eu. A moldura oval grossa é feita de ouro derretido, com ondas e flores. Ele fica apoiado numa parede coberta de seda dourada tão reluzente e suave que parece um lago parado.

Confronto meu reflexo. O sangue no meu rosto. O brilho desvairado nos meus olhos.

— Vou te soltar — Gabriel sussurra no meu ouvido. — E você vai ficar aqui e fazer o que pedirem. Se colocar um pé fora do lugar, não dou a mínima para o que Atlas vai dizer ou o que vai acontecer comigo, vou matar você no mesmo instante. Entendido?

Devagar, olho para ele por cima do ombro. O que vejo nos seus olhos me diz que ele está falando sério.

Faço que sim.

— Obrigada — digo.

Ele franze a testa.

— Acabei de ameaçar você, Lor. Você é uma criaturinha estranha.

— Sei que você não me quer aqui, mas me ajudou mesmo assim. Me deixou mais forte. Não acho que eu teria chegado tão longe sem sua ajuda. Eu teria morrido ao longo do caminho com toda a certeza.

— Eu só estava fazendo meu trabalho — ele responde, a voz fria.

— Mesmo assim. Você fez o seu trabalho muito bem.

— Eu falei: se você se der bem, pega bem para mim. — Não sei se é imaginação minha o brilho de suavidade que entrevejo em seus olhos antes de ele dizer: — E você teria chegado aqui com ou sem mim, Lor.

Franzo a testa para ele, surpresa por suas palavras, as lágrimas nos meus olhos se acumulando de novo. Agora que finalmente deixei que elas caíssem, parece que não consigo fazer com que parem.

— Está na hora — Atlas interrompe.

Com os braços cruzados, ele continua tão lindo como sempre, mas seu brilho agora é uma luz fraca.

Gabriel finalmente solta meus punhos, e chacoalho os braços, ainda olhando para Atlas. Devagar, baixo os olhos, me preparando para o próximo passo de uma jornada que nunca imaginei que faria. Por semanas, eu vinha me perguntando o que aconteceria se eu chegasse aqui. O que o Espelho conseguiria ver.

Com a inspiração mais profunda da minha vida, dou um passo à frente, e depois outro, e eles ecoam no salão antes de eu erguer o rosto e encarar o Espelho.

39

A SUPERFÍCIE RELUZENTE LISA REVERBERA como uma pedra caída num lago e então desaparece, revelando outro lugar e outro tempo.

Uma memória guardada, mas nunca, jamais esquecida.

Uma cabana na floresta e o som de cascos estrondosos de animais trotando ao longe. Minha mãe amassando pão na bancada com o rosto sujo de farinha.

Meu pai entra na cozinha com uma espada na mão. Eles trocam um olhar carregado de medo e levam minha irmã e eu para os fundos da casa.

Um alçapão e um colar com uma única pedra vermelha na ponta. As lágrimas de minha mãe e a resignação sombria de meu pai. No escuro, me encolho com Willow, ouvindo o som frenético dos gritos de nossos pais que morriam tentando nos proteger. Mas não foi suficiente. Um clarão de luz e um olhar atravessado de um homem e, então, os gritos se tornam meus.

Semanas, dias de viagem, amarrada como um porco na traseira de uma carroça com meu irmão e minha irmã. Encontraram Tristan escondido na floresta onde ele matou três dos soldados do Rei Aurora antes de ser dominado. Ficamos encolhidos juntos, lamentando a perda de nossa mãe e nosso pai. Lamentando a perda de tudo que conhecíamos. Do legado que nunca mais existiria.

As paredes de pedra escura de Nostraza se assomam sobre nós no pátio, a neve caindo em flocos macios ao nosso redor.

O Rei Aurora está diante de mim, suas mãos às costas enquanto ele nos analisa. Ele é quase duas vezes mais alto do que eu. Meu pai não era baixo, mas esse Feérico Imperial é o maior homem que já vi na vida. Linhas angulosas definem um rosto impecável de quem nasceu para a crueldade e malevolência. Fios de cor giram em seus olhos pretos sem fundo.

Suas palavras ecoam nos meus ouvidos. Palavras de que vou lembrar pelo resto dos meus dias.

Devo ser colocada atrás daqueles muros e esquecer quem eu sou. Esquecer quem eu poderia vir a me tornar. Nunca contar a ninguém. Entender que ele decidiu nos permitir viver — eu, meu irmão e minha irmã, as únicas pessoas que me restam neste mundo — porque somos crianças e ele nos acha inofensivos. E ainda existe uma chance remota de nos provarmos úteis algum dia. Seja como for, se eu sucumbir à realidade dura de Nostraza, ele não vai achar ruim.

Crianças ou não, nossa inocência foi arrancada de nós para sempre naquele dia.

Doze longos anos se passaram.

Meus pulmões se apertam enquanto revivo esses acontecimentos em flashes. Eu os revivi tantas vezes que estão escritos na minha pele em sangue e cinzas. São tão parte de mim quanto a alma que mal se prende a meu corpo.

Então uma voz flutua pela minha cabeça como uma valsa melodiosa, girando em notas harmoniosas. É o Espelho, e ele está falando comigo:

Ah, o que temos aqui?
Os boatos eram verdade, então.
Estávamos todos esperando há muito, muito tempo, majestade.
O que está fazendo diante de mim?
Como veio parar tão longe de casa?
Talvez você não saiba.
O que você é? Quem você é?
Faz tanto tempo que talvez esse conhecimento tenha se perdido entre memórias.

Mas há aqueles que ainda se lembram.
Imagino que ele a queira por seu poder.
Esses Feéricos são tão tolos.
Nunca aprendem com seus erros.
Sinto muito, majestade, mas este não é seu lugar.
Isto é proibido.
Isto nunca pode acontecer de novo.
Ouranos não sobreviveria, tampouco você.
Não sei onde a Coroa foi parar depois que ela quebrou o mundo.
A Coroa também se perdeu no tempo.
Sucumbiu à destruição, talvez.
Não sei nem se ela ainda existe.
Esse conhecimento se estende além de meu poder, mas sei que esse é o único caminho para vossa majestade.
Se encontrá-la, por favor, volte e se curve diante de mim de novo.
Quando esse dia chegar, terei um presente a vossa majestade.
Busque a Coroa e me encontre de novo.

O Espelho fica preto e então arde com uma luz branca e pura enquanto sou lançada para trás, arfando como se tivesse acabado de sair da água. O salão está em completo silêncio até eu ouvir o barulho de passos.

Atlas se aproxima de mim.

— O que aconteceu?

Balanço a cabeça, e minha voz soa frágil e embargada.

— Ele me rejeitou.

— Como assim? — Atlas diz, chegando mais perto e me puxando pela gola da túnica. — O que ele disse?

— Nada. Só que não sou a verdadeira rainha de Afélio. Que era ela. — Aponto o dedo hesitante para Apricia, a mentira escapando da minha língua e caindo com um baque entre nós.

Atlas rosna, apertando minha túnica com mais firmeza.

— Não pode ser — ele diz, aproximando o rosto do meu. — Você está me falando a verdade?

— C-claro — balbucio.

Ele me encara e então me solta, me empurrando para longe.

— Estou pronta para o Espelho, majestade — Apricia diz, jogando o cabelo desgrenhado. O efeito não é bem o mesmo, mas é impossível não admirar sua garra ainda agora.

— Não — Atlas retruca. — O concurso acabou.

Ele dá meia-volta e fulmina todos com o olhar, os ombros curvados e os punhos cerrados.

Um Feérico de manto comprido dá um passo à frente.

— Vossa majestade precisa terminar as Provas. O quarto desafio foi completado desta vez, e cada Tributo deve ficar à frente do Espelho. Se não fizer isso, as consequências serão terríveis.

Atlas range os dentes, e outro Feérico se apresenta.

— Ele está certo, majestade. É preciso completar isso agora ou correr o risco de perder sua coroa e toda a sua magia. Vossa majestade sabe as regras.

Atlas cerra o maxilar, os olhos em chamas. Ele parece querer destruir todas as pessoas no salão.

— Tá — ele rosna para Apricia. — Vá até lá.

Ela corre para obedecer, parando à frente do Espelho sob o olhar incandescente de Atlas. Gabriel para ao meu lado de novo, mas não me segura.

Apricia endireita os ombros e olha para o Espelho. O salão fica em silêncio. Me pergunto se ele também está falando com ela. Se ela também está sendo obrigada a revisitar algumas de suas memórias mais dolorosas.

O silêncio se estende pelo que parecem horas, o ar tão tenso que daria para cortá-lo e pendurá-lo sobre as janelas. Atlas anda de um lado para o outro atrás de Apricia, a mão no queixo, olhando para ela de tempos em tempos e depois lançando um olhar para mim que deixa meus joelhos fracos de medo. Qual é seu plano para mim? O que ele vai fazer agora?

De repente, o Espelho explode em um clarão de luz dourada que enche o salão de brilho. Apricia se ilumina, sua pele resplandecendo como se o sol tivesse sido capturado dentro do peito dela, seu cabelo escuro se erguendo ao redor em faixas cor de ébano como se ela estivesse flutuando embaixo d'água.

Cada vez mais brilhante, ela se ilumina até sermos obrigados a proteger os olhos, cobrindo o rosto com os braços e as mãos. Há uma vibração, um zunido baixo, cantando pelo salão, num tom que faz meus dentes baterem.

Alguns segundos depois, a luz diminui, deixando apenas um contorno tênue de ouro cintilando sobre a pele dela. Devagar, Apricia se volta para nós, e fica claro que não é mais a mesma. Ela continua bela, mas agora tem a mesma qualidade sobrenatural de Atlas. Algo que não é deste mundo. Seu sorriso é tão largo que poderia acender mil velas com um único suspiro.

É então que todos no salão se ajoelham e baixam a cabeça.

— A Rainha Sol — reverberam os sussurros da multidão.

Eu, Gabriel e Atlas continuamos em pé enquanto observamos o salão de corpos curvados, prestando homenagem. Apricia sorri, entrelaçando as mãos e olhando para o rei com uma expressão de tanta adoração que quase sinto pena dela. Atlas, por sua vez, está furioso a ponto de querer rasgar e amassar o céu numa bolinha e o atirar pelos ares.

Incapaz de me conter, pergunto, sem pensar:

— Posso ir embora agora? — Quero ficar o mais longe possível deste lugar. Olho para Gabriel. — Você disse que, se eu perdesse, seria mandada de volta. Quero ir para casa.

— Não — Atlas brada, fazendo todos no salão se encolherem. — Ainda não acabou! Você não vai a lugar algum.

Ele se dirige a Gabriel.

— Prendam-na.

— Quê? Você não pode fazer isso! Não fiz nada de errado.

Ele parte para cima de mim, baixando a voz em um sussurro mortal:

— Você não vai embora, Lor. Falei que você era minha, e não foi da boca para fora.

— Por quê? O que você quer de mim?

Ele estreita os olhos, me avaliando, talvez finalmente me vendo pela primeira vez.

— Você sabe, Lor? Estava se fazendo de inocente, de mentirosa deslumbrada, esse tempo todo?

— Não sei do que você está falando — digo, e raiva verte dele em ondas viscerais que ameaçam arrancar minha pele.

— Levem-na — ele sussurra, furioso. — Coloquem essa mulher na prisão e botem um guarda vinte e quatro horas diante dela.

Com isso, sou levada embora e arrastada pelo palácio, descendo sem parar pelas profundezas até as paredes douradas e os pisos brilhantes desaparecerem, dando lugar a pedras sombrias e a um eco solitário e cavernoso.

Depois que sou jogada numa cela, a porta se fecha com um clangor ressonante ao mesmo tempo estranho e familiar. Seguro e chacoalho as grades. Gabriel está do outro lado, me observando com curiosidade, a cabeça inclinada.

— O que Atlas não está contando a ninguém? O que ele quis dizer lá em cima? *Quem* é você, Lor? — Ele perguntou a mesma coisa algumas semanas atrás, e menti para ele, assim como vou continuar mentindo agora.

— Não sou ninguém! Sou uma prisioneira de Nostraza! Uma reles mortal sem nada! Quero ir para casa!

Gabriel balança a cabeça, o remorso pairando no espaço liminar entre nós.

— Não posso fazer isso, Lor.

— Quem é *você*, Gabriel? — grito. — Num minuto está tentando me matar, no outro está agindo como se realmente se importasse com alguém além de si mesmo.

Ele dá um passo na direção da cela, seu rosto tão próximo do meu que sinto o toque de sua respiração.

— Sou um servo leal do meu rei, Lor. Eu estava com medo de que você fosse um perigo para ele. — Ele para, e suas narinas se inflam. — Mas talvez uma partezinha mínima, ínfima, de mim gostasse de você e admirasse sua coragem. Mas isso não importa. Atlas é meu dever agora e sempre. *Você* é uma ponta solta agora.

— Atlas é um bosta — retruco, e os olhos de Gabriel se obscurecem. — Ele não merece você.

Os ombros de Gabriel se curvam, e me arrependo de como minhas palavras soam, dando um golpe mais forte do que eu pretendia.

— Talvez não, mas não tenho escolha, Lor. Essa é a vida a que estou preso.

Ele se vira para sair, mas eu o chamo.

— Espera! — Ele para e olha por sobre o ombro. — Na noite em que você me tirou de Nostraza, ouvi uma rebelião. Você mentiu para mim quando disse que foi imaginação minha?

Ele faz que sim.

— Eu precisava de uma distração para conseguir tirar você de lá. Fazia meses que eu tinha pessoas trabalhando internamente.

— Você viu se alguém morreu?

Sua expressão se suaviza.

— Não sei o que aconteceu com seus amigos. Desculpa.

— Tá — respondo em um sussurro.

Eu sabia que havia uma chance mínima de ele saber algo, mas, mesmo assim, tinha esperança. Eles *devem* estar vivos. Tenho certeza que eu teria sentido se estivessem mortos.

Relutante, ele se vira, deixando aquelas palavras funestas entre nós, e ordena que dois guardas me monitorem. Depois disso, escuto seus passos se afastando até desaparecerem.

Quando ele vai embora, olho para os dois guardas. Eles mantêm o olhar fixo à frente, sem nem se voltarem para mim. Entro mais para o fundo da cela escura, me protegendo nas sombras. Escorregando pela parede, sento no chão e tiro o colar do pescoço, abrindo o medalhão.

Pego a pedra, erguendo-a na palma da mão, onde ela pulsa com vida como uma gota de sangue. No dia em que o exército do Rei Aurora veio atrás da minha família, minha mãe colocou a joia na minha mão, me dizendo que eu tinha que protegê-la. E, sem entender plenamente por quê, fiz isso todos os dias desde que o rei me tirou dela.

Um lado é translúcido, como se tivesse sido cortado com uma lâmina ou, talvez, um golpe de magia errante. Os outros se facetam refletindo a luz fraca, cintilando com as multidões de história e destino contidas neste fragmento de pedra.

As palavras do Espelho se repetem sem parar na minha cabeça.

Majestade... mas este não é seu lugar.

A coroa... se perdeu no tempo... esse é o único caminho para vossa majestade... Terei um presente a vossa majestade. Majestade... majestade... majestade...

Atlas planejou tudo errado.

Ele pensou que o Espelho me destinaria a ser sua rainha, mas agora sei que meu caminho é outro. E tenho certeza que Atlas não deve seguir ao meu lado.

E se o Espelho tiver escolhido outra coisa? O que quis dizer com "*isto é proibido*"? *O que* era proibido? A que Ouranos não sobreviveria?

Seja como for, o Espelho me salvou do que quer que o Rei Sol estivesse planejando para mim, ao menos por enquanto.

E vou guardar meu segredo, como prometi a Tristan e Willow, e como fiz nos últimos doze anos. Eles mantiveram minhas memórias completas, na medida do possível, preenchendo as lacunas das histórias que meus pais nunca tiveram a chance de revelar.

Tristan tinha dezessete anos quando o Rei Aurora nos encontrou, quase um adulto. Ele sempre foi o guardião do nosso passado, esperando que eu tivesse idade suficiente para entender.

Por mais que Atlas me ameace, ele nunca vai tirar esses segredos de mim. Vou guardá-los até meu último suspiro para honrar o legado pelo qual meus pais deram a vida.

Até eu estar pronta. Até eu entender o que devo fazer.

Segurando a joia carmesim na palma da mão, olho para cima, ainda no fundo da cela, vendo o caminho para um futuro que antes era turvo e nebuloso, mas agora está claro.

Sou mais uma vez uma prisioneira, mas não estou mais enjaulada.

Analisando a escuridão da minha cela, o canto da minha boca se ergue, e sorrio.

EPÍLOGO

Sou despertada do sono por baques e grunhidos abafados. Um corpo caindo. Alguém colidindo contra as grades da minha prisão e então algo tombando no chão. Sento, tentando entender o que está acontecendo através das teias de trevas que obscurecem minha visão. Faz dias que Atlas me botou aqui dentro, e nem ele nem Gabriel vieram me ver desde então.

Mas agora um vulto se assoma atrás das grades da minha cela, e meu instinto me diz que ninguém o convidou aqui.

Um Feérico, alto e largo, está com as mãos na cintura. Acho que usa armadura, mas é difícil ter certeza. Quando entra sob a luz da única tocha fora da minha cela, ele sorri, um brilho malandro no olhar.

— Você anda sendo um atraso na minha vida nos últimos tempos, sabia?

Arregalo os olhos.

— Eu?

Ele faz sinal para alguém, e logo outra pessoa entra no meu campo de visão, agarrando as grades da cela. Outra Feérica. Esguia e pequena, de saia preta volumosa que chega aos joelhos e um corpete de couro. Luvas sem dedos cobrem suas mãos, e ela brilha com uma aura colorida que a cerca como uma auréola. Vira o punho, e escuto o estalido da fechadura.

— Você vem com a gente, lindeza — o homem diz, a postura casual apesar de ficar cada vez mais óbvio que ele está aqui para me raptar do Palácio Sol.

— Quem são vocês? — pergunto, levantando e me encostando à parede.

— Pode nos chamar de espectadores interessados.

A mulher revira os olhos e dá um tapa no bíceps forte dele com o dorso da mão.

— Pare de assustar a menina — ela diz, antes de abrir um sorriso gentil. — Não queremos fazer mal a você. Estamos aqui para te tirar de Afélio.

Franzo a testa.

— Por que eu acreditaria nisso? É claro que vocês vão dizer que não querem me fazer mal.

Ela resmunga e leva as mãos à cintura, imitando a postura do homem.

— Bem, isso é verdade.

— Ou você vem de livre e espontânea vontade ou vamos obrigar você — o homem diz, ainda sorrindo, enquanto cruza os braços.

Não há nada de intimidador em suas palavras, mas reconheço a ameaça velada. A mulher suspira de novo e lança um olhar repreensivo para ele.

— Olha, você não está nos seus melhores dias aqui. Ouvi dizer que Atlas não está... contente. — Ela aponta para as paredes da cela. — Então, o que tem a perder?

Ela tem razão. A mulher se aproxima, e noto o brilho em seus olhos pretos. Fios de cor. Esmeralda, carmesim e violeta. De repente, sou dominada por uma estranha e profunda melancolia por um lugar que tanto odiei mas que também é o único lar que eu lembro de ter. Sinto muita falta de Tristan e Willow. Embora nossas vidas não fossem invejáveis, ao menos tínhamos uns aos outros. Mesmo que fosse apenas uma ilusão, vê-los no labirinto abriu aquela câmara lá no fundo do coração que tenho reservada especificamente para eles.

Dou um passo hesitante à frente, entendendo que ela não está me deixando muita escolha. Já sei que Atlas não vai me deixar ir. Ele deve estar tramando agora mesmo uma forma de contestar o direito de Apricia à coroa de Rainha Sol. De uma forma ou de outra, Atlas vai atrás do que quer. Ele me ameaçou na sala do trono e disse que eu nunca mais estarei segura aqui.

— Está bem — digo, parando sob a luz.

A mulher baixa o queixo.

— Excelente escolha.

Antes que eu tenha a chance de reclamar, sou arrebatada pelo homem, que me pega e me joga sobre o ombro com seus braços fortes. Nem me dou ao trabalho de me opor ou resistir. Foi isso que aceitei, e minhas opções são bem limitadas agora.

Sinto a cadência de seus passos enquanto seguimos às escondidas por vários corredores escuros e, por fim, saímos, o bramido do oceano ao longe. Sou colocada no banco traseiro de uma carruagem com bancos de veludo acolchoados. O homem segura meus punhos e os amarra com uma faixa de couro grossa.

— Ei! — reclamo, mas ele me ignora, seus movimentos rápidos e eficientes.

Um saco é colocado sobre minha cabeça, e meus protestos abafados também são ignorados. Em seguida, ele amarra meus tornozelos, e estou começando a me perguntar se não deveria ter corrido o risco com Atlas, afinal.

Sinto a carruagem inclinar quando outra pessoa entra.

— Precisa mesmo disso? — ouço a Feérica perguntar.
— Sim — ele responde. — Desculpa, queridinha.
Sinto uma dor abrupta na cabeça e, então, não há nada além de escuridão.

Quando volto a mim, estou sendo carregada de novo. O mundo está escuro e silencioso. Sou colocada no chão, meu coração batendo forte. Cometi um erro terrível.

Finalmente, alguém tira o saco, e chacoalho a cabeça. Devagar, meus olhos se ajustam à penumbra. Estamos numa sala de pedra com uma pequena janela que proporciona a única luz da lua lá fora.

Alguém está aqui comigo, com uma postura casual e as mãos nos bolsos. Um Feérico de cabelo preto comprido e olhos escuros ganha forma sob a luz, e o ar some dos meus pulmões.

O Príncipe Aurora inclina a cabeça, a astúcia esculpida nos belíssimos traços de seu rosto, olhando para mim da cabeça aos pés. Seus olhos pretos cintilam com os tons de joias que me fazem lembrar de todas as coisas que perdi.

Mas, neste momento, um fio, feito de destino, feito de acaso, feito de um sentimento ostensivo de possibilidade, atravessa a sala. Costura uma nova história nos restos arruinados de um legado que foi despedaçado, mas nunca esquecido.

Sou uma prisioneira, mas não estou mais enjaulada.

— Olá, prisioneira 3452 — o príncipe diz, um sorriso erguendo o canto de sua boca. — Bem-vinda de volta a Aurora.

AGRADECIMENTOS

Essa história toda de escrever tem sido uma aventura tão grande e nem sei como começar a expressar a sorte que sinto por estar nela.

Melissa, minha esposa de escrita, não sei o que eu faria sem seu entusiasmo, seu humor e seu espírito selvagem e adorável.

Bria, você se tornou uma das primeiras pessoas a quem recorro quando termino mais um livro.

Shaylin, sinto que encontrei uma alma gêmea escritora em você. Você é tão talentosa e brilhante, e não sei como agradecê-la por deixar sua marca no manuscrito deste livro e em todos os outros.

Ashyle, obrigada por sua perspicácia e sabedoria — você tem um olhar atento a tudo.

A Priscilla e Elayna — obrigada por serem meus últimos olhos neste livro e por entrarem nesta jornada comigo. Não vejo a hora de publicar muitos livros ao lado de vocês nos próximos anos.

Obrigada ao grupo de primeiras leitoras que me ajudaram a transformar este livro em tudo que ele poderia ser: Raidah, Elyssa, Nefer, Suzy, Ashley, Alexis, Catina, Emma, Rachel, Chelsea, Stacy, Holly, Elaine, Rebecca e Kelsie.

À comunidade leitora do BookTok e do Bookstagram, obrigada pelo entusiasmo e pelo apoio a uma nova escritora tentando provar seu valor. Francamente, são vocês que tornaram isso tudo possível.

À minha mãe que foi a única que sempre lia livros e olhava para mim e dizia: "Você não poderia escrever isso?". Pois é, acho que finalmente escrevi.

Às minhas filhas, Alice e Nicky, vocês são uma fonte sem fim de alegria na minha vida, por mais que me deixem maluca. Sorte a sua serem tão fofas. Obrigada pela paciência comigo quando me distraio escrevendo histórias na minha cabeça às vezes durante nossas conversas.

E, claro, a meu marido Matthew, cujo apoio e confiança em mim nunca vacilaram nem por um momento desde o dia em que nos conhecemos tantos anos atrás. Obrigada por me proporcionar o espaço e a liberdade para correr atrás disso e me permitir ser a dramática da relação. Não é exagero quando digo que eu não conseguiria fazer isso se não tivesse um companheiro compreensivo.

ESTA OBRA FOI COMPOSTA POR VANESSA LIMA EM BEMBO
E IMPRESSA PELA LIS GRÁFICA EM OFSETE SOBRE PAPEL PÓLEN NATURAL
DA SUZANO S.A. PARA A EDITORA SCHWARCZ EM FEVEREIRO DE 2024

A marca FSC® é a garantia de que a madeira utilizada na fabricação do papel deste livro provém de florestas que foram gerenciadas de maneira ambientalmente correta, socialmente justa e economicamente viável, além de outras fontes de origem controlada.